Le Pacte des Marchombres

Le Pacte des Marchombres

Ellana
l'envol

PIERRE BOTTERO

RAGEOT

Illustrations : Jean-Louis Thouard

ISBN 978-2-7002-3401-5

© RAGEOT-ÉDITEUR – Paris, 2008.
Tous droits de reproduction, de traduction et d'adaptation réservés
pour tous pays. Loi n° 49-956 du 16-07-1949 sur les publications destinées à la jeunesse.

L'AUTRE MONDE

ENVOLS

1

La javeline fendit l'espace en une parabole étincelante.

Ellana ne se trouvait pas sur la trajectoire de l'arme et, pour impressionnant qu'ait été le lancer, il s'en fallait de trente bons mètres qu'il atteigne les gradins où elle était installée. Elle ne put toutefois s'empêcher de baisser la tête.

– Un peu décevant, jeta Nillem assis près d'elle.

Le regard attentif qu'il portait sur l'arène rassura Ellana. Il n'avait pas perçu son mouvement de recul et son jugement s'appliquait à la prestation du lanceur de javeline. Pas à elle.

Un peu décevant? Un sourire ironique étira les lèvres de la jeune fille.

– Tu pourrais faire mieux? s'enquit-elle d'une voix détachée.

Nillem haussa les épaules.

– La ligne de qualification est à quatre-vingts mètres. Pas très difficile de la franchir quand on est bâti comme un de ces types. En revanche, leurs muscles ne leur serviront à rien lors du lancer de précision.

Ellana retint de justesse une réplique moqueuse. Nillem promettait de devenir un marchombre exceptionnel, s'il ne l'était déjà, mais sa prétention se montrait parfois à la hauteur de ses capacités. Prodigieuse !

Une clameur enthousiaste s'éleva des gradins. Un deuxième concurrent, un colosse chauve, torse nu, les épaules incroyablement larges, venait d'expédier sa javeline bien au-delà de la ligne rouge, enflammant le public et se qualifiant sans difficulté pour la deuxième partie de l'épreuve.

La javeline. Première épreuve du tournoi d'Al-Jeit qui opposait chaque année les meilleurs guerriers de Gwendalavir. Constitué de dix épreuves se disputant chacune avec une arme différente, cinq consacrées aux lancers, cinq aux combats, le tournoi voyait les plus grands spécialistes de l'Empire s'affronter pour remporter l'épreuve où ils étaient experts.

Les Alaviriens faisaient le trajet par milliers jusqu'à la capitale et, pendant les cinq jours que durait la compétition, Al-Jeit palpitait au rythme des joutes et vibrait sous les acclamations des spectateurs.

Nillem avait pourtant mis près d'une semaine à convaincre Ellana de l'accompagner.

En effet, s'il bouillait d'envie d'assister au tournoi, elle appréhendait de passer ses journées assise sur des gradins devant des épreuves qu'elle jugeait soporifiques.

« Le spectacle promet d'être génial, avait-il argumenté. L'an dernier, un guerrier thül a remporté trois épreuves, dont celle du combat à mains nues. Ce coup-ci, il s'est inscrit à cinq épreuves. Tu te rends compte ? Cinq épreuves ! »

« Trop de bruit, trop de monde », avait-elle rétorqué en haussant les épaules pour montrer le peu de cas qu'elle faisait du guerrier thül et de ses ambitions.

Elle avait toutefois fini par céder, non parce que les exploits des participants l'attiraient mais parce que Jilano, son maître, lui avait annoncé leur départ imminent. Après presque cinq mois de séparation et des retrouvailles intenses datant de dix jours à peine, sa route et celle de Nillem allaient de nouveau diverger, peut-être pour longtemps. Une raison suffisante pour qu'elle accepte de supporter la promiscuité des gradins et les hurlements de la foule.

Pour lui.

Pour eux.

– Regarde ! s'écria Nillem en lui saisissant le bras. C'est le guerrier thül dont je t'ai parlé.

Un homme aux longs cheveux roux nattés dans le dos, jeune, la démarche assurée, venait de pénétrer dans l'arène. Moins grand que le colosse chauve, il possédait des épaules aussi larges et une musculature encore plus impressionnante.

– Hurj Ingan ! annonça le maître de cérémonie.

Sa voix, amplifiée par l'art des dessinateurs afin de retentir dans la totalité des gradins, fut balayée par la clameur du public. Curieuse, Ellana tourna le regard vers la tribune officielle décorée avec faste, de l'autre côté de l'arène. L'Empereur Sil' Afian – si la minuscule silhouette qu'elle apercevait était bien la sienne – applaudissait lui aussi avec enthousiasme.

Flatté par cet accueil, hommage incontestable à sa valeur et à ses exploits, le Thül bomba le torse et se dirigea à grands pas vers l'aire de lancer.

Ellana plissa les yeux pour discerner son visage.
Hurj Ingan.
Elle avait côtoyé des guerriers thüls quelques années plus tôt. Leur chef se nommait Rhous Ingan et présentait des ressemblances marquées avec l'homme qui, après avoir soupesé sa javeline, venait de s'élancer sur le sable blanc de l'arène.

Ingan était-il un nom courant chez les Thüls ou Hurj et Rhous appartenaient-ils à la même famille ? Des frères peut-être ?

Au terme d'une brève course, explosion de puissance plus que classique prise d'élan, le Thül libéra sa javeline. Ellana comprit aussitôt que la qualification lui était acquise. Le lancer était parfait. À la fin d'une interminable trajectoire, l'arme se ficha dans le sable une vingtaine de mètres au-delà de la ligne rouge.

Hurj Ingan leva un poing victorieux en direction du public qui, debout, scandait son nom.

– Impressionnant ! s'exclama Nillem.
– Joli tir, admit Ellana.

Nillem lui décocha un regard amusé.

– N'inverse pas nos rôles, s'il te plaît. Le blasé suffisant, c'est moi. Toi, tu es la rebelle solitaire.

L'humour dans sa voix et la flamme ardente dans ses yeux cobalt chavirèrent le cœur d'Ellana. Ne jamais se limiter à l'apparence des choses et des êtres, encore moins à celle des marchombres. Nillem était un univers de finesse. Riche et complexe. Fort et harmonieux.

Infiniment séduisant.

Il se pencha vers elle, écho parfait à son propre désir. Tandis qu'Hurj Ingan quittait l'arène sous les vivats des spectateurs, leurs lèvres s'unirent dans un baiser à la douceur sauvage.

Comme découragés par la prouesse du guerrier thül, les trois concurrents suivants échouèrent à se qualifier. Ils avaient pourtant eu droit aux quatre lancers réglementaires mais, bien que Nillem ait prétendu le contraire, franchir la ligne des quatre-vingts mètres était loin d'être aisé. Seuls les guerriers d'élite participaient au tournoi et, même pour eux, rien n'était acquis à l'avance.

Le maître de cérémonie appela le dernier participant.

– Celui-ci n'a aucune chance non plus, déclara Nillem. La finale se déroulera entre le Thül et...

Ellana le fit taire d'un geste. L'homme qui venait d'entrer dans l'arène n'avait ni la stature du colosse chauve ni la musculature d'Hurj Ingan. De taille moyenne, les cheveux très courts, la peau burinée par le soleil, il dégageait toutefois une aura de puissance que ne possédait aucun des concurrents qui l'avaient précédé.

Ellana se ravisa. Ce n'était pas seulement de la puissance.

Sa manière de se mouvoir. Souple et concentrée à la fois. Différente de celle des marchombres mais fascinante pour qui savait regarder.

Sa façon de regarder, justement. Sans rien fixer mais sans que rien ne lui échappe.

L'impression qu'il donnait d'être prêt à faire face en une fraction de seconde à n'importe quel événement.

– Comment s'appelle-t-il ? demanda Ellana à Nillem.

– Qui ?
– Lui.
– Je ne sais pas. Le maître de cérémonie a annoncé son nom mais je ne l'ai pas retenu.
– Je parie qu'il se qualifie.
– Pari tenu. Il n'a pas la carrure d'un lanceur.

L'homme saisit la javeline que lui tendait un des assistants, prit trois pas d'élan, bras tendu derrière lui, et la projeta vers le ciel d'un geste ample et maîtrisé à la perfection.

Fluidité.
Et force.
Force et fluidité.

La javeline franchit la ligne rouge, poursuivit son vol comme si elle avait été oiseau et non arme de métal, dépassa les traces laissées par les lancers des concurrents précédents avant de se ficher dans le sable, juste devant le mur de l'arène.

Le record d'Hurj Ingan pulvérisé.

2

— Et cet après-midi, il a aussi remporté l'épreuve de tir à la cible.

Ses mots s'éteignirent dans la nuit sans éveiller le moindre écho.

Elle savait pourtant que Jilano l'avait entendue. Comment aurait-il pu en être autrement ? Ils étaient assis côte à côte au sommet d'une des plus hautes tours d'Al-Jeit et Jilano était un maître marchombre. Se serait-elle dissimulée à cent mètres de lui, il aurait perçu son souffle, entendu les battements de son cœur, senti les vibrations de son âme.

S'il ne parlait pas, c'est qu'il n'avait rien à dire. Ou considérait qu'elle n'en avait pas assez dit. Elle poursuivit donc dans un murmure :

— Sa performance lui a valu des applaudissements, le public guettera sa prochaine apparition mais personne n'a réellement perçu qui il était.

— Til' Illan.

Ellana retint de justesse la question qui lui était montée aux lèvres. Les mots sont des armes, les mots sont des dons, les mots ne se gaspillent pas.

Jilano approuva de la tête en souriant.

— Le général Til' Illan, le nouveau commandant en chef des armées impériales.
— Mais… il est jeune. Je veux dire jeune… pour un général.
— La valeur n'attend pas obligatoirement le nombre des années. Tu en es un parfait exemple, non ?

Les compliments de Jilano étaient rares. Ellana prit le temps de savourer celui qui venait de lui être offert avant de continuer :

— Qu'est-ce qui pousse le général en chef des armées impériales à participer au tournoi d'Al-Jeit ?

Comme souvent, Jilano répondit à la question par une autre question.

— Que sais-tu de la situation de l'Empire, jeune apprentie ?

— Les Raïs ont repris leurs attaques au nord. Ils sont soutenus par ces fameux Ts'liches qu'on croyait disparus, dont on entend beaucoup parler depuis quelques mois mais que personne n'a jamais vus. L'armée contient sans trop de difficultés les guerriers cochons derrière les Frontières de Glace et les Sentinelles veillent à ce que les Ts'liches demeurent inoffensifs.

— Donc ?

— La situation de l'Empire est la même que l'an dernier, qu'il y a dix ans ou cinquante. Les Alaviriens d'un côté, les Raïs et les Ts'liches de l'autre, les Frontières de Glace au milieu. Sauf que…

— Sauf que ?

— Sauf que si vous me posez la question sous cette forme, c'est que je fais fausse route. Vous m'expliquez en quoi ?

Comme souvent, Jilano répondit à la question par un sourire.

Sourire qui s'estompa très vite.

– Même si l'armée éprouve plus de mal que tu ne l'imagines à refouler les Raïs, les vrais problèmes de l'Empire proviennent de l'intérieur. D'inquiétantes rumeurs circulent, que des oreilles attentives peuvent capter. Des rumeurs de trahison, de complots, de retournements d'alliances. On murmure que Sil' Afian est un mauvais Empereur, que les Ts'liches ne sont pas nos véritables ennemis. L'Empire ne s'est jamais trouvé dans une position aussi délicate.
– J'ai entendu ces rumeurs. N'incitent-elles pas à penser que la place d'un général est sur le front, et non dans l'arène ?
– Le peuple alavirien s'agite. Sa confiance en son Empereur se fragilise. Sil' Afian est un fin stratège. Il sait l'impact du tournoi sur le moral de ceux qu'il dirige. Un impact bien plus grand qu'une quelconque victoire sur une horde raï à des milliers de kilomètres de la capitale. Il a donc demandé à son général de descendre dans l'arène.

Ellana haussa les sourcils, surprise.

– En quoi la participation de cet homme au tournoi peut-elle avoir un effet sur le moral des Alaviriens ?
– Tu ne saisis pas ?
– Non. Pas du tout.
– Il a pourtant remporté la première épreuve. Et, à t'entendre, de fort belle façon.
– Ce n'est pas suffisant pour...

Ellana se tut. Elle côtoyait Jilano depuis presque deux ans. Il l'avait guidée sur la voie, elle lui avait offert l'élève dont il avait toujours rêvé. Entre eux s'était tissé un lien extraordinaire qui rendait dérisoires les échanges verbaux, mais, cette fois, elle avait besoin d'une confirmation.

Le Pacte des Marchombres

– Personne ne peut remporter les dix épreuves, n'est-ce pas ?

Comme souvent, Jilano répondit à sa question par un silence.

3

La tour ressemblait à un sablier de jade effilé coiffé d'une coupole de verre jaune vif. Les interstices entre les énormes blocs qui la constituaient étaient à peine suffisants pour y insérer l'extrémité des doigts et leurs arêtes arrondies offraient des prises aussi rares que glissantes.

Quelques mois plus tôt, Ellana aurait considéré l'escalade irréalisable, surtout de nuit, mais elle ne cessait d'avancer sur la voie des marchombres et lorsque Jilano lui avait désigné le sommet vertigineux, elle n'avait pas hésité.

Elle venait de franchir la partie creuse du sablier pour se lancer à l'assaut du dévers qui la surplombait. Si la première moitié de l'ascension avait été aisée, elle sentait désormais le poids de son corps la tirer en arrière, l'obligeant à verrouiller ses prises et, fait inhabituel, à utiliser la force autant que la souplesse.

Elle tendit le cou pour jeter un coup d'œil au-dessus d'elle. Jilano avait choisi un itinéraire qui évitait les fenêtres et les baies ouvertes dans la tour.

Aucune pause n'était envisageable avant le sommet. S'obligeant à respirer profondément, elle tracta sur ses bras, poursuivit son escalade.

Jilano grimpait près d'elle, se jouant de la pesanteur avec une grâce aérienne qui frôlait l'inconcevable. Malgré la fatigue qui nouait ses muscles, et l'amorce d'inquiétude qui l'accompagnait, Ellana s'interrogea une fois de plus sur les capacités de son maître et sur leurs limites.

Si elles en avaient.

Elle avait beau réaliser des progrès quotidiens, Jilano la devançait toujours. Suffisamment proche pour qu'elle tente de l'égaler, suffisamment distant pour qu'elle n'ait aucune chance d'y parvenir. Progressait-il lui aussi ou, pédagogue accompli, veillait-il à la stimuler sans jamais la décourager ?

Il avait senti son regard – quelque chose pouvait-il lui échapper ? – et s'approcha d'elle, tout en continuant à s'élever. Son œil acéré lut la tension dans les bras de son élève, l'infime tressaillement qui agitait ses cuisses, sa mâchoire crispée. Il s'approcha encore.

Ellana retint une imprécation. Elle était en difficulté. Trop avancée sur la voie pour méconnaître à ce point son corps et ses signaux de détresse, elle ne pouvait le nier, mais si Jilano lui avait lancé ce défi c'est qu'elle possédait les ressources pour passer. Plutôt tomber qu'implorer de l'aide.

Une aide que Jilano ne lui proposa pas.

– Les hommes sont-ils capables de voler ? lui demanda-t-il en revanche, un sourire dans la voix.

Elle lui répondit par une grimace douloureuse qui ne parut pas l'émouvoir.

– Alors ? insista-t-il. Les hommes sont-ils selon toi capables de voler ?

Ellana jeta un coup d'œil vers le sol. Ses muscles criaient grâce, son souffle était court et une chute de cinquante mètres ne pardonnait pas. Jilano était-il aveugle à ce point qu'il ne s'en apercevait pas ?

– Je t'écoute, jeune apprentie.

– Je... je...

Elle saisit une prise infime, monta un pied à la hauteur de ses hanches, décala ses appuis...

– Je... Il y a... Il y a deux réponses à cette question. Comme... à toutes les questions. Celle... celle du poète et celle... du savant.

Quitte à tomber, ne pouvait-elle pas cesser de haleter de façon aussi lamentable ?

– J'aimerais entendre les deux, jeune apprentie. Les hommes sont-ils capables de voler ?

Jilano ne paraissait pas éprouver la moindre inquiétude. Ellana serra les dents. Alors qu'elle pensait en être incapable, elle parvint à se hisser jusqu'à une fissure qui serpentait au-dessus d'elle.

– La réponse du... savant est... non, balbutia-t-elle.

– Et celle du poète ?

– Oui.

– Comment ça, oui ?

– La réponse est oui. Oui, les hommes sont capables de voler.

Jilano sourit à la lune.

– Concision extrême mais je ne peux t'en tenir rigueur, l'endroit n'est pas idéal pour une conversation sur l'art du vol. Tu as fourni un bel effort et, en échange de tes réponses, je vais te confier un secret.

Il abandonna une seconde au silence avant de poursuivre :

– Tu ne tomberas pas.

Le pied gauche d'Ellana ripa sur le jade.

Elle se rattrapa d'extrême justesse et retrouva son équilibre par miracle. Jilano n'avait pas bronché, pourtant, du coin de l'œil, elle avait eu le temps de le voir se ramasser, prêt à bondir.

Prêt à bondir sur une surface plus que verticale aussi lisse que du verre.

Ce n'étaient pas de vains mots, il en était capable.

Cette découverte entraîna une prise de conscience limpide. Il avait raison, elle ne tomberait pas. Elle ne tomberait pas puisque jamais il ne la laisserait tomber.

Tension et fatigue fuirent ses membres. Ses mouvements retrouvèrent leur fluidité habituelle et son cœur un rythme normal. Elle s'accorda même le luxe d'interrompre sa progression, les doigts crochetés dans une minuscule anfractuosité, les pieds serrés sur un perchoir à mouches, pour planter ses yeux dans ceux de Jilano.

– Et comment ferai-je pour ne pas tomber lorsque vous ne serez plus là pour me rassurer ?

Jilano se passa la main dans les cheveux, sans paraître se rendre compte que ce geste, anodin au sol, était parfaitement incongru à cette hauteur et dans ces conditions.

– Pour reprendre l'expression favorite d'une personne qui m'est chère, il y a deux réponses à cette question, jeune apprentie, comme à toutes les questions. La réponse du poète et celle du savant.

– Celle du savant.

– Lorsque je ne serai plus là pour te rassurer, demoiselle, il n'y aura plus personne pour te pousser à des actes aussi stupides que l'ascension de cette tour. Tu n'auras donc aucune raison de tomber. Je tiens toutefois à te signaler que, ta formation se trouvant loin d'être achevée, je prévois d'être présent à tes côtés un bon moment encore.

Il éclata d'un rire frais, aussi incongru à cet endroit que le geste familier qui l'avait précédé. Ellana attendit que la nuit l'ait absorbé pour poursuivre :

– Et celle du poète ?

La lune s'était levée. Sa clarté argentée illumina les yeux bleu pâle de Jilano lorsqu'il répondit, un souffle d'émotion dans la voix :

– Tu ne tomberas jamais, Ellana.

4

Synonyme de fête, la période du tournoi apportait également son lot de vols, agressions et actes délictueux. Les gardes impériaux veillaient à l'ordre et à la sécurité, mais il n'était pas rare de retrouver au petit matin le corps sans vie d'un homme détroussé par des malfrats ou celui d'un malfrat, victime d'un règlement de compte.

Toutefois et même en ces temps agités, la vie nocturne demeurait bien moins dangereuse à Al-Jeit qu'à Al-Far.

C'est ce à quoi songeait Ellana en avançant d'un pas alerte dans un dédale de ruelles qu'elle connaissait comme sa poche. Combien de fois, lorsqu'elle vivait à Al-Far, n'avait-elle dû qu'à sa vivacité de réaction et à sa rapidité d'échapper à un sort funeste ? Combien de fois des hommes aux intentions ambiguës l'avaient-ils prise en chasse ? Combien de fois avait-elle été obligée de jouer du poignard pour se tirer d'épineuses situations ?

Ellana rejeta en arrière ses longs cheveux sombres. Les choses avaient bien changé. Elle était désormais de taille à se défendre.

Flamme intérieure
Qui illumine
Et protège.
Quelques semaines plus tôt, Jilano avait écrit ces mots en la regardant avancer dans la rue, dans sa vie, sur la voie. Elle avait lu et acquiescé. Reconnaissante.
Si sa formation de marchombre lui permettait de s'extirper sans peine des embûches susceptibles de se dresser devant elle, son assurance suffisait la plupart du temps à décourager d'éventuels agresseurs.
La plupart du temps. Pas toujours.
Écho parfait à ses pensées, quatre silhouettes se profilèrent à dix mètres d'elle. Quatre hommes.
Ellana les jaugea d'un rapide coup d'œil. Des lourdauds éméchés rentrant d'une nuit de beuverie. Elle les connaissait, eux et leurs semblables. Pas vraiment dangereux mais d'une bêtise crasse qui pouvait les conduire à n'importe quelle extrémité, surtout lorsqu'ils avaient bu.
Croisant une fille seule dans une rue déserte, ils allaient faire assaut de cette grivoiserie écœurante qu'ils appelaient humour pour tenter de l'attirer dans leur lit. Si cette technique de séduction sophistiquée ne fonctionnait pas, ils recourraient à la méthode virile qui, elle, donnait toujours d'excellents résultats : cogner d'abord, discuter ensuite.
Ellana n'était pas inquiète. Une réplique bien assénée permettait souvent de déstabiliser ce genre de brutes. Suffisamment pour qu'elles perdent leur agressivité. Sinon, elle pouvait fuir. Où et quand elle le désirait. Sans qu'ils aient la moindre chance de la rattraper ailleurs que dans leurs rêves. Et encore, ce n'était pas sûr.

– Alors, ma belle, tu cherches l'aventure ?

Ellana se rembrunit. Les quatre hommes étaient ce qu'ils paraissaient être : des ivrognes doublés d'imbéciles.

– Je cherche la paix et je l'avais trouvée. Avant de te croiser.

– J'aime pas les filles qui se croient malignes !

Des ivrognes doublés d'imbéciles teigneux.

– Alors tu vas la fermer, être très gentille avec nous et tout se passera bien.

Celui qui avait parlé, un escogriffe aux moustaches tombantes, fit un pas vers elle, une lueur de convoitise dans son regard veule.

Ellana poussa un soupir de contrariété. L'idée d'étrangler le moustachu avec ses tripes lui vint à l'esprit mais elle la repoussa. Trop facile et si peu glorieux. Déshonorant.

Elle leva les yeux pour chercher la prise qui lui permettrait de se hisser sur les toits et de poursuivre son chemin en paix.

– Tu crois vraiment que tu vas nous échapper en t'envolant ?

Les quatre brutes éclatèrent d'un rire gras.

« *Dis-moi, jeune apprentie, les hommes sont-ils capables de voler ?* »

Alors qu'elle s'apprêtait à bondir, Ellana se ravisa brusquement.

Elle fléchit la jambe gauche, tendit la droite loin derrière elle, inclina la tête, écarta les bras, paumes tournées vers le bas.

– Mais qu'est-ce que tu… commença le moustachu.

Il se tut.

La fille n'était plus une fille.

Ses longs cheveux noirs tombant en rideau devant son visage, son attitude, position de combat ou figure de danse, l'énergie qui se dégageait d'elle...
La fille n'était plus une fille.
C'était un oiseau.
Prêt à l'envol.
Chuintement feutré et la mort surgit entre ses phalanges. Lames étincelantes au tranchant parfait. Serres.
Un oiseau de proie.
Piètres chasseurs devenus gibier terrorisé, les quatre hommes s'enfuirent.
Ellana rétracta ses griffes et se remit en marche. L'atmosphère de la ville lui pesait tout à coup. Pour merveilleuse que soit Al-Jeit, elle avait besoin d'espace, de nature, de solitude.
Il était temps de s'envoler pour de bon.

5

La hache n'était pas une arme mais un outil, et ceux qui choisissaient de l'utiliser étaient des bouchers, pas des guerriers.

C'est avec cette certitude ancrée en elle qu'Ellana s'installa sur les gradins à côté de Nillem. Elle avait peu dormi et dès qu'elle bougeait, les muscles de ses avant-bras lui rappelaient son aventure de la nuit. Elle avait encore moins envie que la veille d'assister au tournoi.

Seul le plaisir de se trouver aux côtés de Nillem compensait sa contrariété. Cela et l'espoir de vérifier les dires de Jilano. Le jeune général participerait-il à la compétition ? Et si oui, comment se tirerait-il d'une situation créée pour mettre en valeur la force brute au détriment de la finesse ?

Sur le sable de l'arène, des acrobates vêtus d'atours colorés succédèrent aux musiciens qui jouaient depuis l'entrée du public. Des jongleurs tout d'abord qui, avec une remarquable virtuosité, firent tournoyer des balles, des verres et des couteaux sans qu'aucun objet jamais ne leur échappe.

Nillem saisit la main d'Ellana pour attirer son attention. Elle lut la question dans ses yeux et lui sourit.
– Je pense que oui. Et toi ?
– Moi aussi, répondit-il. Avec un peu d'entraînement quand même. C'est une question de dextérité mais surtout de rythme.
Après les jongleurs, ce furent les contorsionnistes puis les voltigeurs. Les deux jeunes gens saluèrent la souplesse des uns et apprécièrent à leur juste valeur les risques que prenaient les autres.
Lorsque, à la fin de l'exhibition, un homme pendu par les pieds à un trapèze saisit au vol les poignets d'un petit garçon qui venait de plonger dans le vide depuis le sommet d'un échafaudage de tubes, Nillem hocha la tête.
– Il a du cran, le petit, jugea-t-il.
Les deux acrobates se balancèrent quelques secondes à plus de vingt mètres du sol puis l'homme ouvrit les mains.
Le corps de son partenaire décrivit une large courbe vers le ciel. À l'apogée de cette courbe, le garçon arqua les reins, écarta les bras et, pendant un instant magique, il parut planer. La gravité le rattrapa pourtant et il tomba comme une pierre, sans pour autant modifier le moindre détail à sa posture d'ange foudroyé.
Il avait sauté bien au-delà de l'échafaudage et rien ne lui permettait de se rattraper. Un cri d'angoisse monta des gradins et des milliers de spectateurs se figèrent dans l'attente de l'inévitable impact. Ellana avait bloqué son souffle, plantant ses ongles dans la paume de Nillem pétrifié par la consternation.
« *Dis-moi, jeune apprentie, les hommes sont-ils capables de voler ?* »

Bras toujours écartés, jambes tendues et visage tourné vers le soleil, le garçonnet s'écrasa sur l'épais matelas de plumes qui, à l'ultime seconde, était apparu sous lui.

Il effectua une roulade, bondit sur ses pieds et, tandis que le matelas disparaissait sans bruit, un homme vêtu d'une longue robe blanche vint se placer à ses côtés. Ils s'inclinèrent ensemble devant le public puis à nouveau lorsque le trapéziste les rejoignit. Un tonnerre d'applaudissements s'éleva, marquant le soulagement de la foule autant que son engouement pour le spectacle.

– Un dessinateur ! s'écria Nillem. Il a créé le matelas au dernier moment. Bien joué !

– Je ne trouve pas, rétorqua Ellana.

– Pourquoi ? C'est un bon numéro.

– L'intervention du dessinateur gâche tout.

– Tu aurais préféré que le petit s'écrase par terre ?

– Là n'est pas la question. Le numéro entier a été conçu pour aboutir à cette chute. Comment savoir si le dessinateur n'est pas intervenu aussi quand le trapéziste a rattrapé le garçon par exemple, quand le funambule a marché sur son fil ou même quand les jongleurs ont lancé leurs couteaux ? Acrobates ou illusionnistes ? Le doute est permis et il ternit l'ensemble du spectacle.

Nillem émit un sifflement surpris.

– Tu es sévère.

– Sans doute mais je n'aime pas les tricheurs et pour moi dessiner c'est tricher.

Une nuée d'hommes et de femmes s'étaient déployés dans l'arène et, en quelques minutes, trapèze et échafaudage furent démontés pour être remplacés par douze pieux massifs profondément fichés en ligne dans le sol.

– Je suppose que nos preux concurrents vont devoir débiter ces pieux avec leur hache ? railla Ellana.

– Oui, répondit Nillem en souriant. En cinq coups maximum, ce qui n'est pas facile. Et pour que la tâche soit plus ardue encore, ils devront frapper ensemble, au signal du maître de cérémonie.

– Je ne vois pas en quoi cela complique leur tâche.

– Parce que tu n'as jamais tenté d'abattre un arbre à la hache. Cinq coups pour un poteau de cette dimension, c'est vraiment peu et la tentation sera forte entre chaque frappe de regarder où en est son voisin. Cela risque d'avoir un effet désastreux sur le moral et la concentration. Je plains celui qui se trouvera à côté d'Hurj Ingan ou du géant chauve. L'un et l'autre sont inscrits à cette épreuve.

– Et Til' Illan ?

– Qui ?

– L'homme qui a remporté l'épreuve de javeline hier.

– Ça m'étonnerait qu'il participe au tournoi aujourd'hui. Tu vas voir la carrure de ceux qui s'affrontent à la hache, il n'a pas le physique.

Un roulement de tambour balaya l'arène et, sous les vivats du public, les douze concurrents entrèrent en lice.

Ellana chercha des yeux le jeune général qu'elle avait remarqué la veille. Elle le découvrit immédiatement.

D'une tête plus petit que le plus petit des participants, il paraissait presque frêle à côté de ses voisins

et sa hache, une énorme arme de guerre à double tranchant, semblait disproportionnée entre ses mains.
   Les douze hommes se rangèrent chacun devant un pieu. Le silence s'était établi dans les gradins et lorsque l'ordre du maître de cérémonie retentit, il résonna comme un coup de tonnerre.
   – Frappez !
   Douze haches se levèrent, scintillèrent brièvement au soleil, puis s'abattirent. Le bruit mat des lames mordant le bois fut suivi par un tumulte d'applaudissements. Le concurrent placé en bout de ligne, un jeune et solide chevalier aux longs cheveux blonds tombant en cascade de part et d'autre de son visage rond et avenant, avait abattu son pieu en une seule frappe.
   L'exploit était exceptionnel et les acclamations fusèrent pendant de longues minutes. Le jeune chevalier, bras levés au-dessus de sa tête, salua la foule à plusieurs reprises puis, lorsque le calme fut revenu, recula de quelques pas, se composant une attitude pleine de noblesse, teintée d'une certaine condescendance à l'égard de ses rivaux.
   – Frappez !
   Les yeux fixés sur le général, Ellana essayait de retrouver dans ses mouvements l'harmonie qui les avait baignés la veille.
   En vain.
   Couper un pieu à la hache nécessitait certes de la précision et une bonne coordination musculaire mais surtout de la force brute, et l'emploi de cette force dissimulait toutes les autres capacités.
   Les haches s'abattirent. Deux pieux se couchèrent, ceux d'Hurj Ingan et de son voisin, le géant chauve.

Ils saluèrent la foule et reculèrent, non sans jeter un regard venimeux au jeune chevalier qui les avait applaudis du bout des doigts.
– Frappez !
Les neuf concurrents demeurant en lice étaient puissants et ils mirent toute leur hargne dans leur coup. Aucun pieu ne chut.
– Frappez !
Quatre pieux tombèrent. Ellana prit conscience qu'elle se mordait les lèvres jusqu'au sang, desserra les mâchoires mais continua à retenir son souffle.
– Frappez !
C'était le dernier essai. La dernière chance des participants de se qualifier pour la deuxième partie de l'épreuve. Tous cognèrent comme si leur vie en dépendait, trois échouèrent à abattre le pieu. Le jeune général ne faisait pas partie de ceux-là.
Ellana recommença à respirer.

6

La deuxième partie de l'épreuve était beaucoup plus technique. Juchés sur un cheval lancé au galop, les concurrents devaient ficher leur hache dans un bouclier pendu à un mât au centre de l'arène. Une monture trop lente, une cible ratée ou une hache mal plantée étaient synonymes de disqualification immédiate puisqu'un seul essai était autorisé.

Le chevalier blond avait été désigné par le maître de cérémonie pour s'élancer le premier. Monté sur un imposant destrier au caractère ombrageux, il prit le temps de se pavaner autour de l'arène, son énorme hache brandie au-dessus de la tête comme si elle n'avait rien pesé, gratifiant les spectatrices d'œillades outrancières et bombant le torse pour mettre en valeur sa musculature.

– Qui est cette caricature de guerrier ? demanda Ellana à Nillem lorsqu'il passa devant eux.

– Un chevalier du nom de Wayard ou quelque chose d'approchant. Compte tenu de sa prestation, il peut se permettre de fanfaronner un peu, tu ne crois pas ?

– Ce qui est sûr, c'est que les gens semblent apprécier.
– Toi non ?
Elle lui adressa un clin d'œil.
– Je préfère la discrétion et l'efficacité à l'exubérance et la vantardise. Et pas uniquement dans l'arène.
Il fronça les sourcils, feignant l'inquiétude.
– Tu dis ça pour moi ?
– Bien sûr que non, tu es un modèle de retenue et de modestie. Un garçon parfait !
Ils éclatèrent de rire ensemble. Un rire frais et spontané, communicatif, qui attira sur le couple qu'ils formaient l'attention complice de leurs voisins.

Une jeune fille à la silhouette fine et déliée, peau mate et yeux sombres, pommettes hautes, longue natte de cheveux noirs et brillants. Un jeune homme grand, bien bâti, crinière de cheveux blonds et fous encadrant un visage aux traits harmonieux, regard bleu cobalt, teint hâlé. Une fille et un garçon. Fraîcheur sauvage pour force rayonnante.

Nillem et Ellana s'étaient rencontrés pour la première fois un an plus tôt. Liés par l'amitié de leurs maîtres, ils avaient traversé ensemble le désert des Murmures pour gagner le Rentaï, la montagne mythique des marchombres, afin de solliciter la greffe. Cette greffe dont seuls les plus prometteurs des apprentis pouvaient rêver et que seule une minorité d'entre eux obtenaient.

Nillem arpentait la voie depuis plus longtemps qu'Ellana, il avait pour maître Sayanel Lyyant, marchombre aussi réputé que Jilano, et faisait preuve d'incroyables qualités. Le Rentaï lui avait néanmoins refusé la greffe.

Tandis qu'il l'accordait à Ellana.

Cet échec, le premier auquel il était confronté, avait profondément meurtri Nillem, incapable de comprendre pourquoi il avait été repoussé.

Une fois remis du choc et comme pour se faire pardonner ou, peut-être, pour oublier, il avait redoublé d'efforts, franchissant les étapes de sa formation avec tant de brio que Sayanel avait annoncé qu'il n'aurait bientôt plus rien à lui enseigner. Cette reconnaissance officielle de ses qualités avait apaisé Nillem mais Ellana savait que la blessure subsistait.

« Guérira-t-il un jour ? » songea-t-elle alors qu'il l'enlaçait.

La ferveur de leur baiser lui souffla la réponse. Ils s'étaient revus quatre fois depuis leur périple vers le Rentaï et chacune de leurs rencontres les avait trouvés plus épris l'un de l'autre. Que pesait une greffe face à ce flot d'émotions qui les envahissait lorsqu'ils s'étreignaient ?

Dans l'arène, le chevalier blond avait fini de jouer les matamores.

Il fit avancer son cheval jusqu'à la ligne de départ puis s'immobilisa, les yeux fixés sur le bouclier qui se balançait doucement à cinquante mètres de lui. Lorsque le maître de cérémonie baissa le bras, il poussa un cri sauvage et talonna sa monture qui bondit en avant.

La distance devait être parcourue en moins de cinq secondes afin que l'essai soit validé, ce qui ne constituait pas une performance mais la garantie que tous les concurrents frappaient la cible dans les mêmes conditions.

Le cheval arriva au grand galop sur le mât, ses sabots soulevant des gerbes de sable à chaque foulée. Lorsque le bouclier ne fut plus qu'à une dizaine de mètres, le chevalier se dressa sur ses étriers, fit tournoyer sa hache en rugissant et l'abattit de toutes ses forces.

Convenablement porté, le coup aurait dû faire voler la cible en éclats mais, surpris par les vociférations de son cavalier, le destrier fit un écart, la lame de la hache rata le bouclier d'un cheveu. Déséquilibré, le chevalier chancela puis bascula la tête la première. Il s'écrasa au sol, sa hache se fichant dans le sable à deux centimètres à peine de son nez.

Lorsqu'il s'assit, à moitié assommé, et entreprit de s'épousseter maladroitement, un monumental éclat de rire pareil à un raz de marée balaya l'ensemble des gradins. Le chevalier se leva avec difficulté, regarda autour de lui avec l'air de celui qui offrirait tout ce qu'il possède pour se trouver ailleurs, et quitta l'arène sous les quolibets de la foule.

Rompu aux humeurs du public, le maître de cérémonie attendit que le calme revienne pour donner le signal du départ au deuxième concurrent. Tension trop forte ou maladresse, celui-ci, s'il ne tomba pas, échoua également à atteindre le bouclier.

La hache du troisième rebondit sur la cible sans s'y planter et le cheval du quatrième refusa tout simplement de s'élancer.

– Une épreuve sans gagnant serait amusante, railla Nillem. Toucher ce fichu bouclier n'est pourtant pas si terrible.

Ellana ne lui répondit pas. Les yeux rivés sur le jeune général qui à son tour s'approchait de la ligne de départ.

À la différence des autres concurrents, il marchait à côté de son cheval et ne manifestait aucun signe d'anxiété. Lorsqu'il se hissa en selle, d'un seul et sou-

ple mouvement, Ellana tressaillit. Tressaillit encore lorsqu'il se pencha pour murmurer des paroles apaisantes à l'oreille de sa monture, tressaillit lorsque, d'un simple claquement de langue, il lui fit prendre le galop.
Puissance, harmonie et précision.
La hache du général se ficha avec tant de puissance dans le bouclier qu'il se fendit en deux.

– Même Hurj Ingan n'est pas parvenu à fendre le bouclier.
– Et pourquoi cet homme y est-il parvenu, jeune apprentie ?
– Parce qu'il était dans le temps du bouclier, qu'il a utilisé sa force et celle de son cheval.
– Le temps du bouclier ?
Ellana s'empourpra.
– Je suis ridicule, pardonnez-moi. Je dis n'importe quoi.
– Tu dis n'importe quoi quand tu t'estimes ridicule, Ellana. Explique-moi le temps du bouclier.
– Je crois que... Il me semble...
– Parle. Dis-moi ce que tu ressens et ne t'occupe pas du reste.
– Chaque être, chaque plante, chaque objet, a son temps, parfois proche du nôtre, parfois si différent qu'il ne nous est pas perceptible. Dans un combat, percevoir le temps de son adversaire est aussi important pour vaincre que la rapidité ou la technique des armes. Le percevoir pour s'y accorder, et plus la différence de temps est grande plus l'accord est difficile.

Elle leva les yeux vers Jilano. Incapable de déchiffrer son regard bleu pâle, elle poursuivit :
– L'homme qui tombe de sa fenêtre éprouve le plus grand mal à s'accorder à la dalle de pierre qui l'attend tandis que...
– N'est-ce pas, surtout, une question de dureté ?
– Oui, bien sûr, mais...
– Je te taquine, la coupa Jilano. Ta perception du temps et de sa variabilité est juste. Si le général a vraiment trouvé le temps du bouclier alors que le cheval lui imposait le sien, il remportera peut-être les dix épreuves du tournoi.
– Chaque épreuve est constituée de plusieurs manches. La finale de l'épreuve de la hache, le lancer de précision, a opposé le général à Hurj Ingan. Il l'a emporté sans difficulté. J'avoue avoir hâte d'être à demain pour découvrir ce dont il est capable avec un arc. Pourquoi aucun marchombre ne participe-t-il au tournoi ?
– En aurais-tu envie ?
– Non, mais Nillem certainement.
– Pourquoi, alors, ne s'est-il pas inscrit ?
« Je l'ignore », faillit répondre Ellana mais elle se retint. Il n'y avait pas de place pour le mensonge entre elle et Jilano. Elle savait pertinemment pourquoi Nillem ne participait pas au tournoi.
– Parce qu'il n'est pas certain de gagner.
– Non.
– Non ?
– Il n'a aucune chance de gagner.
– À la hache sans doute, au sabre ou encore à la lance. Mais au poignard ou à mains nues qui pourrait l'emporter sur lui, à part un autre marchombre ?

En guise de réponse, Jilano se leva avec fluidité.
— Ma question n'est pas recevable ? s'enquit Ellana sur un ton ironique.
— Si, elle l'est.
— Et ?
— Je l'ai reçue.
Ellana poussa un long soupir.
— Dois-je en conclure que c'est fini pour ce soir ?
— Non, jeune apprentie, l'heure est venue pour toi d'une nouvelle leçon.

7

Si Ellana connaissait bien certains quartiers d'Al-Jeit, la capitale était trop vaste pour qu'elle ait pu l'explorer en détail. À chacune de ses balades, solitaire ou accompagnée, elle découvrait de nouveaux aspects de la cité comme si cette dernière, dotée d'une personnalité propre et décidée à la séduire, jouait sans cesse à la surprendre. À l'émerveiller.

Cette nuit-là, Jilano l'entraîna jusqu'au Miroir, une place dont elle avait entendu vanter la beauté mais qu'elle n'avait pas encore eu l'occasion d'admirer. Lorsqu'ils débouchèrent sur l'esplanade, elle se figea, stupéfaite.

Le Miroir était un lac à la surface étale, éclairé par des sphères lumineuses immergées mettant en valeur l'étrange faune aquatique qui y virevoltait et les plantes colorées qui tapissaient son fond. Poissons-lunes écarlates, anguilles sinueuses, bancs d'éclairs bleutés, se faufilaient entre des massifs d'algues dorées ou dans les multiples anfractuosités des blocs de concrétions aux formes tourmentées.

Jaillis de l'imagination des dessinateurs qui avaient créé le Miroir, de larges escaliers s'enfonçaient sous sa surface, protégés par une voûte et des murs de verre. Il était donc possible de déambuler dans le lac, sous le lac, et une multitude de sentiers avaient été tracés à cette fin. Tous convergeaient vers une place centrale plantée d'exubérants buissons fleuris et d'arbres taillés à la perfection qui offrait, depuis les berges du Miroir, la vision inouïe d'un monde renversé. Terre sous eau.

C'est cette vision que contemplait Ellana, bouche bée.

Jilano lui laissa le temps de la savourer puis, sans un mot, l'entraîna plus loin. Le Miroir n'était plus visible de la rue qu'ils empruntèrent mais les reflets mouvants de ses eaux limpides ricochaient encore contre les murs comme autant d'appels à faire demi-tour.

– C'est... c'est magnifique, dit enfin Ellana. Ceux qui ont créé ce lieu sont des magiciens. Ils...

Elle se tut, se remémorant ce qu'un peu plus tôt dans la journée elle avait jeté à Nillem : « Les dessinateurs sont des tricheurs ! » Comment avait-elle pu proférer une pareille absurdité ?

Jilano l'observait, lisant ses émotions sur son visage comme il savait lire le vol des oiseaux dans le ciel. Alors qu'elle s'apprêtait à balbutier une explication, il s'accroupit pour tracer quelques mots dans la poussière.

Comme un vent irrésistible
La vie suit ses courbes invisibles et file
Vers l'avant.

Il se leva et se remit en marche avant qu'elle eût fini de lire. Elle le rejoignit en courant.

– Je préfère l'idée d'une vie rectiligne, souffla-t-elle.
– Pourtant les courbes sont belles et l'archer qui veut que sa flèche aille loin lui en fera décrire une.
– Changer d'avis à tout moment revient à effectuer des demi-tours, pas des courbes.
– C'est exact.
– Mais...
– ... tu ne changes pas d'avis à tout moment. Tu apprends et cela seul compte.

Ellana barra le chemin aux mots qui voulaient sortir de sa bouche. Elle les obligea à redevenir pensées, les sculpta jusqu'à ce qu'ils reflètent ce qu'elle venait de découvrir. Alors, seulement, elle les libéra :

– L'art du Dessin n'est pas ma voie mais ceux qui la choisissent ont de la chance.

Jilano opina en silence.

Satisfait.

Ils avancèrent ainsi jusqu'à une rue bordée de tavernes d'où jaillissait le joyeux brouhaha des nuits d'été. Des hommes et des femmes étaient attablés à l'intérieur ou dehors, buvant de la bière fraîche et partageant, malgré l'heure tardive, des plats simples aux arômes alléchants. Des marchands déambulaient entre les tables, proposant foulards colorés, amulettes ou extraits de plantes aux propriétés prétendument magiques.

Jilano observait les terrasses comme s'il cherchait une table libre mais Ellana savait qu'il n'avait aucune intention de l'inviter à boire un verre. Elle savait également qu'il était inutile de l'interroger. Il avait parlé de leçon, elle découvrirait bien assez tôt de quoi il s'agissait.

Il s'arrêta enfin à l'angle d'une placette plus calme que le reste de la rue. Les clients qui étaient assis à la terrasse étaient seuls pour la plupart.

– Attends-moi là, ordonna Jilano.

Un homme avait basculé sa chaise jusqu'à ce que son dossier touche le mur. Un verre de bière à la main, les jambes tendues devant lui, il observait l'agitation de la rue avec une attention globale.

Une attention globale.

Ce fut la première chose qu'Ellana remarqua.

L'homme voyait tout sans rien regarder.

Elle ne nota qu'après le visage taillé à la serpe, les cheveux gris qui auraient mérité un sérieux lavage, la cicatrice barrant une joue, les vêtements de cuir élimés et la poignée du sabre dépassant de ses épaules.

Lorsque Jilano se campa devant lui, l'homme lui jeta un bref regard interrogateur.

– Je m'appelle Jilano Alhuïn, répondit le marchombre à la question silencieuse.

– J'ai déjà entendu ce nom. Que veux-tu ?

La voix de l'homme était pareille à son physique. Tannée par la vie.

– Que tu n'abîmes pas trop cette demoiselle.

Les yeux de l'inconnu se posèrent sur Ellana qui frissonna, soudain mal à l'aise. Quelque chose lui échappait et elle détestait cela.

– Apprentissage ? demanda-t-il à Jilano.

– Oui.

– D'accord.

Le marchombre déposa une bourse sur la table proche et se dirigea vers Ellana. L'homme n'avait pas bougé.

– Que se passe-t-il ? s'enquit Ellana.

– Une vie rectiligne n'existe pas, jeune apprentie, et si elle existait, elle serait morne et sans saveur. Je t'offre donc une courbe. La possibilité de comprendre que la voie du marchombre n'est pas celle de la perfection.
– Mais...
D'un regard, Jilano lui intima le silence.
– La voie est envol. Mieux que des ailes, elle te fera découvrir la complexité du monde et la richesse qui vibre en toi, mais jamais elle ne te rendra parfaite. Tout au long de ta route, tu rencontreras des gens qui te surpasseront, qui grimperont mieux que toi, se battront avec plus d'efficacité, seront plus rapides, plus précis. Cela n'aura aucune importance, car tu les respecteras et continueras à progresser.
– Je... je ne comprends pas.
– Sais-tu pourquoi Nillem ne participe pas au tournoi ?
– Je... vous...
– Parce qu'il n'a pas la moindre chance de remporter une seule épreuve. Pas plus celle du tir à l'arc que celle du combat à mains nues. Et te serais-tu inscrite, tu n'aurais pas eu, toi non plus, la moindre chance d'y parvenir.

Ellana fronça les sourcils. Pour la première fois depuis le début de sa formation, elle ne comprenait pas Jilano. Au fil des mois, il avait fait d'elle une redoutable combattante, une combattante mortellement dangereuse, capable, dans n'importe quelle situation, de se débarrasser de n'importe quel adversaire, armé ou non. Comment pouvait-il à ce point dénigrer ses capacités ? Déprécier son propre enseignement ?

Le Pacte des Marchombres

Un sourire dur traversa le visage de Jilano.

– Trop nombreux sont les marchombres qui se fourvoient comme tu es en train de te fourvoyer. Ta leçon de ce soir n'en est que plus indispensable.

– Ma leçon ?

– Une leçon de modestie.

Il se tourna vers l'inconnu qui n'avait pas esquissé le moindre mouvement.

– Cet homme est un Frontalier. Tue-le.

8

– Comment te sens-tu ?

Ellana ouvrit péniblement l'œil droit. Le gauche, trop enflé, demeura fermé.

Nillem se tenait agenouillé près d'elle.

– Comment te sens-tu ? répéta-t-il, la voix marquée par l'inquiétude.

– Mal.

Prononcer cet unique mot lui avait demandé un effort colossal. Elle avait l'impression que sa mâchoire inférieure était en miettes et que ses lèvres avaient doublé de volume. Jilano l'avait rassurée quant à l'état de sa mâchoire mais avait pris un air désolé quand elle avait effleuré ses lèvres.

– Il a cogné plus fort que prévu, avait-il simplement constaté.

La nuit précédente, le marchombre avait porté son élève inconsciente jusqu'à son lit. Il avait pansé ses plaies puis l'avait veillée jusqu'à ce qu'elle reprenne connaissance. Alors, seulement, il s'était éclipsé.

Ellana avait passé la journée dans un état second, d'abord incapable de se lever puis, Jilano ayant insisté, se forçant à mettre les pieds au sol afin d'effectuer de douloureux mouvements d'assouplissement qui l'obligeaient à serrer les dents pour ne pas crier.

Entre deux séances de supplice, elle était restée couchée, basculant sans avertissement dans de profondes périodes de sommeil durant lesquelles elle revivait en continu la monstrueuse correction que lui avait infligée le Frontalier.

Nillem venait de la tirer d'une de ces siestes cauchemardeuses.

Elle tourna avec difficulté la tête vers la fenêtre. La lumière du jour avait pâli, annonçant l'arrivée prochaine du soir. Cela ferait bientôt vingt-quatre heures qu'elle était couchée et elle était toujours aussi faible et vulnérable.

– Que t'est-il arrivé ? la pressa Nillem.

– De l'eau, bredouilla-t-elle en désignant de son œil valide la carafe posée près du lit.

Nillem remplit un verre et lui soutint la nuque pendant qu'elle le portait à sa bouche. Le liquide coula sur son menton, lui tirant un gémissement en passant sur ses lèvres tuméfiées mais, après avoir dégluti, elle se sentit mieux.

– Tu es tombée pendant que tu escaladais une tour ?

« Non, faillit-elle répondre, j'ai tenté d'arrêter à mains nues un rhinocéros en colère ! »

– Qui a gagné l'épreuve aujourd'hui ? demanda-t-elle à la place.

– Quoi ?

– L'épreuve de tir à l'arc. Qui l'a remportée ?

– Mais qu'est-ce que...

– Qui ?

– Le même type qu'hier. Til' Illan. Son nom est sur toutes les lèvres. Trois épreuves, trois victoires et, à l'arc, ses adversaires n'ont pas eu la moindre chance. La rumeur court qu'il est général des armées impériales mais, vrai ou non, ce gars est un archer exceptionnel.
– Meilleur que toi ?
Nillem répondit sans réfléchir.
– Non, mais peut-être aussi bon.
La réponse tira un sourire à Ellana. Sourire qui se transforma très vite en grimace de douleur. Nillem tressaillit.
– Nom d'un Ts'lich, tu vas me raconter ce qui t'est arrivé ?
– J'ai pris une courbe, Nillem.
– Une quoi ?
– Une courbe. Ce genre de péripétie qui te fait comprendre que la vie n'est pas rectiligne et que c'est sans doute mieux ainsi.
– Tu es sûre que ça va ?
– Non, ça ne va pas du tout. D'un autre côté...
– D'un autre côté ?
– Je ne me suis jamais sentie aussi bien.
– Tu m'inquiètes, Ellana. Tu veux que j'aille chercher un rêveur ?
– Non, écoute-moi.
Elle s'assit avec précaution avant de poursuivre :
– J'ai mal partout, j'arrive à peine à marcher, je vais ressembler à un Raï en décomposition pendant au moins dix jours, mon amour-propre est en miettes mais j'ai compris quelque chose d'essentiel.
– Quoi ?
– Ce type, ce général...

— Til' Illan ?
— Oui. Il tire mieux à l'arc que toi et moi réunis !
— Quel est le rapport avec ta chute ? D'abord c'est faux et puis... Je ne comprends rien à ce que tu racontes.
— C'est normal, Nillem. Certaines expériences doivent être vécues, et non racontées, pour que la courbe soit harmonieuse.

Sans plus s'occuper de son compagnon, Ellana claudiqua jusqu'à la fenêtre. Elle s'appuya à la balustrade et son regard se perdit dans les nuées rouges qui envahissaient le ciel vespéral.

— Cet homme est un Frontalier. Tue-le.
— Que je le tue ? Mais...
— C'est un ordre, Ellana, et tu as juré de m'obéir sans discuter. Une obéissance absolue de trois années.

La voix de Jilano était aussi froide qu'une lame de glace.

— Que je...

Il hocha la tête.

— Que tu le tues, oui. Ou du moins que tu essaies. Tu possèdes, à vrai dire, très peu de chances d'y parvenir.

— Pourquoi alors devrais-je...

— Un Frontalier incapable de se débarrasser d'une gamine de ton âge sera le premier à affirmer qu'il mérite la mort. Arrête de discuter maintenant et fais ce que je te dis !

Le ton employé par Jilano plus encore que ses paroles heurta Ellana. Elle se détourna avec brusquerie et se dirigea à grands pas vers l'homme assis contre le mur. Il n'avait pas bougé mais ses yeux sombres étaient fixés sur elle, pareils à des puits de nuit.

Elle se campa devant lui, jambes à moitié fléchies, pas tout à fait en garde mais prête à toute éventualité. Jilano voulait de la bagarre ? Il allait être servi ! Il lui fallait juste trouver un moyen efficace de provoquer ce... Frontalier.

– Eh, toi, lui lança-t-elle. Est-ce que tu...

Avec un grognement de douleur, elle se plia en deux. Sans daigner se lever, le Frontalier lui avait fiché son talon dans l'estomac, avec suffisamment de force pour lui couper le souffle.

Et elle n'avait pas vu le coup arriver.

Elle récupéra toutefois très vite et, virevoltant avec une incroyable agilité, elle bondit sur son adversaire toujours assis. Son pied fusa.

Il n'atteignit pas sa cible. Une main de fer s'était refermée sur sa cheville, si puissante qu'elle crut que l'os cédait.

Le Frontalier se dressa, faucha la jambe libre d'Ellana et, au moment où elle s'effondrait, lui assena un terrible atémi dans les côtes. La jeune marchombre poussa un gémissement sourd. D'une torsion du buste, elle se libéra, se releva, recula de deux pas et, tentant en vain d'oublier la douleur qui fusait de ses côtes, se concentra sur l'homme qui lui faisait face.

Il se tenait immobile, l'air vaguement ennuyé par la situation, presque nonchalant. Une nonchalance que contredisaient l'acuité de son regard et sa garde qui, pour simple qu'elle paraissait, n'en était pas moins formidable d'efficacité.

Ellana y décela toutefois une faille. Si le buste et la tête du Frontalier étaient protégés à la perfection, ce n'était pas le cas de ses jambes. Son genou droit en particulier, sorti de l'axe du corps, était vulnérable. Elle passa à l'attaque avec la vivacité d'un feu follet, feintant à la gorge pour se baisser et frapper du pied. Un coup sec suffirait à briser la rotule. Il ne lui resterait plus qu'à...
Un leurre.
Elle en prit conscience trop tard.
La garde du Frontalier était parfaite du bout des orteils à l'extrémité des cheveux, son genou, apparemment vulnérable, était un leurre.
Non.
Plus qu'un leurre. Une arme.
Il percuta Ellana à l'endroit exact où l'atémi l'avait déjà atteinte.
Elle cria sous l'impact, cria encore lorsque le coude du Frontalier s'écrasa sur sa pommette, cria quand le coup fut doublé d'une manchette portée à la bouche.
À moitié assommée, le visage ruisselant de sang, elle tituba en arrière.
Un attroupement s'était formé autour du combat, mais personne ne faisait mine d'intervenir. Un rictus tordit les lèvres éclatées d'Ellana. Que personne, surtout, ne se risque à intervenir. C'était son affaire et elle allait la régler. Vite et définitivement.
D'un geste vif, elle tira sa dague du fourreau qu'elle portait à la ceinture et la pointa devant elle.
C'était une erreur.
Le Frontalier, qui jusqu'alors s'était contenté de se défendre, se mit en mouvement.

Ellana écarquilla les yeux. Il n'était pas particulièrement rapide, il était... dans le temps. Ce même temps qu'un peu plus tôt elle avait théorisé pour Jilano. Elle en parlait, le Frontalier le vivait. À la perfection.

L'étonnement de la jeune marchombre ne dura qu'une fraction de seconde. Un délai suffisant pour que le Frontalier s'écarte de sa ligne d'attaque et, lorsqu'elle frappa de la pointe de sa dague, abatte le tranchant de sa main sur un poignet sans défense.

L'avant-bras paralysé, Ellana ouvrit les doigts. La dague tomba au sol, ridicule de prétention. L'homme à qui elle était destinée ne craignait pas la lame d'une gamine, aussi effilée soit-elle.

Refusant de céder, Ellana se remit en garde. Un coup sauvage la cueillit au plexus solaire, un poing s'écrasa sur son œil gauche, un genou lui percuta la hanche avant de la plier en deux en s'enfonçant dans son estomac. Un choc violent sur la nuque...

Les ténèbres l'engloutirent avant qu'elle touche terre.

Elle n'avait même pas effleuré son adversaire.

Nillem posa les mains sur ses épaules, la faisant tressaillir.

– De quelle hauteur es-tu tombée ?

Elle inspira une grande bouffée d'oxygène. Elle n'avait finalement pas si mal que ça. Il lui tarda soudain d'être au lendemain pour se remettre au travail avec Jilano. Arpenter la voie. Toujours plus loin. Toujours plus haut.

– Ne te fie pas aux apparences, murmura-t-elle sans se retourner, alors qu'il déposait un baiser dans son cou.

Elle souriait à la nuit.

– Mais qu'est-ce que…

– Je ne suis pas tombée, Nillem. Je me suis envolée.

9

– L'heure est venue de te mettre en route.

À son habitude, Jilano était entré dans la pièce sans qu'Ellana perçoive le moindre bruit. Elle tressaillit en entendant sa voix et se tourna vers lui, heureuse que son corps recommence à lui obéir. Certes, son cou l'élançait toujours un peu, certes, la douleur dans sa hanche persistait, certes, elle avait du mal à ouvrir l'œil gauche et, certes, ses lèvres ne désenflaient pas, mais elle se sentait bien mieux que la veille au soir.

– N'est-ce pas prématuré ? s'enquit-elle néanmoins. J'ignore où nous allons mais je doute d'être bonne à grand-chose pendant encore au moins trois jours, sans parler d'être apte à recevoir une nouvelle leçon.

Elle n'avait pu se retenir d'instiller une note d'ironie dans sa dernière remarque. Une ironie qui laissa Jilano de marbre.

– Tu te sous-estimes, dit-il simplement.

Ellana reprit les mouvements d'étirement que l'arrivée de Jilano avait interrompus. C'était un miracle que le Frontalier ne lui ait brisé aucun os et un

deuxième miracle qu'elle ait retrouvé aussi vite sa souplesse. Sauf si...
En grand écart facial, buste à plat sur le sol, pointes des pieds tendues, bras allongés devant elle, elle leva les yeux vers Jilano.
– C'était voulu, n'est-ce pas ? lui demanda-t-elle.
– De quoi parles-tu ?
– Que le Frontalier ne me casse pas en morceaux. Que malgré l'humiliante correction qu'il m'a infligée, je récupère aussi vite.
– Oui.
Méprisant la douleur de sa hanche, elle tira longuement sur ses muscles avant de poursuivre :
– Vous le connaissiez ?
– J'avais entendu parler de lui.
– Qui est-ce ?
– Un Frontalier.
Elle soupira.
– Je suis apprentie marchombre, pas élève devineresse. Serait-il envisageable que vous me répondiez par des phrases de plus de deux mots ?
Jilano s'était assis sur un fauteuil devant elle. Il haussa les sourcils sans parvenir à masquer le plaisir que lui procurait le sens de la répartie de la jeune fille.
– La correction que tu as reçue n'a apparemment eu aucun effet sur ton impertinence.
– Désolée, rétorqua-t-elle. Il aurait fallu pour ça qu'il me tue, et encore cela n'aurait peut-être pas suffi. Mais vous n'avez pas répondu à ma question. Qui est ce brave homme qui m'a confondue avec un paillasson ?
– Un Frontalier. Non, inutile de t'énerver, laisse-moi continuer. Les Frontaliers vivent dans les Marches du Nord...

– Près de la citadelle qui garde les Frontières de Glace, le coupa-t-elle, je sais cela. Leur seigneur ne le cède en pouvoir qu'à l'Empereur et, depuis des siècles, les Frontaliers se chamaillent avec les Thüls afin de savoir qui sont les plus valeureux guerriers. Le père de Sil' Afian a d'ailleurs été obligé d'interdire aux Thüls de franchir le Pollimage pour éviter un bain de sang.
– Je suppose que tu tiens ces renseignements d'un Thül ? s'enquit Jilano.
– Non, d'une Itinérante. La caravane que j'ai accompagnée avant de vous rencontrer était escortée par des combattants thüls.

Le cœur d'Ellana se serra au souvenir d'Entora, l'intendante qui l'avait accueillie dans la caravane. Femme rude et travailleuse acharnée, elle s'était montrée aussi exigeante que compréhensive et maternelle envers cette adolescente que les hasards de la vie avaient placée sur son chemin. Elle lui avait expliqué les codes des Itinérants et ceux des Thüls, lui permettant ainsi de s'intégrer en douceur parmi eux. De trouver sa place et de se construire.

Entora avait été tuée sous les yeux d'Ellana lors d'une attaque raï.

« Certaines blessures ne sont pas du ressort d'un médecin, ni même d'un rêveur, songea Ellana. La mort d'Entora fait partie de moi. Sans doute à jamais. »

Bien trop pénétrant pour ne pas distinguer le voile qui avait obscurci les yeux de son élève, Jilano attendit qu'il se dissipe pour reprendre la parole :
– La vérité est à la fois plus complexe et plus simple. Les Thüls sont de vaillants combattants, toujours prêts à lancer des défis et à les relever afin de prouver leur valeur. Leur sens de l'honneur est pro-

verbial et ils constituent des escortes idéales pour ceux qui voyagent. Ils peuvent toutefois faire preuve d'un manque de finesse qui frôle la stupidité. Qu'il existe en Gwendalavir des guerriers aussi redoutables qu'eux échappe à leur entendement et ils sont prêts à parcourir des milliers de kilomètres pour démontrer que c'est faux.

– D'où l'interdiction de franchir le Pollimage. Pour prévenir les affrontements avec les Frontaliers et les bains de sang.

– Pas tout à fait, jeune apprentie. Ça, c'est la version thüle.

– Mais...

– L'interdiction édictée par l'Empereur concerne les groupes de Thüls comportant plus de dix guerriers et son but n'est pas de prévenir les bains de sang mais d'éviter la disparition pure et simple du peuple thül.

– Que voulez-vous dire ?

– Tu aurais eu une chance raisonnable de t'en sortir face à un Thül.

Ellana réfléchit une seconde.

– Les Frontaliers sont-ils vraiment aussi redoutables ?

– Oui.

– Mais encore ?

– Les Thüls vivent pour les armes. Les Frontaliers sont des armes. S'il rencontre un Frontalier, un Thül cherchera l'affrontement pour prouver sa supériorité. C'est dans sa culture. Le Frontalier évitera le combat et, s'il y est contraint, il tuera le Thül. Sans le moindre état d'âme. Parce qu'il a été élevé ainsi. Je peux difficilement t'expliquer d'une autre façon le gouffre qui existe entre ces deux peuples.

Ellana lui jeta un regard noir.
- Et, sachant cela, vous avez contraint un Frontalier à m'affronter ?
- Non, je lui ai demandé de t'affronter. Différence de taille. Je dois t'avouer que j'ai quand même hésité avant de t'imposer cette épreuve.
- Vous aviez peur que le Frontalier s'emballe et oublie de me laisser en vie ? railla-t-elle.
- Non. De nombreux guerriers, y compris des Thüls, seraient capables de te vaincre, j'espère que tu as compris cela, mais si j'ai choisi ce Frontalier en particulier, c'est parce qu'il pouvait te vaincre sans te causer de blessure sérieuse.
- Pourquoi avez-vous hésité, alors ?
- Parce que si un corps se remet de n'importe quelle correction, ce n'est pas le cas d'un esprit. Bien des marchombres, s'ils font preuve d'une incroyable souplesse, sont, intérieurement, aussi rigides que des maîtres analystes. De la rigidité qu'entraînent les certitudes. Et quand ces certitudes s'effondrent... Tu ne courais aucun risque en affrontant le Frontalier.

Il prit le temps de capter son regard avant de poursuivre :
- Aucun risque physique.

Ellana ravala la question qui avait failli franchir ses lèvres. « Sayanel va-t-il imposer la même épreuve à Nillem ? »

Inutile.

Elle connaissait la réponse.

Nillem n'était pas de ceux qui prenaient des courbes.

10

– Donc nous partons ?

Après avoir achevé ses exercices d'assouplissement, Ellana s'était lavée et changée. Un regard jeté dans le miroir pendant qu'elle nattait ses cheveux lui avait tiré une grimace. Elle était méconnaissable. Son œil gauche avait pris une teinte violacée qui s'étendait à sa pommette et ses lèvres tuméfiées ne semblaient pas vouloir dégonfler.

Elle avait failli s'apitoyer sur son sort puis s'était ravisée et avait haussé les épaules. Son aspect physique lui importait finalement très peu.

– Donc nous partons ?

Jilano, toujours assis dans le fauteuil, secoua la tête.

– Non, jeune apprentie. Tu pars.

Ellana marqua un temps de surprise.

– Seule ?

– Oui.

– Pourquoi seule ? Et où ? Enfin, si je peux me permettre ces questions.

– Le contraire m'aurait surpris. Tu pars seule parce que je ne peux malheureusement pas quitter

Al-Jeit en ce moment. Des choses graves se trament ici qui requièrent ma présence.

— Puis-je en savoir davantage ?

— Les rumeurs de trahison que nous évoquions il y a quelques jours sont hélas fondées et bien plus inquiétantes que je ne l'escomptais. Les Sentinelles s'apprêteraient à pactiser avec les Ts'liches pour renverser l'Empereur et se partager Gwendalavir. Certains seigneurs seraient d'ores et déjà compromis.

Pour la première fois depuis qu'elle le connaissait, Ellana décelait une brèche dans sa sérénité.

— Les douze Sentinelles sont garantes de la sécurité de l'Empire, poursuivit Jilano. Elles surveillent l'accès à l'Imagination, cette dimension qui nourrit le pouvoir des dessinateurs. Si elles l'ouvrent aux Ts'liches, aucune force, aucune armée, ne pourra les arrêter. Les hordes raïs qu'ils manipulent déferleront sur Gwendalavir.

— Les Ts'liches dessinent ?

— Oui. Ce sont des maîtres dessinateurs. C'est grâce à ce pouvoir que les Ts'liches ont asservi les hommes durant l'Âge de Mort. C'est grâce à ce même pouvoir qu'ils ont été chassés. Depuis ils rêvent de retour et de vengeance.

— L'Âge de Mort a pris fin il y a mille cinq cents ans ! s'exclama Ellana.

— La pierre qui menace de tomber est-elle moins lourde parce qu'elle est en équilibre depuis quinze siècles ?

— Non mais si elle a tenu quinze siècles en équilibre, pourquoi tomberait-elle aujourd'hui ?

— Parce que les Sentinelles s'y emploient. Du moins un certain nombre d'entre elles.

– Je comprends à quel point la situation est grave, fit Ellana après un instant de réflexion. En revanche, je ne saisis pas en quoi elle concerne les marchombres. Pourquoi devez-vous rester à Al-Jeit ?

Jilano braqua sur elle ses yeux bleu pâle et lui sourit.

– Il y a deux réponses à cette question, jeune apprentie, comme à toutes les questions. Celle du savant et celle du poète. Laquelle souhaites-tu entendre la première ?

– Celle du poète.

– La liberté n'induit pas l'égoïsme et il n'y a pas d'homme plus libre que celui qui agit parce qu'il pense ses actes justes. La situation de Gwendalavir m'importe. Je veux savoir ce qui se trame et qui le trame. Je veux être en mesure d'intervenir si je le juge nécessaire.

– Ce n'est pas vraiment une réponse de poète, remarqua Ellana. Qu'en est-il de la réponse du savant ?

– Les troubles qui affectent l'Empire trouvent un écho dans ceux qui agitent la guilde. Le Conseil ne représente plus les marchombres. Des hommes sans scrupules et avides de pouvoir tissent des toiles perverses sur la voie. Quitter Al-Jeit reviendrait à leur laisser le champ libre, ce que je refuse.

– Ce n'est pas vraiment une réponse de savant.

– Peut-être est-ce dû à la gravité de la situation.

– Que voulez-vous dire ?

– Trahison au sein de l'Empire, trahison au sein de la guilde. Le parallèle est troublant, non ? Et si on l'accepte, on ne peut que se demander qui sont les Ts'liches de la guilde.

– Les Ts'liches de la guilde ?

— Oui, les ennemis extérieurs qui veulent notre perte.

Ellana ne réfléchit qu'une poignée de secondes.

— Les mercenaires du Chaos ?

— Exact. Leur ombre plane sur les événements qui se déroulent actuellement. Il est vital que nous en apprenions davantage afin de contrecarrer leurs projets.

— Pourquoi alors me demander de partir ? Je pourrais rester à Al-Jeit avec vous. Ensemble nous...

Jilano secoua la tête.

— Pour prometteuse que tu sois, tu n'es pas encore apte à te frotter aux mercenaires.

La remarque tira une grimace contrariée à Ellana.

— Au pied du Rentaï, j'ai éliminé trois mercenaires qui en voulaient à ma vie, s'emporta-t-elle. Ils étaient armés et moi non. Je suis...

— La situation était différente, la coupa Jilano. Tu venais d'obtenir la greffe et une partie de la puissance de la montagne vibrait encore en toi.

— Mais...

— En outre, si tu accomplis la mission que je m'apprête à te confier, tu m'aideras davantage qu'en demeurant à mes côtés.

L'annonce eut pour effet de calmer Ellana qui s'assit face à Jilano.

— Je vous écoute.

— La protection des principales cités de l'Empire repose sur leurs murailles, sur les soldats qui les surveillent mais également sur des sphères graphes.

— Des sphères graphes ?

— De puissants objets liés à l'Imagination. Les sphères graphes sont connues pour alimenter le pouvoir des dessinateurs mais elles ont d'autres pro-

priétés. Activées par des dessinateurs, correctement utilisées, elles peuvent rendre une place forte imprenable et même soustraire des pans entiers d'une cité à la vue d'éventuels assaillants.
– À quoi ressemblent-elles ?
– La plupart du temps, les sphères graphes sont de petites billes de pierre ou de verre à l'aspect anodin qui tiennent sans difficulté au fond d'une poche. Elles sont très rares et, tu t'en doutes, infiniment précieuses. Le seul endroit où elles existent à l'état naturel est l'archipel Alines au large de Gwendalavir dans le Grand Océan du Sud.
– Je croyais l'archipel peuplé de pirates.
– Il l'est, mais cela n'empêche pas le commerce. Surtout de ce genre d'objets. Une seule sphère graphe de vingt grammes a plus de valeur que l'armure de vargelite d'un légionnaire.
– Les cités de Gwendalavir sont vraiment protégées par ces sphères graphes ?
– Oui, du moins les plus grandes d'entre elles. On prétend que trois mille sphères graphes ont été placées dans les fondations d'Al-Jeit lors de sa construction.
– Trois mille !
– Oui. On n'en compte en revanche que cinq cents à Al-Chen et moins de cent à Al-Far.
Ellana poussa un sifflement stupéfait.
– Et moi qui étais persuadée que les dessinateurs et l'Imagination ne servaient à rien !
– De nombreuses sphères graphes ont mystérieusement disparu ces derniers temps, principalement à Al-Far et Al-Vor. Personne n'est parvenu à retrouver leur trace. Comme il n'est pas envisageable, avec la tournure que prend la guerre contre les Raïs, de

laisser ces deux cités sans défense, un accord a été passé avec les pirates alines. Dans quelques jours, ils livreront de nouvelles sphères graphes dans un port du sud. Elles seront ensuite convoyées jusqu'à destination.

– Comment êtes-vous au courant ? s'étonna Ellana.

Jilano lui répondit par un haussement d'épaules et poursuivit :

– L'Empereur en personne a demandé qu'un maître marchombre surveille les sphères graphes. Il était prévu que toi et moi accompagnions l'expédition qui partira pour Al-Far. Comme je ne peux m'absenter d'Al-Jeit, Salvarode, un nouveau membre du Conseil, me remplacera. S'il est tout à fait apte à se débrouiller seul, je souhaiterais néanmoins que tu trouves une place dans la caravane. Une place discrète qui te permettra d'observer sans être vue, tout en protégeant les sphères graphes.

– Pourquoi discrète ?

– Parce qu'il n'y a que très peu de personnes qui ont ma confiance et Salvarode n'en fait pas partie.

– Il est pourtant membre du Conseil.

– Cela parle plutôt en sa défaveur.

– Très bien, acquiesça Ellana. Vous devinez ma prochaine question, non ?

– Oui, sourit Jilano. En quoi cette histoire de sphères graphes concerne-t-elle les marchombres ?

– Et votre réponse ?

– Personne d'autre qu'un marchombre n'aurait pu dérober les sphères graphes. Personne sauf un mercenaire du Chaos.

– Est-ce que...

– Nous avons la certitude que les mercenaires possèdent une cité à eux, une cité qui se situe en

Gwendalavir. Depuis des années nous cherchons à la localiser. En vain. Me suis-tu ?
– Elle serait protégée par des sphères graphes ?
– Tout incite à le croire. Celles qui ont été volées et d'autres, plus anciennes. Si les mercenaires du Chaos dérobaient celles qui vont arriver, ce serait une catastrophe pour la guilde.
– Pourquoi ?
– Notre destin et celui des mercenaires sont liés depuis des siècles mais si le Pacte des marchombres fait des mercenaires du Chaos nos reflets négatifs, tu dois considérer cela comme une image. Il serait réducteur, et faux, de croire que tous les mercenaires sont des marchombres renégats.
– C'est pourtant ce que vous m'avez expliqué.
– Une image, jeune apprentie.
– Alors je comprends encore moins le lien qui existe entre la guilde et les mercenaires.

Jilano ferma les yeux et, durant un fugace instant, Ellana eut l'impression qu'il tentait l'impossible exploit de tout lui révéler en lui dissimulant l'essentiel.

Puis il rouvrit les yeux et la sensation disparut.

L'enseignement de Jilano était ancré dans la vérité, il n'y avait aucune place pour le doute ou la méfiance entre Ellana et lui.

– Harmonie et Chaos sont deux forces qui s'affrontent à tous les niveaux de l'univers, commença-t-il. En Gwendalavir, l'Empire et la guilde combattent chacun à leur manière pour l'Harmonie, tandis que les mercenaires et les Ts'liches sont des serviteurs du Chaos. Chaos contre Harmonie. Tout ce qui bénéficie à l'un nuit à l'autre, et l'accroissement du pouvoir des mercenaires entraîne inévitablement l'assombrissement de la voie des marchombres.

– Les mercenaires sont liés aux Ts'liches ?
– Et aux Sentinelles qui s'apprêtent à trahir l'Empire, cela ne fait aucun doute. Pour cette raison, quand les Alines livreront les sphères, je veux que tu sois là-bas et que tu observes. Tu les suivras discrètement jusqu'à Al-Jeit puis tu intégreras la caravane pour Al-Far. Tu ne révéleras à personne ton appartenance à la guilde sauf si tu te retrouves dans l'obligation d'intervenir. Les mercenaires ne doivent pas entrer en possession de ces sphères !

Ellana hocha la tête.

– C'est très clair. Un seul détail me gêne. Salvarode me connaît. C'est lui qui m'a fait passer les épreuves de l'Ahn-Ju, il me reconnaîtra immanquablement.

– Il ne t'a vue qu'une fois, répliqua Jilano, et tu as beaucoup changé depuis l'Ahn-Ju.

– Il ne m'a vue qu'une fois, certes, mais cela ne fait qu'un an. Je n'ai pas changé à ce point. Pourquoi souriez-vous ?

– Je ne parlais pas des changements dus à l'âge, jeune apprentie, mais à ceux causés par les poings d'un certain Frontalier.

Ellana mit du temps à saisir les implications de ce que venait de dire Jilano. Elle se leva, furibonde.

– Dois-je comprendre que vous avez demandé à cette brute de me passer à tabac uniquement pour que Salvarode ne me reconnaisse pas ? Que votre fichue épreuve de modestie était truquée depuis le départ ?

Comme souvent, Jilano lui répondit par un haussement d'épaules.

11

– Pourquoi l'escorte impériale ne prend-elle pas officiellement en charge les sphères graphes depuis le port ?
– L'Empereur n'a sans doute pas envie que son commerce avec les pirates alines s'ébruite. Il va faire entrer discrètement les sphères graphes dans la capitale et ce sera comme s'il les sortait du trésor impérial.

Ellana et Nillem étaient couchés dans l'herbe au sommet d'une butte surplombant un petit port de pêche. Il faisait nuit, mais la lune dispensait suffisamment de lumière pour qu'ils distinguent l'inhabituelle activité sur le quai.

Une troupe d'hommes armés était arrivée en fin d'après-midi alors qu'ils guettaient depuis plusieurs heures déjà. Les guerriers, une douzaine, s'étaient dispersés dans le village avant d'investir une taverne pour le repas. Ils ne portaient ni blason ni signe distinctif mais il était clair, pour qui savait regarder, qu'il s'agissait de soldats impériaux.

Peu à peu la nuit avait imposé sa loi sur le petit village niché autour du port. Les maisons et leurs habitants s'étaient endormis. Les lumières des tavernes avaient résisté vaillamment avant, à leur tour, de capituler.

Un navire, fin et élancé, avait alors franchi la pointe de la digue pour se glisser dans le port. Son étrave fendant sans bruit les eaux obscures, il s'était rangé à quai, contre les barques des pêcheurs. Tandis que des archers se déployaient sur le pont, un marin avait sauté à terre. Trois guerriers avaient quitté l'ombre dans laquelle ils se dissimulaient pour s'approcher de lui.

– Les autres sont embusqués à proximité, souffla Nillem. Tu les vois ?

– Non.

– Dommage que le Rentaï t'ait offert des griffes et non une vision nocturne. Cela aurait été plus utile.

Ellana ne répondit pas.

Quelque chose s'était brisé entre eux.

L'avant-veille au soir.

Tristesse et méfiance avaient remplacé leur connivence amoureuse.

Si brusquement et si totalement qu'Ellana se demandait si, depuis le début, elle n'avait pas rêvé plutôt que vécu cette connivence.

Lorsque, quelques mois plus tôt, Nillem avait recommencé à lui parler de leur périple dans le désert des Murmures, elle s'en était réjouie, songeant qu'il avait enfin retrouvé son équilibre, mis à mal par le refus du Rentaï de lui accorder la greffe.

Il n'en était rien.

La blessure demeurait béante dans son amour-propre. Pire, elle s'était envenimée. Jusqu'à prendre toute la place.

Semblant goûter son absence de réaction, Nillem poursuivit :

— Il y en a deux derrière le mur en pierre qui jouxte la taverne, quatre près du bateau échoué et trois dans l'ombre de l'entrepôt. Je les ai repérés sans difficulté.

— Bravo.

Le mot avait été chuchoté. Même en le guettant, Nillem aurait été incapable de déceler le frisson de tristesse qui l'accompagnait.

Et il ne le guettait pas.

Sur le quai, un des guerriers tendit au marin une cassette cerclée de métal.

— Pour être aussi petite, elle doit contenir des gemmes précieuses, jugea Nillem.

Le marin s'en empara et, après en avoir vérifié le contenu, remit à son vis-à-vis une bourse de cuir.

— Les sphères graphes ! s'exclama Nillem plus fort qu'il ne l'aurait souhaité.

Ellana lui lança un regard noir. Ils se trouvaient heureusement assez loin pour que la voix de son compagnon se perde dans la nuit.

Tandis que les trois guerriers s'éloignaient, le pirate aline rejoignit son navire qui ne tarda pas à gagner la sortie du port, aussi furtif qu'à son arrivée, et disparut dans l'obscurité.

Ellana et Nillem reculèrent en rampant puis, une fois hors de vue du village, se redressèrent. Leurs chevaux les attendaient, à l'entrave dans une combe proche.

— En route, fit Ellana en enfourchant sa monture. Il ne faudrait pas qu'ils nous sèment.

L'avant-veille, alors qu'elle chevauchait en direction de l'océan, Ellana avait senti une formidable vague de bien-être déferler sur elle. La région qui s'étendait au sud de la capitale était suffisamment sauvage pour combler son besoin de solitude, ses muscles avaient recouvré souplesse et efficacité, et Nillem se tenait à ses côtés.

Sayanel avait en effet chargé son élève de la même mission qu'Ellana : suivre discrètement les sphères graphes du point d'accostage du navire aline jusqu'à Al-Jeit, puis intégrer la caravane qui les transporterait jusqu'à leur destination finale. Au grand regret d'Ellana, il avait été décidé que les deux apprentis n'effectueraient pas ensemble le second voyage. Ellana devait gagner Al-Far, Nillem avait pour tâche de rejoindre Al-Vor. Cela rendait d'autant plus précieux les quatre jours qu'ils allaient partager.

Ils bénéficiaient d'une avance confortable sur les soldats chargés de récupérer les sphères graphes au port, aussi avaient-ils pris leur temps depuis Al-Jeit, appréciant le plaisir simple d'être réunis et profitant de chacune de leurs haltes pour goûter le parfum de l'autre et la douceur de sa peau.

L'incident était survenu lors du bivouac.

Le feu qu'ils avaient allumé pour cuire leur repas s'éteignait sans hâte, sous les buissons les insectes nocturnes crissaient des odes à l'amour...

... un bruit avait retenti. Tout proche.

Un bruit de branche brisée.

Nillem et Ellana s'étaient dressés dans un ensemble parfait. Aussi rapides l'un que l'autre, ils avaient pivoté...

... puis éclaté de rire en apercevant le lapin effrayé qui s'enfuyait.

Elle avait souri en découvrant le poignard apparu comme par magie entre les doigts de Nillem. Il était resté pétrifié devant les lames étincelantes qui avaient jailli entre ses doigts à elle.

Plus tard, tandis que la température fraîchissait lentement et qu'ils avaient étendu leurs couvertures sur le sol, elle s'était glissée près de Nillem afin de se blottir contre lui. Elle l'avait senti tressaillir à son contact. Un mouvement de recul léger mais indéniable.

– Que se passe-t-il ? lui avait-elle demandé, surprise.
– Rien. Pourquoi ?

Dubitative, elle avait approché sa bouche de la sienne. Il avait détourné la tête.

– Rien ? Vraiment ? avait-elle alors lancé en tentant de masquer sa déconvenue sous un ton ironique. Je t'ai pourtant connu plus... affectueux.

Il avait haussé les épaules puis, se reprenant, lui avait adressé un clin d'œil.

– Il faut dire que, pour l'instant, ton visage n'incite guère à la sensualité. Peut-être faudrait-il que tu repartes vers le Rentaï afin de solliciter une nouvelle greffe. Il t'a offert des lames, il peut sans doute se débrouiller pour que te regarder ne donne plus la nausée.

Pour souligner ses mots, il avait effleuré du doigt les lèvres tuméfiées d'Ellana qui avait tressailli, blessée par les mots de Nillem comme par un coup de poignard.

– Qu'est-ce que tu fais ? s'était-il étonné lorsqu'elle s'était levée.
– Je te laisse. Je ne voudrais pas que tu vomisses toute la nuit à cause de moi.
– Attends ! s'était-il écrié. Ne le prends pas mal, c'était une boutade.

Ellana s'était installée de l'autre côté du feu et, lorsqu'il avait fait mine de la suivre, elle l'avait arrêté d'une phrase cinglante.

– Si tu ne veux pas que ton visage ressemble au mien, je te conseille de ne pas t'approcher.

La nuit avait été longue.

Tandis qu'ils filaient vers Al-Jeit, Ellana songeait à cet étrange revirement de leur relation.

Ils n'avaient pas reparlé de l'incident qui les avait opposés et, comme les trois nuits suivantes avaient été employées à surveiller les sphères graphes et ceux qui les convoyaient, elle n'avait aucun moyen de savoir s'il s'agissait d'un malentendu ou des prémices d'une rupture inéluctable comme elle le pressentait.

Seules demeuraient l'intuition que Nillem était malheureux et la certitude que, pour l'instant, elle n'était pas en mesure de l'aider.

Inquiète pour lui, elle refusait de songer à sa propre peine.

Ils se séparèrent à la nuit tombée devant le palais impérial où venaient de s'engouffrer les soldats portant les sphères graphes.

– Ellana, attends !

Elle se retourna.

Nillem courut pour la rejoindre.

– Ellana, fit-il en parvenant à sa hauteur, je... je... suis désolé.

Ils se regardèrent longuement en silence puis Ellana hocha la tête.
— Moi aussi, Nillem.
— Je ne comprends pas ce qui s'est passé.
— Moi non plus.
— Tu m'en veux ?
Elle prit le temps de réfléchir avant de répondre.
— Pour tes mots sur mon apparence, je ne crois pas. Pour le reste... Je ne sais pas encore.
Il opina.
— Je... je... Non, il est trop tôt pour... rebondir. Trop tôt ou trop tard.
Il passa la main dans ses cheveux. Un geste coutumier mais empreint d'une gaucherie inhabituelle.
— Je suis vraiment désolé, Ellana. Je me suis comporté comme un rustre. Demain matin, nous partirons chacun de notre côté. Je suppose que tu ne désires pas passer la nuit avec moi ?
— C'est exact.
Il opina à nouveau.
— Rallier Al-Vor me prendra moins de temps qu'il ne t'en faudra pour atteindre Al-Far. Je t'attendrai dans un mois au bord du lac Chen, là où les Dentelles Vives plongent dans l'eau. L'endroit est unique, tu le trouveras sans mal. Si tu le cherches. Je... j'y serai. D'accord ?
Elle aurait voulu lui prendre la main, s'immerger dans le bleu de son regard, lui crier que...
Elle se contenta d'acquiescer. Distante.
— D'accord.
— Ellana ?
Nillem avait murmuré.
Il poursuivit, plus fragile qu'il ne l'avait jamais été :

Le Pacte des Marchombres

– Je... je crois que je t'aime.

Comme incapable de supporter le son de sa propre voix, il se détourna.

Ellana, pétrifiée, le regarda s'éloigner.

« *Je crois que je t'aime.* »

Leurs regards ne s'étaient même pas croisés.

Alors qu'elle se perdait dans la foule noctambule, elle leva les yeux vers les étoiles. Les lumières de la ville l'empêchèrent de les discerner.

12

– Souhaites-tu que nous en parlions ?
Ellana scruta le visage de Jilano sans parvenir à déchiffrer son regard.
– Que nous parlions de quoi ? finit-elle par lui demander.
– De cette ombre qui pèse sur toi.
– L'ombre aurait donc un poids ? ironisa-t-elle.
– Oui.
Le maître marchombre avait esquivé la piètre tentative de diversion comme il aurait évité le coup de poing d'un adversaire ivre et aveugle. Son oui, froid et direct, cueillit Ellana au creux de l'estomac. Elle tressaillit.
– Je ne me sens pas alourdie ! rétorqua-t-elle.
Parade tardive.
Inefficace.
Presque ridicule.
Jilano mordit dans la pomme avec laquelle il jouait depuis un moment. Il prit le temps de mâcher tranquillement, puis d'avaler avant de poursuivre :
– Tu l'es pourtant.
Ellana serra les poings.

— Je...
— Un marchombre sait capter les ondes de la vie. Il les comprend, s'accorde à elles, glisse avec elles mais jamais...
— Je ne suis pas...
— ... ne les laisse interférer avec ce qu'il est vraiment.
— ... alourdie !
Jilano lança sa pomme au visage d'Ellana.
Il n'avait pas tenté de dissimuler son geste, vif mais dépourvu de violence, la jeune marchombre aurait dû attraper la pomme sans difficulté ou, au moins, l'éviter.
Elle rebondit sur son front avant de tomber dans la nuit, cent mètres plus bas.
— Cela ne fait pas du marchombre un être froid et détaché, continua Jilano comme si rien ne s'était passé. En revanche, s'il parvient à sentir les liens invisibles qui l'unissent au monde et à les transformer en choix, il devient un être capable d'emprunter la route qu'il veut. En toutes circonstances. C'est loin d'être aisé et nombreux sont les marchombres qui, prétendant arpenter la voie, sont en réalité prisonniers d'une toile qu'ils ont contribué à tisser. C'est pour cela que je te propose mon aide.
Ellana ferma les yeux.
Nillem était un des liens qui l'unissaient au monde. Était-il pour autant un choix ?
Elle se souvint de leur premier baiser, échangé sur une vire rocheuse du Rentaï. Un baiser au goût de sel et de vie, d'échec et d'élan, de promesse et de renoncement. Un baiser à l'image de leur relation. Fusionnelle et impalpable. Forte et illusoire.

– Un marchombre ne peut-il donc pas connaître l'amour ?

Ce n'était pas la question qu'Ellana avait prévu de poser. Elle n'avait jamais vraiment réfléchi aux sentiments qu'elle éprouvait pour Nillem, ni d'ailleurs à ceux qu'il éprouvait pour elle, mais elle savait qu'amour n'était pas le mot qui convenait.

Trop tard. Elle l'avait prononcé, elle devait maintenant en assumer les conséquences.

– Au contraire.

Ellana soupira. La sagesse sibylline de Jilano frôlait parfois l'exaspérant. Non. Pas frôlait. Était exaspérante.

– Au contraire ?

Il sourit, parfaitement conscient de son agacement.

– Nous n'avons pas le temps d'aborder ce sujet et, de plus, certaines expériences doivent être vécues et non racontées, pour que la courbe soit harmonieuse.

« Certaines expériences doivent être vécues, et non racontées, pour que la courbe soit harmonieuse. » Était-ce un hasard si les mots employés par Jilano étaient ceux qu'elle avait utilisés quelques jours plus tôt en s'adressant à Nillem ?

Elle secoua la tête. Il n'y avait pas de hasard. Pas avec Jilano.

Le sourire du maître marchombre disparut.

– Je peux néanmoins te proposer une direction. Libre à toi de l'emprunter ou non.

Il se tut un instant et lorsqu'il reprit, son visage était empreint d'une conviction paisible.

– Aimer est l'un des plus beaux choix qui s'offrent à un homme. Ou à une femme. Et l'un des plus difficiles.

– Vraiment ?

Ellana se mordit les lèvres. Était-elle à ce point mal à l'aise qu'elle se sentait obligée de verser dans l'ironie stupide ?

– Oui, répondit Jilano sans se formaliser de l'interruption. Et pas seulement parce que différencier l'amour de la passion ou d'une simple attirance, physique ou intellectuelle, est complexe. Une fois le choix d'aimer effectué, tout est en devenir. Tout reste à bâtir. Mon maître disait que l'amour est une voie au même titre que la voie des marchombres.

C'était la première fois que Jilano évoquait son maître. Ellana en oublia ses préoccupations pour boire les paroles du marchombre.

– Selon mon maître, leur plus grande similitude réside dans leur nature de voie. S'y engager n'a aucun sens si on n'est pas décidé à y progresser.

Une bourrasque de vent frais balaya le sommet de la coupole où ils étaient juchés. Jilano jeta un regard dans le gouffre qui s'ouvrait à leurs pieds.

– J'aurais volontiers fini ma pomme, fit-il sur un ton enjoué. Elle était remarquablement juteuse.

– Comment s'appelait votre maître ? s'enquit Ellana, presque avec timidité.

– Elle s'appelait Esîl.

– Elle ? Votre maître était une femme ?

– Bien sûr, acquiesça Jilano.

Il braqua ses yeux bleu pâle dans ceux d'Ellana avant de poursuivre :

– Comment aurait-il pu en être autrement ?

– Je ne…

Déjà Jilano s'était levé.

– Sais-tu que Til' Illan a remporté les dix épreuves du tournoi ? lança-t-il.

Ellana poussa un sifflement admiratif en se levant à son tour.

– Est-ce que...
– Suis-moi, jeune apprentie.

Jilano ouvrit les bras en grand et bondit dans le vide. Alors que l'obscurité qui régnait au-dessous d'eux allait l'engloutir, il crocheta une barre métallique qui saillait de la façade. Elle devint aussitôt un axe pour son corps qui tournoya avant qu'il ne la lâche pour s'élancer vers une plate-forme à quinze mètres de là. Il y atterrit en souplesse et pivota vers son élève.

– À toi.

Ellana se plaça au bord de la coupole.

Marchombre.

Elle avait encore tant à découvrir. Tant à apprendre.

Elle s'envola.

CHUTES

1

Ellana talonna sa monture, une petite jument pie dotée d'un caractère épouvantable avec laquelle elle s'entendait à merveille.

– Plus vite, Alula !

L'ordre galvanisa l'animal qui accéléra son allure, gravissant au grand galop les ultimes mètres les séparant de la crête.

Ellana éclata de rire en sentant le vent de leur course fouetter son visage et transformer sa chevelure en crinière ébouriffée. Elle abandonna à regret sa position couchée sur l'encolure pour se redresser.

– Bravo, Alula, tu es géniale ! Tu peux t'arrêter maintenant. Voilà, c'est bien.

Les flancs haletants après l'effort qu'elle avait fourni, la petite jument obéit.

Sa maîtresse l'avait conduite au sommet d'une colline herbeuse dont le vert pâle était éclaboussé par les taches blanches de rochers affleurants. Au-dessus de leurs têtes, un vent d'altitude jouait avec de rares nuages argentés, les bousculant en silence sous l'œil impavide d'un chaud soleil de midi.

Ellana laissa son regard courir de la rivière qu'elle venait de franchir aux montagnes bleutées se dressant à l'horizon et qui lui cachaient le Pollimage. Elle discerna une harde de siffleurs paissant dans une combe proche, un lac à la surface miroitante droit devant, une série d'aiguilles rocheuses émergeant du couvert d'un bosquet d'yeuses, mais aucun signe de présence humaine hormis les toits d'un village lointain sur sa droite.

Elle ouvrit les bras en grand, comme pour mieux s'imprégner de la pureté sauvage dans laquelle elle flottait depuis trois jours. Depuis qu'elle avait quitté Al-Jeit.

Elle se sentait en accord parfait avec l'herbe, le vent et les nuages. Même la brutale et courte averse qui l'avait surprise la veille lui avait paru harmonieuse.

Plus encore que le Miroir ou les coupoles de jade de la capitale.

Elle sourit lorsqu'une délicate fragrance monta à ses narines. Alula, insensible à la beauté du paysage, avait arraché une touffe de menthe poivrée et la savourait paisiblement.

L'odeur projeta Ellana des années en arrière. Oukilip et Pilipip, les deux Petits qui l'avaient élevée, parfumaient souvent leur cuisine avec de la menthe poivrée. Ils l'utilisaient également pour soigner leurs rhumes et en tiraient une liqueur dont ils avaient parfois tendance à abuser...

Ellana fut submergée par une brutale vague de nostalgie. Elle avait vécu dix ans avec ses pères adoptifs.

Dix années de bonheur limpide, dix années de simplicité joyeuse et d'aventures allègres, dix années qui avaient façonné sa personnalité, ses goûts et son indépendance.

Que faisaient Ouk et Pil en ce moment même ? Sans doute ramassaient-ils des framboises – de loin leur activité favorite – à moins qu'ils ne tentent de surprendre les clochinettes qui pépiaient dans les épais taillis de la Forêt Maison.

L'envie remplaça la nostalgie. L'envie irrésistible de filer vers le nord pour arbitrer en riant une de leurs innombrables disputes, ciment de leur relation. L'envie de partager avec eux un saladier de framboises à la crème. L'envie de se pelotonner contre leurs ventres rebondis, même s'ils devaient désormais lui arriver à peine à la taille.

Alula renâcla, ramenant Ellana à la réalité.

La Forêt Maison se trouvait à des milliers de kilomètres, derrière l'infranchissable chaîne du Poll. Le voyage prendrait des semaines puisque l'arbre passeur qui lui avait permis d'arriver à Al-Far en une fraction de seconde lorsqu'elle avait quitté les Petits avait brûlé.

Un jour, elle retournerait là-bas.

Un jour.

Pas maintenant.

Pour l'instant, elle avait une mission et la ferme intention de la mener à bien.

Elle scruta une dernière fois les environs, à l'affût des tourbillons de poussière qui auraient révélé la présence de cavaliers puis, convaincue que si des hommes se dissimulaient là, ils étaient suffisamment discrets pour qu'elle n'ait aucune chance de les apercevoir, elle tira sur ses rênes.

– Assez mangé, Alula, on repart.

La petite jument souffla bruyamment avant d'obtempérer.
Elle redescendit la colline au pas.
Droit sur la caravane qui avançait sur la piste.

– Alors, Piu ?
Ellana secoua la tête.
– Rien.
– Ça ne m'étonne pas. Nous ne sommes qu'à trois jours d'Al-Jeit et si l'Empire traverse une mauvaise passe, je doute que des brigands osent s'approcher aussi près de la capitale. Sommes-nous loin du lac Koll ?
– Je l'ai aperçu du sommet de la colline. Nous devrions l'atteindre avant la nuit.
Hurj Ingan eut l'air satisfait.
– Parfait. Je préférerais, certes, voyager avec une troupe de Thüls plutôt qu'avec ce ramassis d'incapables, mais je vois mal qui ou quoi pourrait nous empêcher d'arriver à bon port.
Ellana retint un sourire. À peine plus âgé qu'elle, Hurj Ingan s'exprimait déjà avec l'incroyable assurance – d'aucuns auraient dit arrogance – des guerriers de son peuple.
Elle avait été surprise en le découvrant sur l'esplanade des départs, pourtant sa stature et ses longs cheveux roux tressés ne laissaient pas de place au doute. Il s'agissait bien du Thül qu'elle avait vu concourir dans les arènes d'Al-Jeit.
Le teint buriné et les traits harmonieux, il paraissait de mauvaise humeur, sans doute du fait de ses échecs au tournoi.

Très vite cependant, son rôle de responsable de l'escorte l'avait accaparé et il avait distribué une série d'ordres brefs qui témoignaient de sa compétence.

Lorsque Ellana s'était présentée à Milos Jil' Arakan, le maître caravanier, ce dernier l'avait renvoyée vers le jeune Thül.

– C'est Hurj qui gère les éclaireurs. Adresse-toi à lui.

Hurj Ingan avait vérifié qu'elle était inscrite sur sa liste puis avait désigné son visage du doigt.

– Que t'est-il arrivé, Piu ?
– Mauvaise chute, avait-elle répondu laconique.
– Ça arrive. Tu as déjà effectué un boulot d'éclaireuse ?
– Oui.

Il l'avait jaugée sans bienveillance.

– Tu n'es pourtant pas bien vieille.
– Toi non plus.

Contre toute attente, il avait éclaté de rire.

– Tu me plais. Tape là.

Il avait tendu son gros poing sur lequel Ellana avait fait claquer le sien, scellant ainsi ce qui était pour les Thüls un indéfectible pacte de confiance réciproque.

En trois jours, Ellana – ou plutôt Piu puisque c'est sous ce nom qu'elle s'était fait connaître – avait appris à apprécier le Thül, son efficacité, sa droiture et l'humanité qu'il tentait en vain de dissimuler sous ses rodomontades.

– Qu'est-ce que tu as à me regarder comme ça ? lança Hurj Ingan. J'ai une pustule raï au milieu du front ?

Ellana haussa les épaules.

— Elle ne pourrait qu'embellir ta face de Thül.
— Ma face de… Thül ? explosa-t-il. Tu… tu te permets de critiquer ma face de Thül avec la tête que tu as ?

Ellana passa le bout de ses doigts sous son œil gauche.

— Ça a désenflé, non ?
— Oui, un peu, convint Hurj Ingan, mais tu restes quand même hideuse au point de décourager un Raï en rut.
— Il est de notoriété publique que les Thüls savent parler aux femmes.

Hurj Ingan poussa un grognement éloquent.

— La vérité c'est qu'il ne faudrait jamais parler aux femmes. Trêve de plaisanterie. Il y a un peu moins d'une heure Ehlias est parti inspecter la forêt qui borde la piste côté ouest. Tu vas filer jusqu'à un éboulis qui marque le début d'un défilé. Tu vérifies que tout va bien et tu nous attends là-bas.
— D'accord, grand chef.

Ellana s'apprêtait à talonner Alula, lorsqu'une voix retentit derrière eux.

— Piu ! Attends ! Je t'accompagne.

Ellana retint une imprécation.

Salvarode.

2

– Je suis pourtant certain de t'avoir déjà rencontrée.

Ellana haussa les épaules.

– Si c'est le cas, cette rencontre ne m'a laissé aucun souvenir.

– Tu es trop impertinente à mon goût.

– J'utiliserais plutôt le mot honnête.

Salvarode serra les mâchoires.

– Tu as la langue bien pendue pour une jeune éclaireuse.

– C'est ce que tout le monde prétend.

Elle avait failli dire Jilano et ne s'était reprise qu'à l'ultime seconde. Voilà trois jours qu'elle surveillait son attitude et évitait de croiser Salvarode. Se trahir de cette manière aurait été le comble de la stupidité.

Durant quelques minutes, seul s'éleva le bruit des sabots de leurs chevaux sur la piste, puis Salvarode reprit :

– Quel âge as-tu ?

– Vingt ans, mentit-elle. Et toi ?

Le marchombre tressaillit.

— Près du double. Suffisamment pour que tu me montres davantage de respect. Par exemple en me vouvoyant. Tu as compris ?
— Que tu avais quarante ans ? Oui. Le calcul n'était pas difficile.

Pendant un instant, Ellana et Salvarode se toisèrent sans aménité.

Elle ne l'aimait pas.

D'abord parce que Jilano ne lui accordait pas sa confiance – pourquoi sinon aurait-il demandé à son élève de se joindre incognito à l'expédition ? – ensuite parce qu'il faisait preuve d'une intolérable prétention.

Une prétention qu'elle détestait viscéralement.

Et ce n'était pas tout.

Elle n'aimait pas le regard condescendant qu'il portait sur Hurj et celui, avide, dont il enveloppait Lahira, la jeune cuisinière.

Elle n'aimait pas la façon ostentatoire qu'il avait de se déplacer, comme s'il voulait étaler à la face du monde son statut de marchombre et la supériorité qui lui était attachée.

Elle n'aimait pas sa voix, sa courte barbe grisonnante, les boucles de sa chevelure et les manches en acier des poignards glissés à sa ceinture.

Sans oublier qu'il y avait une chance sur trois que Salvarode fût le serpent qui avait tenté de la tuer lorsqu'elle avait passé les épreuves de l'Ahn-Ju.

Non, décidément, elle n'aimait rien en lui.

Elle s'en sentait presque coupable. Prétentieux ou non, Salvarode n'en était pas moins un maître marchombre, mais elle ne parvenait pas à maîtriser l'antipathie qu'il lui inspirait.

Un coureur au plumage coloré déboula sur la piste, détournant leur attention et offrant un dérivatif à la tension qui palpitait entre eux.

L'oiseau resta un instant à contempler stupidement les deux cavaliers qui s'étaient arrêtés pour l'observer. Il fit ensuite volte-face et s'enfuit de toute la vitesse de ses longues pattes.

Salvarode et Ellana reprirent leur route en échangeant d'inoffensives banalités.

Le relief s'était accentué et de denses coulées de conifères vert sombre cascadaient désormais depuis les hauteurs environnantes jusqu'aux abords immédiats de la piste. Ellana scrutait les sous-bois, attentive au moindre mouvement, au moindre craquement de branches. Salvarode faisait de même, ce qui avait l'avantage de limiter la conversation.

Ils chevauchèrent deux heures avant d'atteindre le défilé qu'avait mentionné Hurj Ingan.

Il ne s'agissait pas d'une trouée à travers une barre rocheuse mais d'un passage entre des blocs monumentaux qui s'étaient détachés d'une crête avant de dégringoler jusqu'à la rivière en contrebas.

Ellana et Salvarode descendirent de cheval et, pendant que le marchombre entravait les montures, la jeune fille grimpa au sommet d'un rocher qui surplombait la piste d'une dizaine de mètres.

Contact intime et bouleversant
Corps transcendé qui fusionne
Avec l'âme du rocher.

Quand elle perçut la densité du silence dans son dos, elle comprit qu'elle avait fait une erreur.

Une erreur que confirma Salvarode lorsqu'il se hissa à ses côtés.

– Où as-tu appris à grimper ainsi ? lui demanda-t-il en fronçant les sourcils.
Ellana retint de justesse un juron.
– Je... je n'ai pas appris.
– Montre-moi tes doigts.
L'ordre était sans appel. Ellana obtempéra. Salvarode observa avec attention les mains de la jeune fille. Leur finesse dissimulait mal leur puissance et les cals qui résultaient de ses longues séances d'entraînement sautaient aux yeux. Il braqua sur elle un regard suspicieux.
– Tu as des mains de grimpeuse. De quelle région viens-tu ?
Contenant à grand-peine son envie de le rabrouer, Ellana se composa une mine respectueuse.
– Des montagnes de l'Est. Mes parents y possèdent un élevage de siffleurs de roches. Tout le monde grimpe là-bas.
Salvarode hocha la tête, puis se redressa comme si le sujet ne présentait plus la moindre importance.
– Va dans cette direction, je m'occupe de ce secteur. Si tu aperçois quelque chose, imite le cri du siffleur. Je suppose que tu en es capable ?
Ellana opina sans relever le ton sarcastique du marchombre. Elle sauta sur un rocher proche en prenant soin de dissimuler ses capacités sous une maladresse feinte et s'éloigna.
Elle maudissait Salvarode pour son outrecuidance – le contact de ses doigts dans le creux de ses mains avait été intolérable – mais elle se maudissait encore plus d'avoir failli se trahir.
« Ellana, ma fille, tu as une cervelle de clochinette, songea-t-elle. Jilano ne serait pas fier de toi. »

Lorsqu'elle fut certaine que Salvarode ne pouvait plus la voir, elle abandonna la démarche gauche à laquelle elle s'était contrainte et se coula sans bruit dans le dédale de rochers.

Si Jilano avait raison et que les mercenaires du Chaos avaient des visées sur les sphères graphes, l'endroit était idéal pour tendre une embuscade. Les blocs gigantesques qui l'environnaient étaient susceptibles de dissimuler une cohorte de guerriers et constituaient des plates-formes de tir rêvées pour des archers. Utilisant les moindres ressources de son prodigieux entraînement, elle se faufila de rocher en rocher avec la discrétion d'un rêve oublié.

Alors qu'elle se coulait derrière le tronc d'un pin noueux, elle se figea. Elle avait perçu un mouvement à une vingtaine de mètres. Senti aurait été plus exact tant le mouvement en question avait été furtif.

Elle se laissa glisser à terre, rampa sans bruit jusqu'à un rocher qui offrait un renfoncement, se releva dans son ombre, posa la main sur le manche de son poignard...

S'immobilisa.

Salvarode revenait vers la piste, si parfaitement maître de ses mouvements, si souple, si silencieux, que l'inimitié qu'elle lui vouait se mua en respect. Presque en admiration.

Elle gomma très vite ce sentiment. Jilano lui avait demandé de participer à l'expédition parce qu'il se méfiait de Salvarode. Que ce dernier soit un marchombre d'exception devait l'inciter à la prudence. Rien de plus.

Ils se rejoignirent près des chevaux.

Ni l'un ni l'autre n'ayant décelé de danger, ils s'installèrent sur un rocher au bord de la piste pour attendre la caravane. Il s'en fallait de plusieurs heures que le soleil se couche. Les chariots auraient largement le temps de franchir le défilé avant que l'obscurité ne rende le passage trop périlleux.
Ellana s'étira et libéra ses pensées qui dérivèrent vers Nillem.
« *Je crois que je t'aime* », lui avait-il soufflé.
S'était-il rendu compte que sa déclaration contenait un verbe de trop ? Pouvait-on croire aimer comme on croit avoir de la fièvre ou croire qu'il va pleuvoir ?
Nillem.
Où était-il ? Lui manquait-elle ?
La voix de Salvarode la ramena à la réalité.
– Dis-moi, Piu, as-tu déjà entendu parler des marchombres ?

3

Ellana jeta un coup d'œil dubitatif au contenu de son assiette, un épais ragoût agrémenté de feuilles d'étoilées.
– Merci Lahira, mais tu surestimes la capacité de mon estomac.
– Je... je suis désolée, fit la jeune cuisinière en rougissant. Vous n'aimez pas la viande de siffleur ?
– Si, je l'adore, et je t'ai déjà demandé mille fois de me tutoyer. Le problème vient de la quantité.
– Vous... tu en veux davantage ?
– Lahira, je ne suis pas un de ces gros types affublés de sabres et de haches qui passent leur journée à bomber le torse devant toi. Je serais incapable d'avaler ne serait-ce que la moitié de cette portion.
– Vous voul... tu veux une autre assiette ?
Ellana poussa un soupir.
Elle avait sensiblement le même âge que Lahira, mais un monde les séparait. À aucun moment de sa vie, elle en était certaine, elle n'avait arboré la fraîcheur candide, presque naïve, qu'irradiait la jeune fille. Jamais, même enfant, elle ne s'était montrée aussi délicate. Aussi fragile.

Alors qu'Ellana avait toujours veillé à ne dépendre de personne, acceptant les dangers et la solitude que cela impliquait, voire les recherchant, Lahira exposait sans embarras sa vulnérabilité. Elle attisait ainsi, sans en avoir vraiment conscience, les pulsions protectrices de ceux qui l'entouraient.
Protectrices ou conquérantes.
Les rudes guerriers qui constituaient la troupe hétéroclite escortant la caravane ne s'y trompaient pas. Si aucun d'entre eux ne se permettait la moindre privauté envers Ellana, Lahira était chaque jour confrontée à de grossières tentatives de séduction qui la laissaient désemparée.
Hurj Ingan l'avait heureusement prise sous sa protection. La règle, tacite, avait le mérite d'être claire : quiconque dépasserait les bornes avec la jeune cuisinière aurait affaire à lui !
Et comme seul un fou aurait couru le risque de provoquer le Thül, Lahira continuait à promener sur la caravane son regard ingénu, et à dévoiler en toute innocence ses courbes engageantes.
– Non merci, Lahira. Je vais me débrouiller.
Les feuilles d'étoilées offraient au ragoût une saveur douceâtre peu agréable et, très vite, Ellana repoussa son assiette.
Elle observa les hommes et les femmes assis autour du feu, regroupés par affinité et occupés à manger ou à discuter.
Rien à voir avec l'harmonieuse sensation de complémentarité qui avait baigné son premier périple en caravane.
Milos Jil' Arakan, le responsable des chariots, n'était pas un Itinérant mais un simple maître

convoyeur, Moun' Hir, l'intendant, était loin de posséder l'expérience d'Entora et, si Hurj Ingan avait la stature d'un véritable chef, les guerriers qu'il commandait étaient à mille lieues de l'efficacité professionnelle d'une unité thüle.

« La plupart des combattants dignes de ce nom sont regroupés à la frontière nord de l'Empire pour affronter les Raïs, avait expliqué Jilano à sa jeune élève, et les soldats qui restent ne peuvent quitter l'enceinte des cités. La troupe qui emmènera les sphères graphes à Al-Far sera constituée d'hommes sans véritable expérience. »

Devant la mine surprise d'Ellana, le marchombre avait ajouté : « C'est un choix judicieux qu'a fait l'Empereur. Ainsi personne n'imaginera que la caravane transporte un trésor. En outre, le Thül qui commandera l'escorte, bien que jeune, est digne de confiance et, avec un peu de chance, Salvarode sera là pour veiller au grain. »

Avec un peu de chance !

Jilano avait souri en prononçant cette phrase, afin qu'Ellana ne se leurre pas sur le fond de sa pensée.

Salvarode.

Ellana le repéra, assis à l'écart, mangeant en silence tout en portant sur l'assemblée un regard vigilant. Le marchombre jouait dans la caravane le rôle que tenait Sayanel lorsqu'elle l'avait rencontré, mais il œuvrait également pour la guilde en surveillant les sphères graphes.

Sauf que Jilano se méfiait de lui, ce qui compliquait notablement la situation...

– Dis-moi, Piu, as-tu déjà entendu parler des marchombres ?

Ellana tressaillit. Ce qu'elle craignait s'était-il produit ? Malgré les assertions rassurantes de Jilano, Salvarode l'avait-il reconnue ?

Dans le doute, elle opta pour une réponse vague. Si la guilde n'était pas secrète, peu d'Alaviriens avaient réellement connaissance de ses activités. D'un autre côté, l'éclaireuse qu'elle était censée incarner pouvait-elle ignorer l'existence des marchombres ?

– Oui. Enfin... un peu. Pourquoi ?

Salvarode lui offrit un regard énigmatique.

– Sais-tu que devenir marchombre te permettrait d'accéder à un monde dont tu n'as même jamais rêvé ?

– Je... Non, je... comment ?

Abasourdie par cette entrée en matière, Ellana n'avait pas eu besoin de feindre le bégaiement. Salvarode ne semblait toutefois pas attendre d'autre réponse. Prenant sa surprise pour de l'émotion, il poursuivit :

– La formation marchombre est la clef du pouvoir. Elle permet de devenir plus fort et plus rapide que quiconque. Elle fait de ceux et celles qui la suivent des êtres d'exception, voués aux destins les plus admirables.

– Cette... formation est-elle très difficile ? demanda Ellana pour donner le change tout en contenant à grand-peine sa colère face à cette présentation caricaturale de la voie des marchombres.

– Oui, très difficile, admit Salvarode, mais un maître peut la rendre accessible à son élève.

Ellana blêmit en comprenant enfin où il voulait en venir.

Déjà Salvarode reprenait :
— Je t'ai beaucoup observée, Piu. Depuis que nous avons quitté Al-Jeit. Il y a de jolies potentialités en toi. Des potentialités qui, sous la houlette d'un maître marchombre, peuvent devenir de vraies qualités. Jure-moi respect et obéissance, et je t'enseignerai les arcanes secrets de la voie.

Ellana ouvrit la bouche sans qu'aucun son n'en sorte. Prise en tenaille entre l'envie d'éclater de rire et celle de jeter sa fatuité au visage de Salvarode, elle était consternée par le gouffre existant entre l'homme qui lui faisait face et le véritable maître qu'était Jilano.

Une fois de plus, Salvarode se méprit sur les raisons de son silence.

— Ne me réponds pas immédiatement, lui conseilla-t-il en caressant les manches d'acier de ses poignards. Réfléchis, observe-moi, prends conscience de ta chance. Nous reparlerons plus tard de ma proposition.

Considérant que la discussion était close, il se leva, si souple qu'Ellana ravala la remarque acerbe qui lui était montée aux lèvres. Prétentieux ou pas, sympathique ou non, Salvarode était un maître marchombre. Le sous-estimer aurait été une grossière erreur.

Elle le regarda s'éloigner en se demandant comment elle allait se tirer de la nasse dans laquelle elle se trouvait désormais prise.

4

Les jours qui suivirent, Ellana évita de se retrouver seule avec Salvarode, mais le marchombre ne tenta pas de l'approcher. Il se contentait d'un bref hochement de tête lorsque leurs regards se croisaient et elle comprit peu à peu qu'il n'éprouvait pas le moindre doute sur sa future décision.

Les ecchymoses sur le visage de la jeune fille avaient fini par disparaître mais, ainsi que l'avait prévu Jilano, Salvarode était trop habitué à sa présence pour voir en elle quelqu'un d'autre que Piu l'éclaireuse.

Éclaireuse.

Ce travail enchantait Ellana.

Elle adorait s'élancer sur le dos d'Alula jusqu'à ce que les chariots ne soient plus qu'un souvenir derrière elle. Le sentiment de solitude qui l'envahissait alors lui semblait la plus belle des récompenses.

Libérées, ses pensées s'envolaient fréquemment vers Nillem, pourtant, malgré ses efforts, elle ne parvenait pas à clarifier ses sentiments envers lui. Il lui manquait, c'était incontestable. Elle aurait aimé qu'il chevauche à ses côtés, aimé entendre le son de sa voix, retrouver la chaleur de sa peau et la douceur de ses caresses, mais elle savait aussi que c'était l'idée de Nillem, plus que Nillem lui-même, qui lui manquait. Elle savait que la fêlure créée en lui par le Rentaï était devenue un gouffre entre eux, elle savait que jeter un pont au-dessus de ce gouffre serait un exploit. Elle se demandait s'ils en seraient capables. S'ils en auraient envie.

Et les derniers mots de Nillem brûlaient sa mémoire.

Ces instants de tristesse ne duraient jamais longtemps. D'un haussement d'épaules, elle chassait les nuages qui obscurcissaient son esprit et se plongeait avec jubilation dans son travail d'éclaireuse.

Elle scrutait les abords de la piste, prenait de la hauteur quand c'était possible, descendait de cheval pour explorer les endroits qui lui semblaient suspects, utilisait la richesse de l'enseignement de Jilano pour déceler un éventuel danger. Lorsque la route lui paraissait sûre, elle rebroussait chemin pour faire son rapport à Hurj Ingan.

Elle s'était prise d'amitié pour le Thül, sa rudesse qui était une armure, sa prévenance envers Lahira et, surtout, l'efficacité avec laquelle il gérait la sécurité de la caravane. En retour, il s'appuyait volontiers sur elle, accordant une oreille attentive à ses comptes rendus et à son analyse des situations.

Ehlias, le deuxième éclaireur, était un homme bourru qui prononçait à peine plus de dix mots par jour et considérait sa tâche comme un moyen pratique de tenir ses semblables à distance. Il n'éclairait pas grand-chose et Hurj Ingan avait très vite cessé de compter sur lui.

– Te rends-tu compte à quoi j'en suis réduit? se plaignit-il un soir à Ellana. Moi, l'héritier d'un des plus puissants clans thüls du nord-ouest, je dirige un ramassis d'incapables et je n'ai, pour me seconder, qu'une gamine à peine sortie de l'œuf!
– Il faudra qu'un jour ton père t'explique comment on fait les enfants, rétorqua Ellana. Je te promets qu'il ne s'agit pas d'œufs mais de quelque chose de bien plus intéressant. Lorsque tu le comprendras, peut-être ton sale caractère de Thül s'arrangera-t-il.

Hurj Ingan poussa un rugissement et serra ses poings énormes.

– Maudite éclaireuse, tu...
– Cesse de vociférer, veux-tu, l'interrompit Ellana. Tu ne m'impressionnes pas plus que ton frère.

Hurj se calma instantanément.

– Tu connais mon frère? s'étonna-t-il.
– Rhous? Bien sûr. J'ai travaillé pour lui il y a quelques années. Sur une caravane d'Itinérants qui ralliait le Nord à partir d'Al-Far.

Elle avait parlé sur un ton détaché, laissant ainsi entendre que ce voyage n'avait été qu'une expérience parmi tant d'autres, omettant simplement de préciser qu'âgée de quatorze ans à peine, elle avait été embauchée comme aide-commis et non comme éclaireuse.

Hurj écarquilla les yeux.

– Tu parles du voyage où le convoi de mon frère a été attaqué par les Raïs?
– Oui.

Nouvel étonnement. Plus marqué.

– Par les tripes de mes ancêtres, Piu, quel âge as-tu? Je me souviens du soir où Rhous m'a raconté ce drame. J'étais un gamin. Juste un gamin.

Elle haussa les sourcils.
– Pourquoi utilises-tu l'imparfait ?
– Hein ?
Un sourire narquois étira les lèvres d'Ellana.
– Pourquoi dis-tu « j'étais » et non « je suis », Thül ignare ?
– Espèce de fiente de Raï ! s'emporta-t-il. Je vais te...
– Tu ne vas rien du tout, le coupa-t-elle. Si ça peut te rassurer, je suis plus jeune que toi mais ça ne change rien à ce qui nous préoccupe. Tu as beau peser un quintal et terroriser tes hommes, j'ai beau être l'éclaireuse la plus prometteuse de Gwendalavir, nous aurons de la chance si nous parvenons à conduire cette caravane jusqu'à Al-Far.
– Attends ! s'exclama Hurj.
– Attends quoi ? répliqua Ellana juste avant de comprendre qu'il avait cessé de plaisanter.
– Tu me considères vraiment comme un gamin ?
Elle vrilla son regard dans le sien.
– Et toi ?
– Et moi quoi ?
– Tu me considères vraiment comme une gamine ?
Ils s'observèrent un instant en silence.
Le rire avait quitté leurs yeux, devenus fenêtres vers leurs âmes.
Fenêtres qu'ils ouvrirent. Doucement mais avec confiance. Bien plus largement qu'ils ne l'auraient pensé.
– Non, répondit enfin Hurj.
– Moi non plus.
– Piu ?
– Oui ?

– Tu pourras toujours compter sur moi.
– Et toi sur moi.
Leurs voix n'avaient été que murmures, pourtant elles résonnèrent en eux avec la force des promesses absolues.

Plus tard, lorsque le camp endormi fut plongé dans le silence, Ellana, couchée sur le dos, les yeux perdus dans les étoiles, tenta comme chaque soir de deviner où se trouvait Nillem.

Elle n'y parvint pas.

Cette nuit-là, les traits de son compagnon demeurèrent flous.

5

Hurj Ingan refusa que la caravane s'engage dans les rues d'Al-Chen.

Cette décision fut la cause d'une altercation avec Milos Jil' Arakan. Le maître convoyeur souhaitait vendre des marchandises en ville et, arguant qu'il était le chef du convoi, exigeait une halte d'au moins trois jours.

Hurj, s'efforçant à grand-peine de conserver son calme, lui rétorqua que cette halte n'avait été ni prévue ni même envisagée et qu'il la considérait comme trop risquée pour l'autoriser.

– Risquée ? Une halte à Al-Chen ? railla Milos Jil' Arakan. Et de quoi as-tu donc peur ? Que les enfants des pêcheurs te fassent des grimaces ?

Un grondement sourd monta de la vaste poitrine du Thül tandis qu'une lueur mauvaise s'allumait au fond de ses yeux. Il serra les poings et le maître convoyeur se recroquevilla, prenant conscience un peu tard qu'il avait franchi une frontière dangereuse.

– Ce n'est pas ce que je voulais dire, balbutia-t-il. Je... je suis un marchand et...

– Tais-toi ou je jure sur la mémoire des ancêtres de mon clan que je te réduis en bouillie !
Milos Jil' Arakan devint livide.
Et muet.
– Ne m'adresse plus jamais la parole sur ce ton, martela Hurj. Surtout devant mes hommes.
Il désigna d'un mouvement du menton le petit attroupement qui s'était formé autour d'eux.
– Un convoi a besoin d'un maître caravanier responsable pour la diriger, pas d'une commère querelleuse.
– Une halte dans une taverne d'Al-Chen n'aurait pourtant pas été de refus ! lança Kilmourn, un des guerriers de l'escorte. On l'a bien méritée.
Hurj le toisa d'un air dur.
– Tout ce que tu mérites, face de Raï, c'est mon poing dans la gueule ! Tu le veux ou tu la fermes ?
Kilmourn était un solide gaillard, indiscipliné et prompt à la bagarre. Il avait toutefois l'avantage sur Milos Jil' Arakan de connaître les limites à ne pas franchir. Il resta coi.
Hurj se tourna vers le maître convoyeur.
– Notre plan de route a été déterminé avant notre départ d'Al-Jeit. Nous le respecterons dans ses moindres détails. Compris ?
Il avait insisté sur la deuxième partie de sa phrase et Ellana devina qu'il faisait allusion aux sphères graphes. Elle se demanda qui d'autre, dans la caravane, avait connaissance de leur existence. Hurj, cela paraissait évident, Milos Jil' Arakan aussi, qui devait les conserver dans son coffre personnel, et Salvarode évidemment. Ce devait être tout.
L'Empereur n'aurait-il pas dû les confier à un unique homme de confiance ? Monté sur un che-

val rapide, celui-ci aurait rallié Al-Far bien plus vite qu'une caravane.

Une vocifération d'Hurj la sortit de ses réflexions.

– À quel type de repos peuvent prétendre des caravaniers qui se baladent tranquillement sous le soleil depuis plus de dix jours ou des guerriers qui n'ont pas eu la moindre occasion de tirer leurs armes pour prouver leur vaillance ? Un repos, comme un salaire, se mérite, bande de poireaux, et ce n'est pas en restant plantés là avec vos airs niais que vous les mériterez. Bougez-vous !

En colère, le Thül était encore plus impressionnant que d'accoutumée. Chacun trouva tout à coup une tâche urgente à effectuer et le sujet de la halte à Al-Chen fut clos.

Ellana s'approcha de son ami.

– Tu es nul pour parler aux femmes mais tu sais t'adresser aux hommes, lui lança-t-elle avec un clin d'œil.

Il haussa les épaules.

– Les imbéciles, maugréa-t-il.

Ellana, qui avait d'abord cru qu'il évoquait ses hommes, tressaillit lorsqu'il poursuivit :

– Je leur avais dit que je pouvais m'occuper seul de cette histoire. Elle serait réglée depuis longtemps.

– De quoi parles-tu ?

Il la regarda comme s'il remarquait seulement sa présence.

– De rien. Oublie.

Pour couper court, il s'éloigna à grands pas, ignorant qu'elle n'avait aucune intention d'insister.

Elle savait parfaitement à quoi il faisait allusion.

Le même jour, Ellana décida de s'entretenir avec Salvarode. Le marchombre ne lui avait plus adressé la parole depuis sa proposition mais il ne tarderait pas à la relancer et elle préférait le devancer.

Elle le trouva occupé à vérifier l'état des harnais des chevaux. Prétentieux ou pas, Salvarode assumait sa tâche avec le plus grand sérieux et aucun détail dans la caravane ne lui échappait.

– Oui ? fit-il lorsqu'elle se planta devant lui.
– J'ai réfléchi à ton offre.
– Et ?
– Elle est vraiment tentante mais, avant de l'accepter, je préfère attendre que nous ayons atteint Al-Far. Une fois ma mission accomplie, je me sentirai libre de te suivre.

Salvarode se détourna.

– Comme tu veux, marmonna-t-il, mais ça risque d'être trop tard.

La réponse, sibylline, attisa la curiosité de la jeune fille.

– Je croyais que tu m'accordais un temps de réflexion.
– Je te l'accorde, répondit-il sans la regarder, mais sache qu'une pareille opportunité doit être saisie au bon moment. Considère cela comme ta première leçon.

Il pivota vers elle pour achever sur un ton glacial :
– Ou ta dernière.

6

La caravane ne ressemblait décidément pas à celle des Itinérants qu'avait connue Ellana. Alors que les chariots de l'une étaient tirés par des bœufs de village en village, ceux de l'autre, beaucoup moins nombreux et tractés par des chevaux, filaient droit vers leur destination finale. Le voyage n'était pas rythmé par les rencontres avec des fermiers accueillants et maintenant que le Pollimage avait été franchi sur de larges barges, Ellana n'avait plus qu'une hâte : qu'il s'achève.

Elle revenait vers le campement dressé près d'une rivière paresseuse, songeant avec délices au trajet qu'elle effectuerait pour rejoindre Nillem lorsque sa mission serait accomplie.

Elle contournerait le lac Chen par l'ouest, longeant la lisière d'Ombreuse, forêt que sa sinistre réputation rendait d'autant plus attirante, avant d'atteindre l'endroit où les Dentelles Vives se jetaient dans l'eau.

Dix jours de voyage en solitaire.
Dix jours de bonheur.

« *Je crois que je t'aime.* »

Au fil des jours, la phrase avait perdu son sens – si jamais elle en avait eu un – pour se transformer en un immense point d'interrogation.

Peu importait.

Bientôt elle saurait.

La journée avait été chaude et Ellana goûtait la fraîcheur apportée par la tombée du soir. Alula devait la goûter aussi parce qu'elle n'avait pas renâclé lorsque sa maîtresse l'avait sellée pour une escapade vespérale. Arguant de la nécessité de vérifier une passe proche, la jeune fille avait piqué en avant.

Elle s'était arrêtée près d'une cascade se déversant dans un bassin rocheux pour nettoyer ses vêtements et pendant qu'ils séchaient, accrochés à une branche, elle s'était baignée puis avait lavé ses longs cheveux noirs.

Elle s'était ensuite étendue sur une dalle plate, se réchauffant aux derniers rayons du soleil couchant. Là, sa peau hâlée nimbée d'or, elle avait longuement observé ses doigts. Le pouvoir formidable du Rentaï coulait entre ses phalanges, invisible et merveilleux.

Incompréhensible.

Elle avait fermé les poings et les lames avaient jailli.

Leur éclat ne ternissait jamais et leur tranchant demeurait parfait quel que soit l'usage qu'elle en faisait.

Pourquoi la montagne lui avait-elle offert cette greffe en particulier ? Pourquoi des lames ? S'agissait-il d'un simple hasard ou le Rentaï lisait-il dans les âmes et accordait-il à chaque marchombre élu la greffe qui lui était destinée ? Et si tel était le cas, que devait-elle en déduire ?

C'est en cherchant des réponses à ces questions qu'elle revint vers le campement. Elle salua la sentinelle debout près d'un arbre et obliqua vers la rivière.
Les chariots étaient en vue lorsqu'un cri s'éleva sur sa gauche. Faible et indubitablement féminin.
Ellana tira sur les rênes d'Alula et sauta à terre.
Attentive à ne pas faire craquer de branches, elle se glissa entre les arbres.
Une clairière s'ouvrait à proximité de la piste.
Un homme massif, un des guerriers de l'escorte, avait jeté une femme dans l'herbe et, pendant qu'il la maintenait clouée au sol d'une main, de l'autre il déchirait ses vêtements.
Ellana reconnut Lahira juste avant de mettre un nom sur l'homme qui la violentait : Kilmourn !
– Lâche-la !
En entendant sa voix, le guerrier sursauta puis, découvrant à qui il avait affaire, il lança d'un ton rogue :
– Fiche-nous la paix, Piu, nous sommes occupés.
Pétrifiée par l'angoisse, Lahira jeta un regard éperdu à Ellana. Cette dernière avança dans la clairière, la main sur son poignard.
– Lâche-la ou...
– Ou quoi, oiseau de malheur ?
– Ou je te tue.
Aucune hésitation dans la voix de la jeune fille mais une résolution sans failles et une promesse.
Catégorique.
Kilmourn avait survécu à trop de rixes et de batailles pour ne pas déceler la menace que représentait l'éclaireuse. Malgré son envie d'achever ce qu'il avait si bien commencé, il ne pouvait se permettre de rester allongé, à la merci de cette gamine.

Avec un grognement de colère, il se leva.

Lahira en profita pour s'enfuir en trébuchant. Elle n'avait pas effectué trois pas que Kilmourn se ruait sur Ellana.

Une seconde pour flanquer à cette Piu de malheur le revers qu'elle méritait, dix pour rattraper la petite cuisinière, un temps de plaisir avec elle et il ficherait le camp. Il en avait plus qu'assez de cette caravane.

Son poing, balancé de toutes ses forces, ne fit qu'effleurer le visage de l'éclaireuse.

Non. Il ne l'effleura même pas.

Il l'avait ratée. Complètement ratée.

Et cette diablesse qui posait la main sur son poignet. Au moment exact où son élan l'entraînait en avant.

Elle se contenta de l'accompagner, accentuant son déséquilibre afin qu'il trébuche, bascule, s'effondre la tête la première dans un buisson épineux.

Lamentable.

Il se dressa en poussant un rugissement, bondit en avant...

Voulut bondir.

Une main de fer s'était refermée sur son épaule, lui broyant muscles et os. Il se sentit soulevé comme s'il n'avait rien pesé.

– Fiente de Raï!

Kilmourn s'envola pour s'écraser une deuxième fois dans le buisson épineux.

Lorsqu'il s'en extirpa, Hurj Ingan était planté devant lui, les traits tordus par la colère.

– Où te crois-tu, cancrelat scrofuleux? À quelle espèce de dépravés appartiens-tu pour t'en prendre à une fille sans défense?

Kilmourn connaissait son chef. Il savait qu'en s'excusant platement, en jurant de s'amender, il avait une chance de s'en tirer sans trop de dégâts, mais son amour-propre en miettes, son visage lacéré et le regard ironique de l'éclaireuse le poussèrent à la faute.

Il dégaina le sabre qu'il portait derrière ses épaules et, dans le même mouvement, passa à l'attaque. C'était un guerrier accompli, sans scrupules. Sa lame fendit l'air, rapide et mortellement précise.

Hurj ne se donna pas la peine de tirer son arme.

Il se décala sur le côté d'un pas presque négligent et abattit son poing gauche, énorme, sur l'avant-bras de son adversaire. Claquement sec, le sabre tomba à terre, Kilmourn ouvrit la bouche pour pousser un cri de douleur...

Le poing droit d'Hurj s'écrasant sur son visage lui en ôta la possibilité.

Le nez explosé, les dents en vrac dans la bouche, Kilmourn n'eut pas l'opportunité de s'effondrer. Hurj l'avait saisi au collet et soulevé de terre. Sans le moindre effort.

– Je compte jusqu'à dix et si à dix tu es encore en vue, je te tue.

Cette fois, le Thül était vraiment en colère. Sa voix n'avait été qu'un murmure.

Plus effrayant que le hurlement d'un brûleur.

Il ouvrit les mains.

Kilmourn tituba en touchant le sol, retrouva son équilibre en s'appuyant à un arbre.

– Un.
– Attends, Hurj, je...
– Deux.

Le Pacte des Marchombres

— Tu ne peux...
— Trois.
Renonçant à discuter, Kilmourn tourna les talons et s'enfonça dans les bois à l'opposé du campement.
Ellana poussa un sifflement admiratif.
— Pas mal, lança-t-elle. Un peu primaire mais efficace.
Hurj lui renvoya un regard énigmatique.
— Suis-moi, Piu. Il faut qu'on parle.

7

Ellana ne bougea pas.

– Si tu veux me parler, parle-moi. Je ne vois pas pourquoi je devrais te suivre pour t'écouter.

Hurj Ingan soupira.

– Par les côtes de mon arrière-grand-père, Piu, es-tu obligée de toujours ergoter ?

– Ergoter est un mot trop difficile pour qu'un Thül l'utilise sans risque.

– Très bien, face de Raï. Si tu exiges que je me comporte en Thül basique, je peux t'accorder ce plaisir mais ça va te faire drôle.

– C'est-à-dire ?

– Je commence par te filer une beigne pour que tu la fermes, ensuite je te charge sur une épaule, je t'emmène là où j'ai envie, je te file une beigne pour te réveiller et on cause.

Ellana afficha un air surpris.

– Quelle délicatesse ! Dois-je en conclure que tu es civilisé ? Pour un Thül, j'entends.

– Mes parents ont parfois honte de moi, c'est pour dire.

– C'est bon, je capitule. Où veux-tu que nous allions discuter ?
– Le lieu importe peu. Je dois te parler, c'est tout, mais avant je voudrais que tu vérifies si Lahira va bien. Et ce n'est pas la peine de me faire remarquer que je pourrais m'en occuper. Il s'avère que je suis à mon aise quand il s'agit de flanquer une pâtée aux agresseurs mais lorsqu'il faut consoler les agressées...

Un rictus ironique tordit les lèvres d'Ellana.
– Ne t'inquiète pas, tous les ours ont ce genre de problème.

Hurj Ingan poussa un grognement.
– Ajoute un mot et l'ours t'assomme.
– Non, bas les pattes, le monstre. Je vais voir Lahira.
– Enfin !
– Pas pour te faire plaisir, pour lui expliquer deux ou trois choses sur les hommes et autant de moyens efficaces de calmer leurs ardeurs.

Elle désigna le sol aux pieds de son ami.
– Kilmourn n'est pas complètement parti, lança-t-elle avec le plus grand sérieux. Il a laissé traîner une dent, là. On le rattrape pour le tuer ?

Hurj Ingan éclata d'un rire tonitruant.
– Dès que nous aurons conduit cette caravane à bon port. Sauf si nous trouvons quelque chose de plus intéressant à faire.

Debout près d'un chariot, Boulgart, le maître cuisinier, tentait avec véhémence de convaincre Lahira de descendre. Lorsqu'il vit Ellana approcher, il écarta les bras avec fatalisme.

– J'ignore quelle mouche l'a piquée. Elle refuse de bouger. Je ne vais quand même pas servir le repas tout seul !
– Ce n'est peut-être pas le plus important, non ?
– Que veux-tu dire ?
– Rien. Je vais lui parler.
Tournant le dos au maître cuisinier, elle se hissa souplement dans le chariot.
Lahira se tenait recroquevillée derrière un coffre, secouée de sanglots. Ellana s'agenouilla près d'elle.
– Ça va aller, murmura-t-elle. Hurj s'est occupé de Kilmourn, il ne t'importunera plus jamais.
Lahira s'effondra en larmes contre Ellana.
– Il... il m'a dit qu'il... voulait me parler et... et... il... il...
– C'est fini, fit Ellana en refermant maladroitement ses bras sur elle. Tu vas respirer un bon coup, te passer de l'eau sur le visage et sortir.
– Je... je... je ne peux pas. Ils... ils vont me regarder.
– Qui ça, ils ?
– Les autres.
– On se fiche des autres ! Tu vas sortir la tête haute et montrer à ces tas de muscles sans cervelle que tu ne les crains pas.
– Je... je...
– Arrête de pleurer, nom d'un Ts'lich ! Tu comptes passer ta vie à fuir les hommes qui te regarderont parce que tu es jolie ?
– Non mais... je... je...
Ellana poussa un grognement menaçant.
– Écoute-moi, Lahira. Écoute-moi bien parce que je ne me répéterai pas. Kilmourn a tenté de te violer, ce qui est inacceptable. Tu as eu peur, ce qui est

normal. Hurj a réglé le problème, ce qui est son devoir. Maintenant...
— Je...
— Écoute-moi, je t'ai dit ! Maintenant, tu as le choix entre attendre en tremblant qu'un autre obsédé te saute dessus, ou te débrouiller pour que le premier qui s'y risque perde dans l'affaire une précieuse partie de son anatomie.
Lahira ouvrit de grands yeux étonnés.
— C'est... c'est possible ?
— Bien sûr. Ces choses-là sont plutôt fragiles.
La jeune cuisinière s'empourpra.
— Je... je ne parlais pas de... de ça.
— De quoi alors ?
— Je n'ai que dix-huit ans. Comment puis-je... que dois-je faire ?
Ellana soupira. Elle n'avait pas le moindre goût pour le rôle de professeur que la situation lui imposait. Impossible toutefois de se dérober.
— D'abord arrêter de croire que le monde est peuplé d'êtres bons et généreux. Ensuite te rendre compte que les journées qui s'écoulent, les gens que tu rencontres, les expériences auxquelles tu es confrontée forment ce qu'on appelle une vie. Ta vie. Et des vies, Lahira, tu n'en vivras qu'une. C'est à toi de la prendre en main, de lui donner les couleurs que tu aimes et la direction dont tu rêves. À toi et à personne d'autre.
Lahira avait cessé de pleurer. Elle dévisageait Ellana avec, dans le regard, un fervent mélange de gratitude et d'admiration.
— Tu vas m'aider ? souffla-t-elle.
Ellana se frappa le front du plat de la main.

– Bon sang, Lahira, est-ce que tu as compris un mot de ce que j'ai essayé de t'expliquer ? C'est ta vie, pas la mienne, et elle sera ce que tu la feras devenir, toi, pas moi.
– Mais tu es si forte, tu as vécu tant de choses, tu... Pourquoi me dévisages-tu comme ça ?
– Parce que tu m'énerves. Tu as dix-huit ans, moi dix-sept. Pas trente ni même vingt. Dix-sept, Lahira. Je ne suis pas ta mère et je n'ai aucune intention de le devenir.
Les yeux de Lahira s'embuèrent ce qui eut pour effet d'exaspérer Ellana. Maîtrisant à grand-peine une terrible envie de lui envoyer une paire de claques, elle se leva et quitta le chariot.
Elle retrouva Hurj Ingan près du feu qui commençait à crépiter au bord de la rivière.
– Alors ? fit-il.
– Alors je suis inquiète.
Le visage du guerrier s'assombrit.
– La petite va mal ?
– Non, elle a le courage et l'ambition d'un légume bouilli mais elle va bien. Avec un peu de chance, elle s'en sortira. Ce n'est pas pour elle que je suis inquiète, c'est pour moi.
Hurj haussa les sourcils, déjà elle poursuivait :
– Je dois avoir du sang thül dans les veines.

8

Hurj Ingan ne trouva que beaucoup plus tard le temps de parler à Ellana.

Il dut auparavant réunir les guerriers de l'escorte pour leur rapporter, en quelques mots bien sentis, ce qu'il était advenu de Kilmourn.

– Ce fils de Raï nous a laissé ses dents en souvenir, conclut-il. S'il commet l'erreur de venir les chercher, j'ouvrirai son corps putride de la gorge jusqu'aux testicules et j'offrirai ses entrailles aux rats !

Il balaya l'assemblée du regard.

– Quiconque n'obéira pas aux règles en vigueur dans cette caravane subira le même sort. Des objections ?

Aucun des rudes gaillards qui lui faisaient face ne pipa mot.

Puis ce fut le repas et Ellana eut le plaisir de voir Lahira seconder Boulgart au service. La jeune cuisinière ne souriait pas mais elle se tenait droite et rien dans son attitude ne laissait deviner le trouble qui l'avait agitée un peu plus tôt.

« Je l'ai peut-être jugée trop sévèrement, songea Ellana. Elle a plus de cran que je ne le pensais. »

Après le repas, Hurj et Salvarode discutèrent un long moment, puis le jeune chef thül distribua les tours de garde et accompagna chacune des sentinelles à son poste.

Le camp s'endormait lorsqu'il s'approcha enfin d'Ellana, assise près du feu moribond, le regard perdu dans la contemplation des braises.

– Toujours d'accord pour une balade, Piu ?

– Je ne me souviens pas que nous ayons parlé de balade et encore moins d'une balade nocturne.

– S'il te plaît, je ne suis pas d'humeur à plaisanter.

La lassitude était nettement perceptible dans la voix d'Hurj, aussi Ellana ravala-t-elle la raillerie qu'elle s'apprêtait à lui lancer.

– Très bien, grand chef de la caravane, je te suis.

Ils traversèrent le camp jusqu'à la rivière qu'ils remontèrent en silence. Ellana connaissait suffisamment Hurj pour savoir qu'il réfléchissait à ce qu'il allait lui dire. Parler n'était pas son fort et il devait préparer phrases et arguments.

Elle ignorait ce qu'il avait à lui révéler ou à lui demander mais elle devinait, à la tension de ses épaules, que ce ne serait pas chose facile pour lui.

– Là nous serons bien, dit-il enfin en désignant un rocher plat en contrebas qui surplombait un méandre de la rivière.

Ils descendirent côte à côte, Hurj avec une aisance qui étonna Ellana. Malgré sa corpulence et le poids de ses armes, le Thül se mouvait avec la grâce et l'efficacité d'un maître acrobate.

Une fois assis sous les étoiles, ils prirent ensemble une longue bouffée d'air.

Un air frais et odorant.

Pur.

Sous leurs pieds, l'eau murmurait des promesses aux cailloux qu'elle caressait tandis que la lune tentait de la séduire en la teintant d'argent.
Ellana se sentait en confiance. Détendue. Heureuse. Elle avait même oublié pour quelle raison elle se trouvait sur ce rocher.
« La solitude n'est qu'un moyen pratique de fuir la foule et ses leurres, songeait-elle. Ce n'est pas la solitude que je recherche, mais de vrais compagnons. Jilano, Nillem, Hurj, Sayanel. Des compagnons avec lesquels partager un rire, une pensée ou un silence. »
– Piu ?
« Je ne m'appelle pas Piu mais Ellana », faillit-elle répondre. Offre-t-on une fausse identité à celui que l'on considère comme un ami ?
– Oui ?
– Que représente Salvarode pour toi ?
La question était si inattendue qu'elle laissa Ellana sans voix.
Salvarode ? Que venait-il faire avec eux sur ce rocher ? Sous la myriade d'étoiles qui éclaboussaient le ciel ? Quel fol cheminement de pensées avait poussé Hurj à prononcer son nom ?
Se méprenant sur son silence, le jeune Thül se racla la gorge.
– Tu as le droit de te mettre en colère si tu trouves que je me mêle de ce qui ne me regarde pas. Tu peux même crier, mais pas trop fort. Je ne voudrais pas que mes hommes s'alarment pour rien.
– Je ne suis pas en colère, répondit Ellana, et je n'ai aucune envie de crier. En revanche, je ne comprends rien à ta question.
– Elle est pourtant claire.

– Sans doute, mais si tu avais l'obligeance de la formuler autrement, je t'en...
– Y a-t-il quelque chose entre Salvarode et toi ?
Ellana sursauta, comme piquée par une abeille.
– Entre Salvarode et moi ? Tu es fou ? Qu'est-ce qui te fait croire une pareille stupidité ?
Hurj se détendit de façon perceptible et se permit même de sourire aux étoiles, ce qui eut le don d'exaspérer Ellana.
– Je t'ai posé une question, maudit Thül !
– Non, mauviette, tu m'en as posé trois mais je sais me montrer généreux et je répondrai aux trois. Oui, entre Salvarode et toi. Non je ne suis pas fou. Quant à ta troisième question...
Il se tut un instant et lorsqu'il reprit, l'humour avait déserté sa voix.
– Salvarode est un marchombre, je ne t'apprends rien, n'est-ce pas ? Les marchombres n'éprouvent que du mépris pour les Thüls. Salvarode ne voit en moi qu'un guerrier stupide tout juste bon à se faire hacher menu sur un champ de bataille mais je suis moins bête qu'il le croit. Si je m'exprime mieux avec mon sabre qu'avec des mots, cela ne m'empêche pas de réfléchir, d'observer les choses et les gens. J'ai vu comment il t'épie, Piu. Il te jauge, te soupèse, te dévore du regard. Lorsque tu lui tournes le dos, ses yeux te caressent comme le feraient des mains et quand tu parles, il se retient de te sauter dessus pour boire tes paroles à la source. Il a envie de toi, même un Thül stupide ne peut que s'en apercevoir. Je... J'avais besoin de savoir ce que toi tu ressens.
Ellana se tenait parfaitement immobile, tandis qu'elle réfléchissait à toute vitesse.

Hurj Ingan était fin observateur et s'il se leurrait sur la nature du désir que Salvarode éprouvait pour elle, il avait percé le marchombre à jour avec une facilité déconcertante. Les raisons qui le poussaient à se soucier de ses sentiments étaient en revanche moins limpides. Encore que...
Elle se tourna vers Hurj pour le dévisager. Ce qu'elle lut dans ses yeux acheva de l'éclairer. Les motivations du jeune Thül étaient parfaitement limpides.
C'était même étonnant qu'elle ne les ait pas décelées plus tôt.
Et cela la perturba un peu plus.
– Tous les marchombres sont-ils aussi méprisants que Salvarode? lui demanda-t-elle pour se donner le temps de reprendre contenance.
Hurj réfléchit une seconde.
– Non. Lorsqu'une caravane peut s'offrir les services d'un marchombre, il s'agit la plupart du temps d'un homme ou d'une femme qui manie la subtilité comme un Thül son sabre et les services qu'il rend sont précieux. Salvarode est... différent. Je suis incapable d'expliquer en quoi. Je le sens, c'est tout.
Ellana hocha la tête. Hurj ne cessait de la surprendre et elle ne l'en estimait que davantage.
– Piu?
– Oui?
– Lorsque cette caravane aura atteint Al-Far, je prévois de partir vers le nord. Gagner mon village, revoir les miens, renouer les liens avec mon clan. Je... j'aimerais que tu m'accompagnes.
– Hurj, je...
– Attends, Piu. Accorde-moi de finir. Sinon je n'aurai jamais le courage de recommencer. C'est drôle, non, un Thül qui manque de courage?

– Non, ce n'est...
– Chut.
Il plaça sa main devant la bouche de la jeune fille. Une main si massive qu'elle lui cachait presque tout le visage. Puis il poursuivit :
– Je ne suis pas très vieux, Piu, à peine plus que toi, mais j'ai beaucoup voyagé et beaucoup combattu. Davantage que bien des guerriers deux fois plus âgés que moi. Le voyage et la guerre ne laissent guère de place aux sentiments et les filles qui ont croisé ma route n'ont été que de doux intermèdes le temps d'une nuit. Aujourd'hui je... je...
Il se ménagea une pause avant de reprendre :
– Tu me connais depuis quinze jours à peine, tu as le droit de douter de ce que je te dis mais ce que je te dis, je ne l'ai encore jamais dit à personne. Je... je suis bien avec toi. Comme si le ciel était plus grand lorsque tu es près de moi, l'air plus doux. J'ai envie que tu m'accompagnes pour te présenter les miens. Je... Non. J'ai envie que tu m'accompagnes parce que je ne supporte pas l'idée qu'à Al-Far nos chemins se séparent. Viendras-tu avec moi, Piu ?
La gorge nouée par l'émotion, Ellana passa le bout des doigts sur la joue mal rasée de son ami.
– Il y a deux réponses à cette question, murmura-t-elle. Celle du savant et celle du poète. Laquelle veux-tu entendre en premier ?

9

Hurj Ingan caressa une de ses tresses, mal à l'aise.

– Désolé, Piu, mais là, c'est moi qui ne comprends pas. Qu'entends-tu par réponse du savant et réponse du poète ?

Elle lui sourit.

– C'est une formule magique.

– Une formule magique ?

– Une façon différente d'appréhender le monde si tu préfères. Ma mère me l'a offerte quand j'étais toute petite et, depuis, elle a souvent guidé mes pas.

– Ta mère ?

– Non, la formule magique. Ma mère est morte quand j'avais trois ans. Peut-être quatre.

– Ah, et euh... Piu ?

– Oui ?

– Que répondent ton poète et ton savant à la question que je leur ai posée ?

– Pour l'instant, ils restent silencieux. Tu les as surpris, grand chef, et ils demandent un peu de temps pour y voir clair.

Hurj soupira.

– Dis-moi, Piu, tu ne pourrais pas, pour une fois, laisser de côté ta façon différente d'appréhender le monde ? Je te pose une question, tu réponds oui ou tu réponds non. C'est simple, rapide et efficace.
– Non, Hurj, je crains que ce ne soit pas si simple.
– Mais...
– Demain soir, d'accord ?

Il ouvrit la bouche, la referma, puis écarta les bras pour montrer qu'il capitulait.

– Comme tu veux.

Il se raidit soudain. Ellana s'était approchée de lui jusqu'à le toucher. Elle se pencha encore...

– J'ignore ce que répondront le savant et le poète à ta jolie question, lui murmura-t-elle à l'oreille, mais quel que soit leur avis, il faut que tu saches que jamais personne ne m'avait offert d'aussi belles paroles.

Elle effleura ses lèvres d'un baiser soupir.

Il tressaillit, voulut l'enlacer, elle glissa entre ses mains, insaisissable. Le temps qu'il se lève, elle avait disparu. Comme si elle n'avait jamais existé.

– Demain soir, chuchota la nuit.

Ellana ne parvenait pas à s'endormir.

Sa première idée, refuser la proposition d'Hurj en évitant de le blesser, avait perdu les couleurs de l'évidence quand d'autres possibles s'étaient immiscés dans son esprit.

Elle se sentait bien avec lui. Une connivence teintée de respect réciproque qui lui donnait envie d'explorer plus loin la route inattendue qu'ouvrait pour elle le jeune Thül. Pourquoi ne pas tenter l'aventure ?

Elle était libre. Qu'est-ce qui l'empêchait de prendre cette direction ?
Le visage de Nillem s'imposa à elle.
« *Je crois que je t'aime.* »
N'était-ce pas trahir Nillem qu'envisager de suivre Hurj ?
Elle chassa cette question d'un haussement d'épaules désabusé.
Hurj, si différent d'elle, lui était devenu plus proche en deux semaines que son compagnon marchombre en presque deux ans. Elle se força à réfléchir.
Ne pas s'emballer.
Que Hurj lui corresponde davantage que Nillem ne signifiait rien. Deux chemins distincts pouvaient être l'un et l'autre des impasses.
Les désirs d'Hurj et les siens étaient-ils les mêmes ? C'était peu probable, d'autant qu'elle ignorait avec précision ce qu'il désirait vraiment.
Plus grave, elle ignorait également ce qu'elle désirait.
Suivre Hurj ? Retrouver Nillem ? Tracer sa propre route ?
Lassée de chercher en vain le sommeil, elle se leva et quitta le campement.
Elle passa près d'une sentinelle sans qu'elle soupçonne sa présence et s'enfonça entre les arbres.
Une fois dans la forêt, elle se sentit mieux, comme si la paix qui y régnait avait le pouvoir d'absorber son trop-plein d'émotions.
Elle s'approcha d'un tronc imposant, géant parmi les siens et, sans réfléchir, commença à le gravir. Ses gestes, affûtés par des milliers d'heures d'entraînement marchombre, étaient fluides, précis, puissants, et, très vite, le sol devint invisible sous ses pieds.

À mi-hauteur, elle s'immobilisa brusquement.

Une tempête de souvenirs déferlait sur elle, l'entraînant sans qu'elle puisse résister.

Sans qu'elle ait la moindre envie de résister.

La tempête était trop puissante, trop présente, presque tangible. Ellana se sentit basculer.

À l'intérieur d'elle-même.

Elle oublia sa formation, oublia ses doutes, oublia sa mission. Elle redevint enfant. Ellana céda la place à Ipiutiminelle.

Cachée dans les frondaisons de la Forêt Maison, elle éclata de rire.

Insouciance et légèreté.

Oukilip et Pilipip la cherchaient pour l'obliger à enfiler des chaussures mais, comme d'habitude, ils ne la trouveraient pas. Sauf si elle décidait de rentrer pour se régaler de la délicieuse confiture de framboises des deux Petits.

Elle ne rentra pas mais saisit une branche et s'éleva un peu.

Parvenue à Al-Far, elle trouva son nom.

Ouverture et responsabilité.

Le parfum de Nahis flottait autour d'elle, comme les voix des enfants voleurs. Elle perçut le bruit de la ville, la dureté des hommes et la force des choix.

Le tronc de l'arbre s'affinait alors qu'Ellana continuait à monter. Elle partit pour le nord avec les Itinérants.

Rencontres et découvertes.

Les grands espaces sauvages se reflétaient dans les yeux d'Entora, le vent épousait les mouvements de Sayanel. Dans une prairie en pente douce, les squelettes blanchis de chariots oubliés lui offrirent les clefs de son enfance.

Encore quelques branches et elle revint à Al-Far.
Mort et solitude.

Elle suivit des yeux la flèche se fichant dans le front de Kerkan et pleura près du corps de Nahis. Elle perdit ses amis, travailla dans la taverne de Hank puis...

Ellana atteignit le sommet de l'arbre. Plus haut que tous ses frères, il se tendait vers le ciel et les étoiles.

... elle rencontra Jilano.

Harmonie et plénitude.

Un monde nouveau s'ouvrit à ses yeux émerveillés. Un monde de liberté et d'absolu. Le monde des marchombres.

Debout à la cime de l'arbre, les bras écartés, le vent de la nuit caressant son visage, Ellana retrouva son intégrité.

Pour une fois, le savant et le poète étaient d'accord.

Elle était marchombre.

10

La contrée, au nord de la forêt Ombreuse, était l'une des plus sauvages de l'Empire. Le soleil était levé depuis peu, la caravane s'apprêtait à quitter la forêt qu'elle avait mis trois jours à traverser pour s'engager sur un plateau rocailleux battu par le vent. Les éclaireurs n'avaient aperçu aucun village depuis plus d'une semaine.

Avant le départ, Hurj Ingan recommanda la plus grande vigilance à ses hommes.

— Des bandes de pillards sévissent dans le coin, les prévint-il, et il n'est pas rare qu'un brûleur descende des plateaux d'Astariul jusqu'ici. Pour l'instant nous avons eu de la chance mais elle ne durera pas. Tous les convois ayant atteint Al-Far par cette route sont attaqués au moins une fois.

Il se tourna vers les éclaireurs.

— Ehlias, tu chevaucheras avec une avance de vingt minutes sur la caravane, Piu, tu assureras la liaison entre Ehlias et le convoi. Tu te débrouilles comme tu l'entends, je veux un point toutes les heures. À la mi-journée, vous changerez de poste.

Ellana nota avec satisfaction que leur conversation de la veille n'avait en rien modifié l'attitude du Thül envers elle. Hurj était un chef trop consciencieux pour laisser ses sentiments personnels et ses responsabilités interférer.

– Salvarode, reprit-il, je sais que tu n'es pas sous mon commandement, pourtant si tu voulais te...

– Pas aujourd'hui, le coupa le marchombre.

Hurj Ingan se figea, si visiblement surpris que Salvarode se sentit obligé de se justifier :

– Il y a un village à trois heures de cheval au sud. Je vais m'y rendre afin de me renseigner auprès des habitants sur les pillards dont tu parles. Je vous rejoindrai ce soir au campement.

Hurj opina.

– Bonne idée. J'ai prévu d'arrêter les chariots dans une combe près d'un lac presque rond à droite de la piste.

Salvarode réfléchit un instant.

– Je connais l'endroit. Une double cascade se déverse dans le lac, non ?

– C'est ça.

Tandis que le jeune chef thül se détournait pour attribuer leur tâche à ses hommes, les deux éclaireurs et Salvarode enfourchèrent leurs montures. Ils s'éloignèrent sans qu'Hurj leur accorde un regard.

Ils chevauchèrent ensemble jusqu'à ce que le marchombre bifurque à gauche, sans daigner, lui non plus, saluer ses compagnons.

Toute la matinée, Ellana effectua des allers-retours entre Ehlias et la caravane. Pour la première fois depuis le début du voyage, l'éclaireur semblait prendre son travail à cœur et lorsque à midi Ellana le releva, il s'efforça de lui fournir un compte rendu précis de ce qu'il avait repéré.

Un peu plus tard, alors qu'elle explorait une combe sauvage, Ellana découvrit les traces d'un ours élastique. Au vu de ses empreintes, il s'agissait d'un spécimen de petite taille qui ne représentait aucun risque pour la caravane. Elle mentionna néanmoins sa présence à Ehlias qui transmit à Hurj Ingan.

Ce fut le seul fait marquant de la journée.

Le convoi atteignit le lac deux heures avant le coucher du soleil. Hurj Ingan aurait volontiers poursuivi sa route, mais le rendez-vous avec Salvarode avait été fixé à cet endroit et il avait besoin des renseignements que devait lui rapporter le marchombre.

Le camp fut donc dressé, les tours de garde définis et, pendant que Boulgart et Lahira préparaient le repas, Hurj et Ellana s'éloignèrent.

Ils cheminèrent un moment à flanc de colline puis basculèrent dans une combe à l'abri du vent.

– Alors ? demanda Hurj.

Ellana avait imaginé des dizaines de façons de lui annoncer sa décision, avant d'en arriver à l'évidence : elle estimait trop le Thül pour tergiverser.

– Je ne te suivrai pas.

– Ah.

Comment un seul et unique mot, un simple son, pouvait-il exsuder à la fois surprise, tristesse et résignation ? Ellana sentit son cœur se serrer.

– J'ai dix-sept ans, expliqua-t-elle. Tu...

– Tu m'avais dit vingt ! s'exclama Hurj.

– Petit mensonge pour te rassurer. J'ai dix-sept ans. Trop jeune, je le crains, pour suivre un homme, fût-il aussi séduisant que toi, face de Thül.

– Tu ne t'en tireras pas à si bon compte, éclaireuse éteinte. As-tu conscience de ce que tu rates en refusant de m'accompagner ?
– J'ai surtout conscience de ce que je risquerais en t'accompagnant !
– Tu as raison, ma mère est une sorcière et mes frères sont cannibales.

Ils plaisantaient sans parvenir à dissimuler leur émotion et, quand Hurj prit la main d'Ellana, la boutade qu'elle s'apprêtait à lui lancer se brisa dans sa gorge.

– Tu es sûre ? murmura-t-il.
– Certaine. Hier soir, quand tu m'as parlé, j'ai cru qu'un carrefour s'ouvrait devant moi et qu'il m'appartenait de choisir la voie sur laquelle j'allais m'engager.
– C'est exactement de cela qu'il s'agit.
– Non Hurj. La route que tu me proposes est belle et séduisante mais elle longe la mienne sans la croiser et si un carrefour me permettait de l'atteindre, je l'ai dépassé depuis longtemps.
– Tu pourrais faire demi-tour.
– Je le ferais si la voie que j'ai décidé d'arpenter ne m'était pas aussi parfaitement adaptée.

Hurj hocha la tête.

– Je comprends. Enfin, je crois.

Il se tut un instant puis reprit :

– Tu as une drôle de façon d'utiliser le mot voie. Je ne suis qu'un Thül et pourtant j'entends la majuscule que tu lui offres.
– Sans doute parce qu'il la mérite.
– Très bien, Piu. Je t'avoue que je n'ai pas vraiment compris tes histoires de routes, de voies et de chemins, mais je voulais une réponse et tu m'en as donné une.

Il sourit.

– Quitte à être éconduit, j'aurais préféré que ce soit à cause d'un rival, j'aurais réglé le problème à ma manière, mais je me vois mal réduire une voie en bouillie. Je suis donc obligé de m'incliner.

Ellana lui caressa la joue et, pour ôter toute ambiguïté à son geste, se leva.

– Promis, je ne révélerai à personne que le vaillant Hurj Ingan s'est incliné devant un adversaire, fût-il aussi impalpable qu'un destin.

– Je t'en remercie, fit-il en se levant à son tour. On y va ? Ce n'est pas le refus d'une gamine de céder à mon charme légendaire qui va me couper l'appétit, et je meurs de faim ! Amis ?

– Amis ! répondit Ellana, heureuse que la déception d'Hurj ne prenne pas les couleurs de la détresse.

Ils se mirent en route, devisant de façon plus légère, le premier vantant la beauté de son village et la noblesse de son clan, la deuxième promettant de lui rendre visite avant d'être centenaire.

Le vent était tombé et l'air, malgré le soir qui approchait, était doux. Ils descendirent vers le lac par un sentier étroit qui serpentait entre les rochers, soulagés que l'explication qu'ils venaient d'avoir n'ait en rien terni leur relation.

Au contraire.

Ils arrivaient en vue des chariots, lorsque Hurj saisit le bras d'Ellana.

– Arrête-toi ! ordonna-t-il dans un souffle.

11

Ellana avait perçu le silence une fraction de seconde avant Hurj.

Un silence absolu.

Anormal.

Certes, des consignes strictes avaient été données afin de limiter bruit et agitation pendant les haltes, mais le camp était si calme qu'il paraissait désert. Pas une voix ne s'élevait, aucun rire, aucun son.

Hurj tira le sabre qu'il portait dans le dos et après avoir fait signe à Ellana de ne pas bouger, il se remit en marche, sur ses gardes. Elle le suivit, si furtive que lorsqu'il remarqua sa présence, il se contenta d'approuver d'un hochement de tête.

Un gros rocher dissimulait les chariots à la vue. Un gros rocher derrière lequel Hurj avait placé en sentinelle un guerrier du nom de Brat, un homme robuste et aguerri qui les avait salués lorsqu'ils avaient quitté le camp et avec qui le jeune Thül avait échangé quelques mots.

Brat était toujours à son poste, adossé au rocher, immobile.

Une plaie hideuse barrait sa gorge et sa tunique était imbibée du sang qui en avait jailli. Jusqu'à ce que la mort survienne.

Hurj étouffa un juron.

Il ne s'était absenté qu'une demi-heure. Le camp ne pouvait pas avoir été attaqué. Pas en si peu de temps. Pas alors qu'il se trouvait à proximité et qu'il n'avait pas entendu le moindre bruit d'affrontement.

Celui qui avait égorgé Brat devait encore être à proximité, ses complices prêts à fondre sur les chariots. Hurj ouvrait la bouche pour un cri d'alerte lorsque Ellana la lui couvrit de la main. De l'autre elle désignait la caravane un peu plus bas.

La scène était paisible.

La plupart des hommes et des femmes de l'expédition étaient assis ou allongés autour du feu, deux guerriers se tenaient appuyés contre une ridelle, un convoyeur étendu sur la plage trempait ses pieds dans l'eau du lac...

Aucun ne bougeait.

Alors que tout son être lui hurlait de se précipiter vers ses compagnons, Hurj se contraignit à l'immobilité.

Quelques secondes.

Le temps que s'impose l'évidence.

La gorge nouée par l'appréhension, prêts à toute éventualité, Hurj et Ellana se glissèrent vers le camp.

Le convoyeur étendu sur le sable était mort, les traits tordus par un rictus de souffrance. Il ne portait aucune blessure.

Pendant qu'Ellana tentait de comprendre ce qui l'avait tué, Hurj se précipita vers le feu. Il ne trouva alentour que des corps sans vie. Si les visages étaient marqués par la douleur et la surprise, aucune trace de lutte n'était visible. Les guerriers n'avaient pas eu le temps de saisir leurs armes.

Ellana rejoignit Hurj et désigna les assiettes renversées.

– Poison.

Le mot avait eu du mal à franchir ses mâchoires crispées.

– Poison ? répéta Hurj, mais...

Il se tut, incapable de proférer une phrase sensée.

Ellana détourna les yeux du spectacle morbide qui l'entourait et se dirigea vers le chariot du cuisinier.

Boulgart était mort lui aussi, affaissé contre son fourneau. Ellana humait avec précaution le fumet se dégageant encore d'une des marmites lorsqu'un mouvement, à la périphérie de son regard, attira son attention.

Elle pivota en tirant son poignard puis poussa un cri :

– Hurj, vite !

Tandis que le Thül accourait, elle se précipita vers Lahira. La jeune cuisinière se tenait recroquevillée dans un coin, les bras pressés contre son ventre. Lorsque Ellana s'agenouilla à ses côtés, elle leva péniblement la tête.

Elle était livide, ses yeux injectés de sang.

– Mal, balbutia-t-elle. J'ai... mal.

Un filet de sueur coulait de sa tempe jusque dans son cou. Ellana l'essuya avec maladresse, cherchant vainement un moyen de lui venir en aide.

Hurj arriva sur ces entrefaites.

– Lahira, la pressa-t-il en lui saisissant l'épaule. Lahira, que s'est-il passé ?

Elle le regarda sans le voir. Ses yeux avaient perdu leur éclat. Elle tressaillit. Se mit à trembler.

– Veux... pas... mourir, souffla-t-elle.

Hurj accentua sa pression.

– Lahira, tu dois nous...

– Laisse-la ! lui ordonna Ellana sur un ton sans appel.

Elle le repoussa avec fermeté puis prit la jeune cuisinière dans ses bras pour la bercer doucement.

– J'ai mal... gémit Lahira d'une voix presque inaudible.

– Ça va aller, lui murmura Ellana à l'oreille.

– Non, j'ai... j'ai mal.

– Ça va aller. Tu es jeune, tu es forte. Tu vas t'en tirer.

Un sanglot secoua la poitrine de Lahira.

Un sanglot rauque qui devint cri.

– Je ne veux pas mourir !

Son corps s'arqua et elle retomba sans vie dans les bras d'Ellana.

– Les trois autres sentinelles ont été égorgées et j'ai retrouvé Ehlias un peu plus loin, mort lui aussi.

Ellana inspira profondément, tentant de faire le vide en elle.

– Et ils ont volé les chevaux, n'est-ce pas ? demanda-t-elle d'une voix blanche.

– Comment le sais-tu ?

– Plus de bruit, plus de vie.

– Oui, ils ont volé les chevaux.

Ellana se leva péniblement.

– Des nouvelles de Salvarode ?

– Non, aucune. Je crains qu'ils ne l'aient liquidé sur le chemin.

– Et les sphères graphes ?

Hurj se crispa.

– De quoi parles-tu ?

– Des pierres que transportait en secret Milos Jil' Arakan et qu'il devait livrer à Al-Far. Les sphères graphes.

Le Thül recula d'un pas. Sa main descendit jusqu'au manche de la hache de combat qui pendait à sa ceinture.

– Comment es-tu au courant ? lança-t-il.

Ellana sourit avec lassitude.

– Je ne suis pas une ennemie, Hurj. Juste quelqu'un qui, comme toi, devait veiller à ce que les sphères graphes arrivent à bon port. Et qui a failli. Où sont-elles ?

Hurj marqua un temps d'hésitation dont elle essaya de tirer profit :

– La livraison des sphères graphes est essentielle pour l'Empire. Il est normal que ceux qui t'ont engagé aient pris leurs précautions.

– Tu travailles pour l'Empire ?

– Bien sûr, mentit-elle.

– Et tu sais qui sont les responsables de cette infamie ?

– Selon toute vraisemblance, des mercenaires du Chaos.

– Des mercenaires du Chaos, répéta-t-il d'un air dégoûté. J'ai déjà entendu parler de ces fils de Raïs !

Il vrilla ses yeux dans ceux d'Ellana.

– D'accord, dit-il, je te fais confiance. Mais maintenant, tu vas tout me raconter.

– Non.

– Non ?

– Ils ont moins d'une heure d'avance sur nous. Une heure et demie si nous comptons le temps qui nous sera nécessaire pour nous occuper des morts. Parlons et nous ne les rattraperons jamais.

– Es-tu sourde ou idiote ? s'emporta Hurj. Ils ont volé les chevaux. Comment pourrions-nous les rattraper ?

Les yeux d'Ellana brillèrent d'un éclat dur lorsqu'elle lui répondit :

– Nous allons courir.

Ils n'avaient gardé sur eux que l'essentiel : armes et eau. Ils échangèrent un regard dans lequel brillaient une même détermination et une lueur plus froide, plus affûtée. L'éclat que prend l'envie de vengeance quand elle devient soif de sang.

Ils s'élancèrent.

Derrière eux, les chariots transformés en bûcher ardent illuminaient la nuit.

12

Lorsque le jour se leva, Ellana et Hurj couraient toujours.

Pendant la première moitié de la nuit, chacun d'eux avait craint que l'autre s'effondre, incapable de suivre le rythme qu'ils s'étaient dès le départ imposé, puis, au fil des heures, chacun d'eux, stupéfait, avait constaté l'incroyable réserve d'énergie et d'endurance que possédait l'autre. Leur foulée s'était allongée et ils avaient cessé de s'observer pour se concentrer sur leur objectif.

La deuxième moitié de la nuit avait vu naître une nouvelle inquiétude. La lune qui leur avait tout d'abord permis de distinguer les empreintes des chevaux s'était cachée derrière les nuages et, comble de malchance, la piste, devenue rocailleuse, se laissait difficilement déchiffrer. Ellana et Hurj avaient dû ralentir. Par bonheur, les intersections étaient rares et ceux qu'ils traquaient assez nombreux pour que leurs traces demeurent visibles.

Aux premières lueurs de l'aube, alors que la fatigue menaçait de les écraser, les deux compagnons s'étaient accordé quelques minutes de repos.

Effondrés dans l'herbe, ils avaient plongé leur visage dans l'eau fraîche d'un ruisseau, bu sans parvenir à calmer le feu qui brûlait dans leur gorge puis, par un suprême effort de volonté et alors que leur corps criait grâce, ils s'étaient levés pour reprendre la poursuite.

Ils couraient, Ellana, fine et élancée, tout en souplesse, Hurj en un implacable déploiement de puissance contenue. La sueur ruisselait sur leur visage et leur souffle avait pris une tonalité rauque qui traduisait leur épuisement.

Ils couraient comme si une force plus puissante que la fatigue les poussait en avant. Comme s'ils avaient été capables de courir ainsi pendant des jours et des jours. Sans jamais s'arrêter.

Ils s'arrêtèrent pourtant. Au même instant.

La piste avait quitté le plateau pour basculer dans une vallée à la végétation touffue. En passant à proximité d'un ruisseau, elle s'élargissait et formait une aire vaste et dégagée. L'herbe y était piétinée et au centre d'un foyer formé de pierres sombres, des volutes de fumée argentée s'élevaient des braises d'un feu mal éteint.

Le souffle court, Hurj s'accroupit pour examiner les excréments laissés par un cheval. Lorsqu'il se redressa, un sourire barrait son visage, transcendant son épuisement.

— Moins d'un quart d'heure, annonça-t-il la voix vibrante d'excitation.

— À combien estimes-tu leur nombre ? haleta Ellana, pliée en deux, mains appuyées sur ses genoux.

Le Thül prit le temps d'observer traces et empreintes avant de répondre.

– Difficile à évaluer avec précision. Les chevaux qu'ils nous ont volés ne sont pas montés et leurs traces sont mêlées à celles des autres... Je dirais une vingtaine. Peut-être plus. Qu'est-ce qui se passe ?

Ellana avait pivoté et scrutait la lisière du bois proche.

– Il y a quelqu'un là-bas qui nous espionne, souffla-t-elle.

– Où ?

– Vingt mètres à gauche. Un homme derrière le chêne tordu. Un autre un peu plus loin. Et un autre juste à côté.

– Ceux que nous poursuivons ?

– Ça m'étonnerait.

Hurj réfléchit un bref instant.

– Sans doute des pillards attirés cette nuit par la lueur du feu. Ils n'ont pas dû oser s'en prendre à vingt hommes armés. Filons avant qu'ils ne comprennent que nous ne sommes que deux.

Ils n'eurent pas le temps de s'éloigner. Les fourrés se déchirèrent et six individus dépenaillés fondirent sur eux en vociférant. Sales, les cheveux longs, le visage mangé par une barbe hirsute, ils brandissaient qui un sabre ébréché, qui une épée sinueuse, qui encore un large cimeterre. Leur attaque, aussi violente qu'inattendue, ne s'appuyait sur aucune stratégie mais n'en était pas moins mortellement dangereuse.

Gestes rodés par l'habitude, Hurj saisit sa hache dans sa main droite tandis que de la gauche il tirait son sabre. Chacune de ces armes aurait requis la force des deux bras d'un guerrier solide, le Thül les maniait comme si elles n'avaient rien pesé.

En poussant un cri de guerre, il se ramassa pour bondir...

... se figea.

Deux hommes venaient de s'effondrer, un poignard fiché jusqu'à la garde dans la poitrine.

Un coup d'œil sur le côté...

Piu tirait une troisième lame de sa ceinture et se mettait en mouvement. Comment parvenait-elle à se déplacer aussi rapidement ? Comment avait-elle pu ajuster son double lancer aussi vite et avec une telle précision ?

Un hurlement le ramena à la réalité.

Deux pillards étaient sur lui, armes brandies au-dessus de leur tête.

Un combattant moins chevronné qu'Hurj aurait tenté une parade, peut-être reculé d'un pas pour reprendre ses distances, sans doute paniqué... Le Thül se contenta de poser un genou à terre.

Il ouvrit les bras en grand.

Frappa.

Ventres ouverts jusqu'à la colonne vertébrale, les pillards s'écroulèrent.

Hurj dégagea ses armes, se redressa.

Piu avait lancé son poignard, stoppant net la course d'un pillard, mais elle se retrouvait désarmée face au dernier. Un rugissement sauvage monta de la poitrine du Thül. Il bondit...

... pour se figer une deuxième fois.

La jeune éclaireuse s'était glissée avec la vivacité d'un serpent sous la lame qui aurait dû la décapiter. Le tranchant de sa main gauche s'abattit sur la pomme d'Adam de son adversaire, son poing droit percuta son plexus solaire tandis que son genou, remonté avec force, lui emboutissait l'entrejambe. Le pillard poussa un unique grognement et s'effondra pour ne plus bouger.

Le combat avait duré moins d'une minute.

Ellana récupéra ses poignards en s'efforçant de ne pas regarder le visage des hommes qu'elle avait tués. Elle n'avait fait que défendre sa vie, une vie que les pillards n'auraient pas hésité à lui voler, pourtant, lorsqu'elle revint vers Hurj, elle était proche de la nausée.

Son ami la contemplait d'un œil où la surprise le disputait à l'émerveillement et à la méfiance.

– Qui es-tu ? lâcha-t-il.
– Plus tard. Ils sont à notre portée. Nous...
– Non.

La voix du Thül était inflexible.

– Non, Piu, reprit-il. Je ne continuerai pas sans avoir des réponses à mes questions. Qui es-tu ? Où as-tu appris à te battre ainsi ? Que cherches-tu ?

Ellana jeta un coup d'œil inquiet à la piste qui filait vers l'ouest. Un quart d'heure, avait dit Hurj. C'était peu et considérable à la fois. Ils ne pouvaient se permettre de perdre leur temps en explications.

Son regard revint se poser sur son ami qui attendait, les bras croisés.

Elle le connaissait bien. Il ne bougerait pas tant qu'il ne s'estimerait pas satisfait.

Elle poussa un soupir résigné.

– Très bien, capitula-t-elle. Je ne m'appelle pas Piu mais Ellana...

13

Hurj courait.

Ainsi Piu était une marchombre. Non. Pas Piu. Ellana.

Une marchombre chargée de surveiller les sphères graphes, non pour le compte de l'Empire, mais pour celui d'une guilde mystérieuse. Une marchombre et non une éclaireuse. Une marchombre qui, depuis le début, lui avait menti.

Il jeta un coup d'œil à la jeune fille qui courait à ses côtés, les traits tirés par l'épuisement.

Lui avait-elle vraiment menti ?

Presque à contrecœur, il dut s'avouer que non. Elle lui avait juste dissimulé une partie de la vérité. Une partie qu'elle n'avait pas le droit de lui révéler. Cette omission, il le reconnaissait, n'enlevait rien à sa valeur ni au fait qu'ils visaient le même objectif : convoyer les sphères graphes jusqu'à Al-Far.

Une marchombre !

Pas étonnant qu'elle ait été si efficace pour ouvrir le chemin au convoi ou pour éliminer les pillards. Ce diable de Salvarode et ses poignards aux manches d'acier ne l'auraient pas été davantage.

Et Salvarode justement. Piu, non, Ellana lui avait révélé que son maître se méfiait de lui et que c'était pour cette raison qu'elle s'était jointe à la caravane.

Elle n'en avait pas dit davantage mais il avait lu dans ses yeux le doute affreux qui s'était immiscé en elle. Qui avait pu verser un poison aussi foudroyant dans les marmites de Boulgart ? Qui, suffisamment discret pour tromper le cuisinier et assez connu pour ne pas éveiller la suspicion, avait pu ourdir ce plan monstrueux ? Quel corps n'avait pas été retrouvé ? Qui n'avait pas réapparu depuis l'attaque ?

Hurj, lui, avait interdit au doute de s'insinuer dans ses pensées. Il refusait de croire que Salvarode détenait une part de responsabilité dans le massacre. Il préférait penser que les mercenaires du Chaos avaient tout manigancé, même s'il n'avait pas vraiment compris ce qui les motivait réellement.

Pas cherché à comprendre.

Pas cherché à comprendre puisqu'il n'avait pas besoin de comprendre. Il lui suffisait de les rattraper.

Pour les massacrer.

Sauf qu'il n'en pouvait plus.

La fatigue, trop longtemps ignorée, transformait peu à peu les muscles de ses jambes en blocs de métal chauffés à blanc. Sa bouche était aussi sèche que le désert des Murmures, sa gorge brûlait, ses bronches étaient en feu, ses poumons en fusion. Encore un quart d'heure à ce rythme et il s'effondrerait pour ne plus se relever.

Et Piu, Ellana, était dans un état pire que le sien.

Alors qu'il la regardait, elle tourna la tête vers lui. Leurs yeux se sourirent.

Malgré leur épuisement.

Malgré ce qu'ils avaient vécu.

Malgré ses révélations.
Rien n'avait changé.
– Je... je n'en peux plus, balbutia-t-elle.
Hurj hocha la tête. Un Thül devait être mort pour avouer qu'il était las et, même mort, il n'admettait jamais qu'il avait atteint ses limites !
Devant eux, la piste montait jusqu'à un col. Proche et pourtant si lointain.
– Il faut tenir jusque là-haut, l'encouragea-t-il.
Consciente de puiser dans ses ultimes ressources et incapable d'en gaspiller une miette en paroles, Ellana resta silencieuse.
Et continua à courir.
Lorsqu'ils atteignirent le col, ils titubaient, anéantis de fatigue. Brisés.
Ils se laissèrent tomber à genoux, tentant désespérément de retrouver leur souffle. Sur leur gauche s'ouvrait un impressionnant à-pic, sur leur droite une série de prés en pente raide dégringolaient des sommets proches, tandis que, devant eux, la piste descendait en serpentant vers une rivière que le soleil de la mi-journée teintait d'argent. Elle la traversait sur un pont de bois puis se divisait en deux, une partie filant vers l'ouest et Al-Far, tandis que l'autre piquait vers le sud.
Ellana saisit l'épaule d'Hurj et le secoua.
– Regarde ! s'exclama-t-elle.
Une troupe de cavaliers venait de franchir la rivière. À l'intersection, elle tourna à gauche. Vers le sud.
– Ce sont eux ! s'écria Hurj. Ces fils de Raïs aux entrailles moisies ont toujours nos chevaux et ils sont...
Il plissa les yeux.

— ... dix, douze, quinze, dix-neuf. Dix-neuf ! Ils ne sont que dix-neuf ! Allons-y !

Il se leva, débordant d'une nouvelle énergie.

— Non, attends.

— Attends quoi ? J'ai soif mais ma hache a encore plus soif que moi. Je vais les...

— Si nous continuons à courir, nous serons si fatigués en les rejoignant qu'ils n'auront qu'à nous souffler dessus pour nous vaincre.

— Parle pour toi, gamine ! Je...

— Tu vas te taire, oui ? s'emporta Ellana. Plutôt voyager avec un ours élastique qu'avec un Thül. Aussi fort, aussi stupide mais, au moins, il est muet et ne fait pas semblant d'avoir un cerveau !

Elle se leva à son tour avec une grimace de douleur.

— Et ne fais pas non plus semblant d'être en pleine forme ! ajouta-t-elle alors qu'il ouvrait la bouche pour protester. Tu es aussi épuisé que moi !

Elle désigna la piste sur laquelle s'étaient engagés les cavaliers.

Elle longeait d'abord la rivière, disparaissait dans une forêt de conifères, puis réapparaissait pour effectuer une large boucle qui la ramenait vers l'est avant de reprendre la direction du sud.

— Il leur faudra bien deux heures pour arriver là, fit-elle en désignant un point loin en contrebas sur leur gauche. Nous les y attendrons.

Hurj se pencha au-dessus du vide.

— Et c'est moi qui ne possède pas de cerveau ? railla-t-il. Les marchombres seraient-ils capables de voler ?

— De voler non, rétorqua Ellana, encore que... mais de descendre une falaise aussi peu escarpée que celle-ci, oui. Les yeux fermés s'il le fallait !

Hurj jeta un nouveau coup d'œil au précipice, avala sa salive, regarda encore.
– Euh... Piu, je veux dire, Ellana, tu vas vraiment...
– Non, le coupa-t-elle. Nous allons.

– Tu vois, ce n'était pas si difficile.
En guise de réponse, Hurj poussa un grommellement inintelligible.
Il avait failli tomber une dizaine de fois, s'était ouvert les doigts, entaillé le front, meurtri les côtes et, quand une pierre s'était détachée sous son pied et qu'il s'était senti basculer en arrière, il avait couiné.
Couiné.
Lui, Hurj Ingan, fils d'un des clans thüls les plus puissants du nord-ouest, avait couiné.
Il sentait le courroux de ses ancêtres vigilants planer au-dessus de lui tel un nuage sombre, n'attendant qu'un nouveau faux pas pour le plonger à jamais dans la honte et le déshonneur.
Il avait couiné !
Devant sa mine renfrognée, Ellana eut la bonne grâce de ne pas insister.
Ils empruntèrent un layon qui serpentait entre les arbres et, en moins de dix minutes, ils atteignirent la piste.
Hurj retrouva instantanément son entrain.
– Tu te posteras ici, moi là, décida-t-il. Tu me laisseras entamer la danse et tu n'interviendras que lorsque je... Pourquoi ris-tu ?
– Je ne ris pas, grand chef, je souris pour masquer mon inquiétude. Il y a tout à parier que les hommes qui arrivent sont des mercenaires du Chaos, des com-

battants chevronnés, des tueurs, et ils sont dix-neuf. Tu n'éprouves aucun doute ?

– Non, répondit-il avec le plus grand sérieux. Aucun.

Ellana leva les yeux au ciel et n'insista pas.

Pendant les minutes qui suivirent, elle eut beau réfléchir à un stratagème digne de ce nom, susceptible de remplacer l'assaut frontal et insensé que prévoyait Hurj, rien ne lui vint à l'esprit.

Qu'aurait fait Jilano à sa place ?

Pour commencer, Jilano n'aurait pas laissé les sphères graphes sans surveillance, pas plus qu'il n'aurait permis à quiconque de verser du poison dans les marmites du cuisinier.

Certes, mais ici, maintenant, sur cette piste, après une course éreintante ?

Elle s'efforça d'imaginer le maître marchombre, épuisé, affamé, se préparant à un combat qu'il avait très peu de chances de remporter. Où iraient ses priorités ? Ses choix ?

Elle regarda autour d'elle et l'évidence s'imposa à elle.

– Hurj ?

– Oui ?

– Nous avons deux heures d'avance sur nos ennemis. Pose tes armes et viens manger ces framboises avec moi. Ensuite…

– Ensuite ?

– Ensuite nous dormirons.

14

Ils ne dormirent pas, mais sommeillèrent un moment côte à côte sous l'épaisse frondaison d'un charme bleu. À défaut de les rassasier, les framboises avaient calmé les grondements de leurs estomacs et ils s'étaient désaltérés à l'eau d'un ruisseau proche.
– Piu ?
– Ellana.
– D'accord. Ellana ?
– Quoi ?
– C'est parce que tu es une marchombre que tu ne veux pas me suivre ?
La réponse jaillit sans qu'elle ait eu le temps de l'analyser. Peut-être de la retenir.
– Oui.
– Et la voie que tu as choisie ? Celle qui prend une majuscule.
– C'est la voie des marchombres.
Hurj poussa un soupir et se tut, les yeux fixés sur les branches touffues qui les surplombaient.
– Hurj ?
– Oui, Piu ?
– Ellana.

– D'accord. Oui, Ellana ?
– Je crois que j'ai peur.
Il tourna la tête vers son amie. Elle se tenait immobile, couchée sur le dos comme lui mais, alors que, parfaitement détendu, il goûtait le bonheur simple de sentir l'énergie affluer dans son corps, elle était pâle et tremblait imperceptiblement.
Il passa un bras autour de ses épaules et l'attira près de lui.
– Peur ? murmura-t-il.
Il percevait maintenant son souffle irrégulier et la tension nichée dans ses muscles. Comment avait-il pu oublier qu'elle n'avait que dix-sept ans ? Elle était forte, libre, belle, mais ce n'était qu'une gamine.
En guise de réponse, elle se blottit contre lui. Il sentit sa propre respiration accélérer.
– Peur ? répéta-t-il pour se donner une contenance.
– Nous n'avons aucune chance de remporter ce combat, souffla-t-elle, et pourtant je n'ai pas le droit de l'éviter.
– Personne ne t'oblige à te battre, protesta-t-il.
– Si.
– Qui ? s'étonna-t-il.
– Moi.
– C'est stupide. Tu n'es pas une guerrière, tu es libre de partir.
– La vraie liberté ne consiste pas à faire ce qu'on veut mais ce qu'on doit. Si je fuis ce combat, je me perds irrémédiablement. Et toi, Hurj, pourquoi cours-tu un pareil risque ?
Le jeune Thül ne se donna pas la peine de réfléchir avant de répondre.
– Parce que mon honneur est en jeu. J'avais deux missions, convoyer les sphères graphes jusqu'à Al-

Far et assurer la sécurité de la caravane. J'ai failli à cette dernière mission et la blessure qui résulte de cet échec ne guérira jamais. Je préférerais mourir plutôt que d'abandonner.

– Mourir, chuchota Ellana. Nous allons sans doute mourir tout à l'heure. N'as-tu pas peur ?

– Non.

Il ne trichait pas, et la force qui vibrait dans ce simple mot la rassura plus qu'un long discours apaisant. Elle bascula pour amener son visage à quelques centimètres à peine de celui d'Hurj.

– Moi, j'ai peur mais grâce à toi je tiens bon.

Elle s'approcha encore.

Hurj ne bougeait plus, paralysé par l'attente et l'émotion.

Puis les lèvres d'Ellana se posèrent sur les siennes et la gangue qui le maintenait pétrifié explosa.

Il referma ses bras sur elle.

Ellana sentit une douce quiétude chasser sa peur.

Une douce quiétude.

C'était ce qu'elle voulait, ce qu'elle cherchait. Une présence rassurante qui...

Elle frémit.

Un flot de sensations insolites étaient en train de naître sous les mains d'Hurj, inconnues, troublantes, envoûtantes. Ellana frissonna. Hurj était là. Pour elle. Uniquement pour elle. Il...

Ellana tressaillit. Se mordit les lèvres. Ce n'était plus un flot de sensations mais une vague qui déferlait sur elle. Neuve, puissante, irrésistible.

Incrédule et émerveillée, Ellana se laissa emporter.

— Ils devraient être là depuis longtemps.

Hurj opina d'un hochement de tête inquiet. Le soir approchait. Les deux heures d'attente étaient devenues quatre puis six.

La forêt demeurait silencieuse, aucune troupe n'approchait.

— Peut-être ont-ils bifurqué avant le pont ? suggéra-t-il.

— Il n'y avait pas de piste et je vois mal tous ces chevaux se frayer un passage dans la nature.

— Nous aurions dû attaquer lorsque nous les avons repérés !

— Stupide et, de toute façon, trop tard.

Hurj fit jouer les muscles puissants de ses épaules, passa sa hache de combat à sa ceinture et vérifia que son sabre coulissait bien dans le fourreau qu'il portait dans son dos.

— Que fais-tu ? s'enquit Ellana.

— Je vais à leur rencontre. Soit je les trouve et je règle cette histoire, soit je découvre par où ils sont passés, je les suis, je les rattrape et je règle cette histoire.

— D'accord, on y va.

Il la caressa du regard.

— Je peux m'occuper de ça tout seul.

— Je n'en doute pas.

— Ellana, je...

Elle se mit sur la pointe des pieds pour poser un doigt autoritaire sur sa bouche.

— Tais-toi, Thül ! Tu vas dire des bêtises que tu risques de regretter.

Et pour lui ôter toute possibilité de protester, elle lui tourna le dos et se mit en marche.

Il la suivit, les yeux brillants. Il l'avait tenue dans ses bras, avait senti la douceur sauvage de sa peau et celle, brûlante, de ses lèvres. Son corps, son cœur et son âme étaient imprégnés de son parfum.
Rien ne serait plus jamais comme avant.

Ils remontèrent la piste pendant une demi-heure avant qu'une lueur perçant entre les arbres ne les alerte. L'arrivée du crépuscule avait plongé la forêt dans l'obscurité et la nature de la lueur n'offrait aucun doute.
Un feu.
Au même instant, un cheval renâcla à proximité. Les deux compagnons se figèrent.
– Ils ont dressé leur camp là-bas, murmura Hurj, mais pourquoi diable en milieu d'après-midi ?
– On y réfléchira plus tard, souffla Ellana. Ils ont dû poster des sentinelles. Nous devons d'abord nous occuper d'elles.
Ils en repérèrent deux, l'une près de la piste, adossée à un arbre, l'autre assise à l'écart, près de l'endroit où paissaient les chevaux à l'entrave. Hurj et Ellana échangèrent un regard entendu et se glissèrent dans la nuit.
La jeune marchombre se faufila dans le dos du mercenaire qui gardait les chevaux. Malgré sa vigilance, il ne perçut la présence d'Ellana que lorsqu'elle abattit le tranchant de sa main sur sa nuque. Il bascula sans bruit sur le côté.
La sentinelle dont s'occupa Hurj eut moins de chance. Le poing du Thül lui défonça le crâne.

Le Pacte des Marchombres

Les deux compagnons rampèrent ensuite jusqu'aux fourrés bordant le camp. Quinze hommes étaient assis autour du feu devant une broche garnie d'un jeune siffleur que faisait tourner l'un d'eux. Les deux manquants devaient monter la garde à l'autre extrémité du camp.

Hurj porta la main à la poignée de son sabre.

– Non, attends.

Ellana avait murmuré à son oreille. Il figea son geste.

– J'ai une meilleure idée, souffla-t-elle.

15

— Bande de vers lâches et puants, je vomis sur vos ancêtres !

Les mercenaires du Chaos se levèrent d'un bond, s'emparèrent fébrilement de leurs armes, regardèrent autour d'eux...

Un guerrier se tenait au milieu de la piste, une hache dans une main, un sabre dans l'autre. Un guerrier à la stature impressionnante et aux muscles noueux qui les toisait comme il aurait toisé une horde de chacals.

— Embryons putrides de Raïs dégénérés, rugit-il, je vais répandre vos entrailles avariées, ouvrir vos gorges, vous dépecer comme les animaux que vous êtes !

Dans un prodigieux ensemble qui témoignait d'un art consommé du combat, quatorze mercenaires se ruèrent en avant.

Hurj éclata d'un rire sauvage avant d'entonner un chant de guerre thül. Il ramassa sa formidable musculature et se jeta à la rencontre de ses adversaires.

Ellana n'assista qu'à la première seconde de l'affrontement.

Le temps de voir la hache d'Hurj se ficher dans un thorax tandis que son sabre faisait voler une tête.

Le temps que ce qu'elle avait prévu s'accomplisse.

Le temps que le mercenaire qui ne s'était pas précipité vers Hurj atteigne les sacs entassés à l'écart du feu. Il en attrapa un et en tira une bourse de cuir qu'Ellana reconnut sans peine. La bourse qu'elle avait vu passer des mains d'un pirate aline à celles d'un soldat de l'Empire. La bourse contenant les sphères graphes.

Le mercenaire jeta un coup d'œil méfiant autour de lui et s'éloigna en direction des chevaux.

Pareille à une ombre, Ellana le suivit.

Hurj utilisait son sabre comme un bouclier. Un bouclier qui devenait parfois, le temps d'un éclair, un serpent capable de frapper le défaut de n'importe quelle cuirasse.

Il utilisait aussi sa hache. Comme un paysan aurait utilisé sa faux.

Méthodique et implacable.

Le mercenaire qui avait percé sa garde, lui infligeant sa première blessure, un trait de feu barrant son abdomen, s'écroula lorsque la lame du sabre mordit sa cuisse. Il voulut rouler sur le côté, le talon d'un Thül pesant plus d'un quintal lui broya la gorge.

Hurj n'avait pas cessé de chanter.

Le mercenaire saisit une selle et sans un regard pour son compagnon qui gisait au sol, inconscient, la jeta sur le dos d'un cheval.

Ellana était tapie dans l'obscurité à deux pas de lui. Il n'était pas question de le laisser s'enfuir mais, pour l'arrêter, elle n'avait le choix qu'entre deux options et elle ne parvenait pas à se décider.

Deux options.

La première, le héler pour le combattre et le tuer, s'opposait à la raison. La deuxième la révulsait.

« *Pour prometteuse que tu sois, tu n'es pas encore apte à te frotter aux mercenaires* », murmura Jilano dans son esprit. Elle observa une dernière fois l'homme qui s'apprêtait à enfourcher le cheval. Souple, puissant, il évoquait irrésistiblement un prédateur mortel. Et s'il avait été choisi par ses pairs comme ultime rempart pour les sphères graphes, c'est qu'il était de tous le plus redoutable.

Réprimant son dégoût pour ce qu'elle projetait, Ellana se glissa dans son dos.

Hurj avait reçu une deuxième blessure. Au genou. Peu profonde mais qui le déséquilibrait et l'empêchait de se mouvoir aussi vivement qu'il l'aurait souhaité. Cela ne l'avait toutefois pas empêché d'éliminer sept des quatorze mercenaires qu'il affrontait. Seize puisque les deux sentinelles s'étaient jointes au combat.

Un combat qui, depuis quelques minutes, avait pris un tour inquiétant. Après le premier temps de mêlée confuse qui lui avait permis d'imposer son rythme et sa marque, ses adversaires s'étaient repris. Ils atta-

quaient désormais de façon plus concertée, cherchant à l'affaiblir plus qu'à l'abattre. À le fatiguer.
À le fatiguer ?
Lui, Hurj, fils d'un des clans thüls les plus puissants du nord-ouest ?
Impossible !
Sauf qu'il devait reconnaître qu'il fatiguait bel et bien.

⁕

Ellana relâcha sa prise. Elle essuya rapidement son poignard, refusant de regarder le corps du mercenaire et la blessure béante au travers de sa gorge. Elle avait envie de vomir.
Avec des gestes fébriles, elle sella une deuxième monture puis se tourna vers les autres chevaux qu'elle détacha. Il y en avait trente, peut-être quarante. Elle avait prévu de les disperser afin que les mercenaires ne puissent pas les poursuivre mais elle doutait tout à coup d'y parvenir.
Autour du feu, le combat faisait rage. Hurj tenait en échec une troupe entière de combattants, pourtant il finirait par céder. Personne, pas même un Thül, ne pouvait remporter une telle bataille.
Alors que la panique menaçait, elle se força à se détendre.
Souffla.
Un chant.
Comme un appel hypnotique
Qui tourbillonne.
C'étaient les mots qu'avait écrits Jilano sur la neige lorsque l'ours élastique qui les avait attaqués s'était couché à ses pieds.
Le chant marchombre.

Elle ferma les yeux. Se concentra. Une mélodie ténue sortit de ses lèvres. Elle la modula avec la délicatesse qu'elle aurait employée pour caresser les ailes d'un papillon de cristal.

Les chevaux s'étaient figés, écoutant avec attention les étranges arpèges.

Ellana guida sa voix, mi-chant mi-sifflement, jusqu'à leurs cœurs qui s'ouvraient à la musique. Elle tressaillit lorsque le chant marchombre devint un lien l'unissant à chacun des chevaux. Un lien lui permettant de les guider là où elle souhaitait qu'ils aillent.

Sans cesser de chanter, elle se hissa sur sa selle, saisit les rênes du deuxième cheval, enfonça ses talons dans les flancs de sa monture.

L'ensemble du troupeau réagit comme si chacun des animaux qui le composaient avait été talonné en propre.

Quarante chevaux partirent au galop.

Hurj para du sabre, frappa de la hache.

Le mercenaire évita le coup. Trop lent. Pas assez précis. Il leva sa propre lame...

Au même instant les chevaux déferlèrent dans un bruit de tonnerre sur les combattants impuissants à contenir le flot sauvage.

– Hurj !
Ellana.
Elle avait réussi ! Dressée sur ses étriers comme une amazone farouche, elle lui désignait le cheval qu'elle tenait à la bride. Alors qu'il passait près de lui, Hurj bondit, saisit à pleines mains une crinière flottante, se hissa en selle, se laissa emporter.

Le Pacte des Marchombres

Comme les chevaux accéléraient l'allure, il se tourna vers Ellana qui galopait à côté de lui.

– Je n'ai pas eu le temps de les tuer tous, hurla-t-il.

– On reviendra, lui cria-t-elle en retour.

Ensemble ils éclatèrent de rire.

16

Ils galopèrent une vingtaine de minutes, puis les chevaux sans cavalier ralentirent. Certains s'arrêtèrent, d'autres s'égaillèrent, Hurj et Ellana poursuivirent seuls leur chemin. Au trot puis au pas, afin de ménager leurs montures.

– Tu crois qu'ils vont nous poursuivre ? demanda Hurj.

– Certainement. Mais le temps qu'ils rattrapent leurs chevaux, nous serons loin et comme nous n'avons pas l'intention de nous arrêter...

Le jeune Thül hocha la tête. Il avait l'air pensif et, si l'obscurité empêchait Ellana de discerner les traits de son visage, elle avait perçu une tension inhabituelle dans sa voix.

– Ça ne va pas ? s'enquit-elle. Tu es gêné d'avoir laissé des survivants derrière toi ?

– Un peu. Ces types méritent mille fois la mort pour ce qu'ils ont fait.

L'image de la caravane devenue bûcher s'imposa à Ellana. Elle serra les mâchoires.

– Tu as sans doute raison, mais les tuer ne rendra pas la vie à ceux qui l'ont perdue. La mort marque un coup d'arrêt, pas un retour en arrière.

– Peut-être, mais la certitude que dix d'entre eux ne commettront plus jamais de méfaits me plaît.
– Dix ?
– Oui. Le onzième n'est que blessé.
Ils chevauchèrent un long moment en silence, perdus dans des pensées qui leur étaient propres et qu'ils ne désiraient pas partager.
Pas pour l'instant.
Un silence qu'Hurj finit par rompre :
– Ils auront au moins eu droit à des funérailles dignes de ce nom.
Ellana comprit qu'il évoquait les membres de l'expédition morts empoisonnés.
– La coutume chez les Thüls veut-elle que les défunts soient incinérés ?
– Oui, sur un bûcher à la hauteur de leur valeur.
– Lorsque tu mourras, grand chef, il faudra abattre une forêt entière pour dresser le tien.
– Je crains que tu te leurres. Un chef thül qui laisse mourir la totalité des hommes qu'il était censé protéger ne mérite pas d'entrer dans le grand livre des légendes.
– Et un héros thül capable de courir pendant des jours, d'affronter une bande d'impitoyables mercenaires puis de les vaincre au péril de sa vie pour remplir la mission qui lui avait été confiée ?
– C'est juste un Thül qui a fait son devoir.
Bien qu'il se fût efforcé au laconisme, Hurj n'avait pu masquer la fierté qu'avaient fait naître en lui les paroles d'Ellana. Elle sourit à la nuit et le silence retomba sur leur étrange couple.
La jeune marchombre finit par s'assoupir sur sa selle, bercée par le pas tranquille de son cheval.

Elle rêva de Nillem mais il portait les tresses d'Hurj et quand il la prit dans ses bras elle ne sut plus, qui du Thül ou du marchombre, l'embrassait.

Quand elle s'éveilla, l'aube pointait.
Pendant le sommeil de sa compagne, Hurj avait saisi les rênes de son cheval pour qu'il continue à avancer. Avachi sur l'encolure de sa monture, il dodelinait de la tête, si fragile dans son épuisement qu'elle sentit une immense vague de tendresse déferler sur elle.
– Eh, grand chef, le héla-t-elle, je pense que nous avons mérité une pause.
Il releva à peine la tête.
– Tu crois que... que c'est... raisonnable ?
– J'en suis sûre. Nous les avons semés. Sans compter qu'avec la raclée que tu leur as infligée, ils ont dû y réfléchir à deux fois avant de se lancer à notre poursuite... et qu'ils n'ont plus de chevaux.
– Comme tu veux.
Ils quittèrent la piste pour s'enfoncer dans une prairie éclaboussée de fleurs multicolores à l'instant où le soleil pointait ses premiers rayons par-dessus les montagnes.
Un ruisseau courait dans l'herbe. Joyeux et insouciant.
Ellana sauta à terre et se précipita pour plonger son visage dans l'eau fraîche.
– Alors, grand chef, tu...
Elle se tut. Hurj vacillait sur sa selle, livide, le front couvert de sueur.

– Hurj !

Elle se précipita mais déjà le jeune Thül avait basculé. Il s'écrasa dans l'herbe, effrayant son cheval qui recula de quelques pas. Ellana se jeta sur lui.

– Hurj, qu'est-ce que...

– Du calme, gamine, la coupa-t-il d'une voix aussi blanche que son teint. C'est juste un coup de fatigue. Rien de grave.

Ellana ne répondit pas. Les yeux écarquillés par l'effroi, elle contemplait la tunique imbibée de sang de son ami et le manche du poignard qui dépassait de sa poitrine.

Il suivit son regard et sourit.

– Ah, ça ? souffla-t-il. Une peccadille. Un de ces fils de Raïs a été plus rapide que je ne m'y attendais. Il en a profité pour faire le malin.

Ellana approcha de l'arme une main dont elle ne parvenait pas à maîtriser les tremblements.

– Je crois que tu devrais t'abstenir de toucher ce canif. Si tu l'enlèves, ça va saigner et je n'ai pas de tunique de rechange.

Elle obtempéra, incapable d'ôter ses yeux du manche du poignard.

Un manche d'acier.

– Piu, tu te déplaces un peu ? Comme ça je pourrai poser ma tête sur tes genoux.

– Je m'appelle Ellana, Thül stupide, lâcha-t-elle en serrant les mâchoires pour tenter de juguler son émotion.

– D'accord. Voilà. On est bien comme ça, non ?

– Oui. On est... bien.

– Tu vois, Piu, même les héros thüls ont parfois des coups de fatigue. Tu n'es pas déçue ?

– Non, Hurj, pas déçue du tout.

– Alors je peux te faire une confidence ?
– Oui, bien sûr.
– Tu te rappelles, l'autre jour, quand je t'ai demandé si tu voulais m'accompagner jusqu'à mon village ?
– Oui, je me rappelle.
– J'aurais pu te donner une explication plus courte, plus simple, plus vraie, mais je n'ai pas osé. Tu n'es pas bien effrayante, mais je n'ai pas osé. C'est drôle, non ?

Ellana essuya ses yeux d'un revers de manche, forçant sa gorge nouée à laisser passer une question.

– C'était quoi ton explication, grand chef ?
– Je t'aime.

Il se mit à trembler.

– C'est la première fois que je dis ça à une fille. Je n'ai pas l'habitude, ça fait tout chaud, là.

Elle passa la main dans ses tresses. Les caressa doucement. Les larmes qui ruisselaient sur ses joues engloutissaient son présent, noyaient son futur. Emportaient son âme. Elle avait le sentiment que c'était sa vie à elle qui s'écoulait.

– Moi aussi je t'aime, murmura-t-elle.

Il hocha la tête.

– Ça c'est une bonne nouvelle, souffla-t-il. Maintenant je vais dormir un peu. Quand je me réveillerai, on amènera ces fichues pierres à Al-Far puis je te conduirai dans mon village. C'est un beau village, il te plaira.

Il ferma les yeux.

– Hurj, je...
– Tout à l'heure, Piu. Tout à l'heure...

Il mourut le sourire aux lèvres.

17

Ellana tenait à peine debout.

Ses vêtements déchirés étaient maculés de terre et de résine, elle ne sentait plus ses bras constellés d'ecchymoses, ses mains couvertes d'ampoules étaient à vif et une branche acérée avait ouvert une profonde estafilade sur sa joue.

Elle s'en moquait.

Bandant d'un même effort ses muscles harassés et sa volonté, elle ajusta le dernier fût et recula de quelques pas.

Le bûcher était colossal.

Haut de quatre mètres, il était constitué de dizaines de troncs qu'elle avait passé la journée à abattre à la hache puis à élaguer, et supportait une plate-forme immense à laquelle on accédait par une échelle de fortune.

Hurj reposait sur la plate-forme, couché sur le dos, les bras en croix, comme s'il s'apprêtait à enlacer l'univers.

Ellana avait disposé ses armes près de lui avant de se raviser. Elle rapporterait la hache et le sabre du guerrier thül à Al-Far.

Avec le poignard de Salvarode.

En trébuchant de fatigue, elle escalada l'échelle et s'agenouilla près du corps de son ami.

– Adieu, grand chef, murmura-t-elle.

Elle demeura immobile et silencieuse, prostrée, vidée de ses larmes et de ses forces, incapable d'imaginer un lendemain.

Au bout d'une éternité, une ultime lueur de lucidité lui commanda de descendre l'échelle. Elle ne sut jamais comment elle avait allumé le feu, mais lorsque le bûcher s'embrasa et que les flammes, démesurées, bondirent vers le ciel, elle ouvrit les bras.

– Adieu, grand chef ! hurla-t-elle.

Puis elle s'effondra et ne bougea plus.

Elle dormit d'un sommeil de plomb. Écrasant et sans rêves.

Toute la nuit et la moitié de la journée qui suivit.

Lorsqu'elle s'éveilla, du bûcher effondré ne subsistaient que des braises rougeoyantes et de rares morceaux de bois calcinés.

Elle se leva en titubant puis se dévêtit pour se plonger dans le ruisseau. La morsure de l'eau fraîche lui fit du bien et lorsqu'elle sortit, propre et désaltérée, elle se tenait de nouveau droite.

Sur ses pieds et dans sa tête.

Elle lava ses vêtements et, pendant qu'ils séchaient étendus sur l'herbe, elle s'assit, une lourde plaque d'écorce sur les genoux. Elle réfléchit un instant, suivant du regard les fumerolles qui traçaient de mystérieuses arabesques au-dessus des cendres, puis elle saisit son poignard et se mit au travail.

Quand elle eut fini, elle considéra son œuvre sans la moindre concession. Satisfaite, elle fixa solidement la plaque d'écorce à un pieu fiché en terre puis, après s'être rhabillée, elle s'approcha des chevaux.

Les fontes d'une des selles contenaient des bâtonnets de viande séchée au goût exécrable mais qu'elle savait très nourrissants. Elle avait de toute façon trop faim pour se montrer difficile. Elle mordit dans un bâtonnet, grimaça, se força à avaler.

Une fois rassasiée, elle se hissa sur un des chevaux et saisit la bride de l'autre. Ce faisant, elle eut une pensée fugitive pour Alula. Comment la petite jument au mauvais caractère allait-elle aborder sa nouvelle vie libre et sauvage ?

Elle haussa les épaules.

Alula ferait de son mieux.

Comme sa maîtresse.

D'un claquement de langue, Ellana mit sa monture au pas. Elle s'éloigna vers l'ouest sans se retourner.

Derrière elle, un rayon de soleil se posa sur la plaque d'écorce.

La douleur infinie de celui qui reste,
Comme un pâle reflet de l'infini voyage
Qui attend celui qui part.

18

Al-Far était identique à la cité qui se dressait dans les souvenirs d'Ellana.

Une cité fortifiée, sans fioritures architecturales, dont les murailles de pierre sombre avaient maintes fois prouvé leur efficacité.

Une cité aux rues étroites et souvent mal famées, bâtie autour du palais seigneurial, et que traversait la Luvione, une rivière indolente aux eaux turbides, affluent de l'Ombre.

Une cité de pionniers et d'aventuriers.

En cette période de troubles, les portes étaient gardées par une escouade entière de soldats impériaux vigilants. Ils laissèrent toutefois passer Ellana et ses chevaux sans lui poser de questions.

Une fois dans la cité, la jeune marchombre regarda autour d'elle, s'étonnant que des images enfouies dans sa mémoire refassent surface pour se plaquer avec une telle précision sur ce qu'elle découvrait.

Elle avait franchi cette passerelle, la petite Nahis perchée sur ses épaules, elle s'était tapie sous ce porche un soir où trois ivrognes l'avaient prise en

chasse, elle avait escaladé ce vieux mur pour savoir ce qui se trouvait de l'autre côté, elle avait passé des heures devant la vitrine de ce sculpteur de branches, couru ici, rêvé là...
... quand elle était enfant.
Si longtemps auparavant.
Elle prit la direction du palais.
Le matin était jeune et les rues peu fréquentées. Ellana remarqua avec surprise la mine soucieuse qu'arboraient la plupart des gens qu'elle croisait. Certes, les habitants d'Al-Far n'étaient pas réputés pour leur jovialité mais de là à donner l'impression que la fin du monde approchait, il y avait une marge. Une marge qui agaçait sa curiosité.

Elle faillit s'arrêter pour interpeller un badaud morose puis renonça. Elle n'avait aucune envie de s'entendre reprocher cette curiosité et, surtout, elle avait trop hâte de remettre les sphères graphes au seigneur d'Al-Far pour perdre son temps en futilités.

En arrivant devant le palais, elle s'attendait à devoir batailler pour être entendue mais, lorsqu'elle annonça au capitaine qui montait la garde devant la porte principale qu'elle était l'unique survivante de l'expédition partie d'Al-Jeit trois semaines plus tôt, elle fut immédiatement introduite dans une cour intérieure puis, par une série de couloirs et d'escaliers, dans une pièce aux murs couverts de cartes où trônait un immense bureau de travail.

Kuntil Cil' Karn, le seigneur d'Al-Far, était un homme de haute taille, au nez aquilin, aux cheveux argentés et à l'air préoccupé. Il resta debout pendant qu'Ellana lui narrait le désastre survenu à la caravane, ne l'interrompant qu'à deux reprises pour lui demander des précisions.

Lorsqu'elle eut fini, il hocha la tête. Il avait pâli comme si le récit d'Ellana alourdissait un fardeau déjà écrasant mais, lorsqu'il prit la parole, il eût été vain de chercher la moindre trace d'hésitation dans sa voix.

– Vous avez effectué un travail remarquable, jeune fille, déclara-t-il, et je saurai me souvenir de votre nom. Mon intendant vous versera le salaire qui était destiné à... au traître qui est à l'origine de ce drame. Puis-je avoir les sphères graphes?

Ellana tira la bourse du sac qu'elle portait en bandoulière et la lui tendit. Persuadé, à tort, qu'elle en avait déjà vu le contenu, Kuntil Cil' Karn l'ouvrit sans chercher à se dissimuler.

Pierres ovoïdes dont la couleur variait du bleu acier à l'indigo profond, les sphères graphes présentaient un aspect irisé et des reflets mouvants qui éveillèrent en Ellana l'écho d'un souvenir très ancien. Elle fronça les sourcils, cherchant à le capturer, mais Kuntil Cil' Karn referma la bourse avant que le souvenir ait eu le temps d'émerger de sa mémoire.

– Ces sphères nous seront bien utiles, fit le seigneur d'Al-Far, surtout face à ce qui nous attend.

– La situation est donc si grave? s'étonna Ellana.

Kuntil Cil' Karn eut un sourire las.

– Plus encore que vous ne l'imaginez.

– J'avoue que je ne comprends pas.

– Uniquement parce que, depuis dix jours, vous êtes coupée de la réalité alavirienne. Vous êtes sans doute la seule personne de l'Empire à ne pas être au courant.

– Au courant de quoi? s'écria-t-elle.

Kuntil Cil' Karn ne parut pas se formaliser du ton direct employé par la jeune fille. Fataliste, il haussa les épaules.

– Les Sentinelles ont trahi.
– Quoi ?
– Les Sentinelles ont cessé de surveiller l'Imagination et pactisé avec les Ts'liches.
Ellana ne put masquer sa surprise.
– C'est donc arrivé !
– Oui, et c'est très grave. Les Ts'liches ont profité de la défection des Sentinelles pour bloquer l'accès à l'Imagination. Les dessinateurs de l'Empire sont désormais dans l'incapacité d'assurer notre sécurité.
– Il reste l'armée, non ?
– Les Raïs sont cent fois plus nombreux que nous. Sans oublier les Ts'liches qui eux peuvent toujours dessiner et ne s'en priveront pas. Seuls nos dessinateurs permettaient jusqu'à aujourd'hui de contrebalancer la force de nos ennemis.
– Les Sentinelles ne pourraient-elles pas changer d'avis ? À quoi peut bien leur servir de s'associer à des monstres ?
– J'ignore pourquoi elles ont trahi mais, malheureusement, elles ne peuvent plus faire machine arrière. Une fois libres d'envahir l'Imagination, les Ts'liches se sont empressés de leur tendre un piège. Les Sentinelles ont été figées par un pouvoir qui dépasse notre entendement et nul ne sait où elles se trouvent actuellement.
– Et les mercenaires du Chaos ? s'enquit Ellana. Sont-ils liés à cette trahison ?
– Impossible d'en avoir la certitude mais tout prête à penser que c'est le cas. Cela expliquerait pourquoi ils tentent avec une telle virulence de s'emparer des sphères graphes.

Il passa les mains sur son visage comme s'il avait pu par ce simple geste en gommer toute trace de fatigue.

– Je suis désolé, reprit-il, mais je dois maintenant vous laisser. Si les Raïs franchissent les Frontières de Glace et déferlent par l'ouest, Al-Far sera en première ligne. Je dois préparer la cité au combat.

Il se détournait lorsque Ellana l'arrêta d'un geste.

– Une dernière question, fit-elle. Savez-vous si des Thüls résident actuellement à Al-Far ?

Kuntil Cil' Karn réfléchit une seconde puis acquiesça.

– Lorsque des caravanes d'Itinérants assuraient la liaison entre la cité et les fermes du nord, la plupart étaient escortées par des guerriers thüls. C'est devenu trop dangereux maintenant et j'ai donné l'ordre aux fermiers de redescendre vers le sud. L'ultime caravane quittera prochainement nos murs. Vous devriez vous renseigner sur l'esplanade des départs.

19

Lorsqu'elle descendit la volée de marches conduisant à l'esplanade des départs, Ellana eut l'impression d'effectuer un bond dans le passé.

La place résonnait de cris et d'appels, identiques en tous points à ceux qui l'avaient tant impressionnée des années plus tôt, les livreurs et les commis s'affairaient avec une fébrilité qui n'avait pas changé, les Itinérants distribuaient les mêmes ordres péremptoires, les marchands d'Al-Far tentaient toujours de franchir le cordon de sécurité mis en place autour des chariots afin de sceller une ultime transaction et les guerriers chargés de la protection de la caravane surveillaient cette agitation avec flegme et efficacité.

Des guerriers.

Ellana sentit son cœur accélérer lorsqu'elle discerna leurs chevelures rousses, leurs tresses et leurs statures impressionnantes.

Des Thüls!

En deux mouvements souples, elle se jucha au sommet d'une des colonnes tronquées qui délimitaient l'esplanade. Des Thüls. Si le vent de la chance soufflait dans sa direction, elle en rencontrerait un qu'elle connaissait et pourrait ainsi délivrer le douloureux message qui attendait le clan d'Hurj.

La chance était avec elle.

Le guerrier qui attira son regard était une montagne de muscles campée au milieu de la fourmilière. Bras croisés sur sa poitrine de titan, il observait l'agitation qui l'environnait avec une nonchalance feinte qui dissimulait mal la réalité : rien ne lui échappait.

Ellana sauta à terre et courut vers lui. Elle fut interceptée par un Thül massif qui filtrait l'accès à la caravane.

– Où crois-tu aller comme ça ? jeta-t-il en lui saisissant le bras.

– Je dois voir Rhous Ingan, répondit-elle en désignant le chef thül qui lui tournait le dos.

– Et qu'est-ce que tu lui veux, à Rhous ?

Ellana sentit une pointe de colère percer la fragile couverture d'impassibilité qu'elle avait revêtue.

– C'est personnel, répondit-elle néanmoins d'un ton impavide.

– Je t'ai posé une question, morveuse. Tu y réponds ou tu fiches le camp !

Le Thül avait resserré sa prise, lui arrachant un cri de douleur. Pendant une fraction de seconde, Ellana se vit écraser du talon le genou du guerrier, tirer son poignard pendant qu'il s'écroulait, empoigner ses tresses rousses, lui...

Elle se figea, horrifiée. Tuer ne pouvait pas devenir un réflexe. Ne devait pas devenir un réflexe. Même en rêve.

Épouvantée par l'envie qui lui avait traversé l'esprit, elle n'en demeurait pas moins exaspérée par le Thül qui s'apprêtait à la repousser.

– Alors ? demanda-t-il en guise d'ultimatum.

– Alors tu ne poses pas la bonne question, rétorqua-t-elle.
– Et quelle est la bonne question, morveuse ? s'enquit-il en souriant malgré lui.
– Quelle partie de ton corps ne sera pas en miettes lorsque Rhous apprendra que, par ta faute, il a raté l'information personnelle qu'il attend.
Elle avait insisté sur le mot « personnelle » et jeté un coup d'œil au chef thül qui, à vingt mètres d'eux, leur tournait toujours le dos.
La prise du guerrier se desserra.
– Qui me dit que tu ne mens pas ?
– Personne, admit-elle, mais l'évidence est là. En me laissant passer, tu prends un risque minime – à qui veux-tu que je nuise ? – alors qu'en me retenant, tu joues avec ta vie.
Le Thül poussa un grognement et la lâcha.
– Si tu t'es fichue de moi, je te coupe en morceaux, promit-il.
Déjà Ellana s'approchait de Rhous Ingan. Il n'avait guère changé depuis la dernière fois qu'elle l'avait vu mais ce n'était pas son cas. La reconnaîtrait-il ?
– Rhous ?
Il pivota avec une rapidité sidérante puis baissa la tête pour la dévisager.
– Qu'est-ce que tu veux, petite ? Qui t'a... Attends un peu, je te connais toi, non ?
Il fronça les sourcils.
– Tu es la souris qui nous servait de commis l'année où ces maudits Raïs ont pris la caravane d'assaut ! s'exclama-t-il avec un large sourire. Je me souviens bien de toi. Tu passais ton temps à poser de fichues questions incompréhensibles, mais le jour de l'attaque tu as épinglé une bonne dizaine de

guerriers cochons avec tes flèches. C'est quoi ton nom déjà ?
– Ellana.
– C'est ça, Ellana. Qu'est-ce que tu cherches ? Un boulot de commis ?
– Non, Rhous. Je suis venue t'apporter une mauvaise nouvelle.

– Voilà tu sais tout.
Ellana et Rhous étaient assis face à face. Dès qu'Ellana avait prononcé le nom de son frère, le chef thül lui avait intimé le silence puis, après avoir jeté quelques ordres brefs, il l'avait entraînée hors de l'esplanade des départs.
– Parle, avait-il ordonné une fois qu'ils s'étaient installés à la terrasse d'une taverne.
Elle avait obéi, lui narrant par le détail le trajet de la caravane depuis Al-Jeit, l'attaque des mercenaires du Chaos, la poursuite et l'ultime affrontement.
Transformé en pierre, Rhous l'avait écoutée sans proférer un son.
Lorsque Ellana se tut, il ne bougea pas, ses traits impassibles ne laissant filtrer aucune émotion. Elle douta tout à coup qu'il l'ait entendue.
Puis, doucement, il posa ses larges mains à plat sur la table et il y avait tant de violence contenue dans ce simple geste qu'elle eut l'impression d'être projetée dans la tempête d'émotions agitant l'esprit du géant thül.
– Combien as-tu dit qu'il avait tué de ces mercenaires du Chaos ?
La question acheva de désarçonner Ellana qui répondit néanmoins :

– Dix. Pour le onzième, Hurj n'avait pas de certitude mais vu la vaillance avec laquelle il a combattu, je doute qu'un blessé ait survécu à ses coups.
– Je compterai donc onze. C'est un bon chiffre.
Un silence pesant s'installa. Les yeux perdus dans le vague, Rhous ne bougeait pas.
– J'ai rapporté les armes d'Hurj, dit Ellana en guise de diversion.
Une lueur s'alluma dans le regard du Thül.
– Sa hache ?
– Et son sabre. Ils sont aux écuries de la cité.
Rhous hocha la tête pour marquer son approbation.
– Ses armes, un bûcher digne d'un grand chef, sa mission menée à bien grâce à toi et, donc, son honneur sauf... Ma famille et mon clan te doivent beaucoup, Ellana.
– Je... C'est normal. Je... j'aimais beaucoup Hurj.
Rhous se leva, jeta quelques pièces sur la table avant de tendre son poing à Ellana. Elle y appliqua le sien et, pendant un long moment, leurs regards demeurèrent rivés l'un à l'autre.
– J'ai une dette envers toi, jeune fille, déclara-t-il enfin. Une dette de cœur et d'honneur. Immense. Trop pour que je la galvaude par de futiles remerciements. Sache simplement que je n'oublierai jamais ce que tu as fait et qu'un jour, je paierai ce que je dois.
Comme si tout avait été dit, il tourna les talons et s'en fut, dominant la foule d'une tête, si massif et puissant que rien ni personne ne semblait capable de l'arrêter.
Il attendrait juste d'être seul pour s'effondrer et pleurer.

Plus tard, Ellana se leva à son tour.

L'envie de retrouver Nillem déferla sur elle avec une telle brusquerie qu'elle chancela. Se confier à lui, lui parler d'Hurj, exprimer sa douleur, ses doutes, ses craintes...

« *Je crois que je t'aime.* »

Non, se confier à Nillem était sans doute la plus stupide des choses à faire.

Une page de son histoire s'était tournée. Elle devait l'accepter.

Lorsqu'elle s'avança dans la rue gorgée de soleil, ses pas écrivirent les premières lignes de la suivante.

Nuages qui se délitent
Dans un ciel balayé par le vent
Solitude.

20

Jilano s'assit en tailleur au sommet de la tour, s'efforçant d'oublier la tension nichée entre ses épaules et au fond de son cœur.

La situation alavirienne prenait un tour catastrophique. Les Sentinelles avaient trahi, la pression que Ts'liches et Raïs exerçaient sur l'Empire devenait insupportable, les mercenaires du Chaos sortaient de l'ombre, la guilde se délitait…

La guilde se délitait. À l'heure où l'antique prophétie était en passe de se réaliser, c'était attendu, mais il ne fallait pas que l'effondrement survienne trop tôt. Le Pacte des marchombres devait contrebalancer la force du Chaos jusqu'au moment où…

Le maître marchombre ferma les yeux pour écouter le murmure du vent nocturne.

D'abord simple caresse, à peine perceptible, il se fit plus sensible, se lia à sa respiration puis à son souffle intérieur, lui offrant un étrange partage sous la forme d'ondes légères et d'infimes variations de température.

Marchombre devenu pur esprit, Jilano s'abandonna à la voix du vent.

Plus tard, bien plus tard, lorsqu'il ouvrit les yeux, un nouveau savoir pulsait en lui. Porteur d'un nouveau fardeau.

Ellana était en danger.

21

Ellana déambula le reste de la journée dans les rues d'Al-Far.

Les lieux étaient identiques mais les gens n'étaient plus ceux qu'elle avait connus.

Dans le quartier mal famé où elle avait passé une partie de sa jeunesse, des bandes d'enfants dépenaillés couraient toujours en quête d'une pièce à mendier ou d'une babiole à voler. Elle n'en reconnut aucun.

La taverne sordide où elle avait travaillé était tenue par un homme patibulaire. S'il lui ressemblait, ce n'était pas Hank.

Derrière la bâtisse en ruine où elle avait rencontré Oril pour la première fois, la souche calcinée de l'arbre passeur avait disparu et elle ne put retrouver la maison de Nahis.

Les différences ne s'arrêtaient pas là.

Des soldats impériaux sur le qui-vive patrouillaient désormais jour et nuit dans les rues et sur les remparts, les habitants ne se déplaçaient plus sans leurs armes, tandis que les portes et les fenêtres barricadées témoignaient d'un début d'exode.

Al-Far était bel et bien une ville en état de guerre.

Une ville qu'Ellana s'apprêtait à quitter sans regret.

Elle franchissait un pont de pierre sur la Luvione, lorsqu'une haute tour se dressant sur le quai lui donna envie de jeter un ultime regard d'ensemble à la cité. Elle emprunta un vertigineux escalier extérieur et atteignit le sommet, une plate-forme lisse que protégeait un parapet ajouré.

L'endroit offrait une vue imprenable sur le palais seigneurial, les passerelles s'entrecroisant au-dessus des rues et les méandres de la Luvione. La rivière traversait la cité, coulait au pied de la tour et filait se jeter dans l'Ombre au-delà des murailles. Ellana se demanda brièvement pourquoi, lorsqu'elle vivait à Al-Far, elle n'avait jamais eu la curiosité de monter jusque-là.

À l'ouest, au-delà de l'Ombre, se découpait la lisière de la forêt de Baraïl, frontière entre Gwendalavir et le pays faël. Au sud, Ellana discerna la masse sombre d'Ombreuse, l'immense forêt où s'étaient perdus tant de voyageurs.

Au nord, à quelques kilomètres des murs de la cité, une caravane soulevait un nuage de poussière. Ce ne pouvait être que celle qu'escortaient Rhous et son clan.

Ellana eut une pensée pour le chef thül. Le reverrait-elle un jour? Comment annoncerait-il la funeste nouvelle à sa mère et sa famille?

– Je te croyais morte.

Ellana sursauta, se retourna avec vivacité, la main sur le manche de son poignard.

Salvarode se tenait face à elle, les bras croisés.

Ellana s'était figée. Elle s'attendait à devoir traquer le marchombre pendant des jours, des semaines, des mois peut-être avant de le tuer et voilà qu'il se présentait devant elle comme si de rien n'était.

Où était le piège ?
– Tu me croyais morte ? Vraiment ?
– Qu'aurais-je pu penser d'autre ? Lorsque je suis arrivé au lieu de rendez-vous près du lac et que j'ai trouvé nos compagnons empoisonnés, je t'ai crue morte toi aussi. Je t'ai aperçue tout à l'heure et, doutant de ce que je voyais, j'ai décidé de te suivre. Comment t'en es-tu tirée ?

Il s'exprimait avec une telle sincérité qu'Ellana sentit la nausée l'envahir. Quel homme était-il pour se comporter de façon aussi abjecte ?

– Brûlés, cracha-t-elle.
– Quoi ? Que dis-tu ?
– Brûlés, et non empoisonnés. Lorsque tu es arrivé près du lac, tu n'as pas pu trouver nos compagnons empoisonnés puisqu'un bûcher funéraire avait été dressé pour eux et qu'il a flambé haut et fort toute la nuit. Brûlés, empoisonnés, les symptômes sont différents et je m'étonne que tu les confondes. Sauf si tu n'es pas passé près du lac, auquel cas je ne vois pas comment tu connais les causes de leur mort.

Salvarode prit un air courroucé avant de hausser les épaules.

– Tes insinuations sont blessantes et j'avoue que la joie que j'ai éprouvée en te découvrant saine et sauve se teinte d'amertume. Je pensais que le destin t'offrait une chance de reconsidérer ma proposition mais je me suis trompé. Je n'ai que faire d'une apprentie aussi sotte que toi. Adieu, Piu.

Il s'éloignait lorsque Ellana le héla :
– Le destin m'a bien offert une chance, Salvarode !
Le marchombre se retourna, la mine goguenarde.
– Ah oui ? Laquelle ?
– Celle de te rendre un objet que tu as égaré.

Comme par magie, le poignard de Salvarode apparut dans la main d'Ellana. Une fraction de seconde et il la quitta pour fendre l'air en tournoyant, droit vers la gorge du marchombre.

Le lancer avait été parfait. Salvarode était trop proche pour avoir la moindre chance d'éviter la lame qui filait presque invisible.

Il n'essaya même pas.

Il se contenta de tendre un bras, main ouverte.

Le poignard dévia soudain de sa course et son manche métallique vint se plaquer avec un claquement sec dans la paume du marchombre.

– Un cadeau du Rentaï, fit-il en réponse à l'air stupéfait qui s'était peint sur le visage d'Ellana. Mes mains attirent l'acier. On appelle ça une greffe. Tu aurais pu en bénéficier toi aussi mais tu es trop stupide. Tu ne sauras jamais ce que sont le Rentaï ou la greffe.

Il bondit sur Ellana.

Elle l'attendait, genoux fléchis, une lame dans chaque main, pourtant quand elle frappa, ses coups ne fendirent que l'air. Salvarode avait esquivé l'attaque, se montrant bien trop rapide pour lui offrir une occasion de le toucher.

L'acier du marchombre fusa vers la gorge d'Ellana tandis que son genou s'écrasait sur sa cuisse.

Le poignard au manche métallique rata la jugulaire d'un cheveu mais le genou, en percutant un point névralgique, transforma la jambe d'Ellana en un bloc de souffrance pure. Les mâchoires serrées, elle se dégagea en boitillant et se remit en garde.

Alors qu'il aurait pu la suivre et l'achever sans grandes difficultés, Salvarode recula de deux pas. Il la regardait, sourcils froncés, comme s'il tentait de saisir un souvenir furtif qui se dérobait à lui depuis des jours.

Au moment où la douleur dans la cuisse d'Ellana commençait à refluer, le visage du marchombre s'éclaira.

– Je te reconnais ! s'exclama-t-il. Et je comprends pourquoi ta démarche me semblait aussi souple. Tu es l'élève de Jilano, l'apprentie à qui j'ai fait passer les épreuves de l'Ahn-Ju.

– Et que tu as échoué à tuer, cracha-t-elle. Cette fois-là comme aujourd'hui.

Salvarode éclata d'un rire méprisant.

– Tu crois vraiment cela ? Par la lune, que tu es stupide.

Ses traits se figèrent soudain, et ce fut sur un ton aussi froid que la mort qu'il poursuivit :

– Raconte-moi ce que tu fabriquais dans la caravane. Que surveillais-tu ? Les sphères graphes ou moi ? Que sait Jilano ? Qu'a-t-il prévu ?

Ellana lui lança un regard chargé de dédain.

– Tu crois vraiment que je vais te répondre ? Par la lune, que tu es stupide !

Le maître marchombre ne se démonta pas.

– Je sais que tu vas me répondre, fit-il sans élever la voix. Parce que tu n'as pas le choix. Parce que les souffrances que je peux t'infliger sont au-delà de ce que tu es capable d'imaginer. Parce que, dans quelques minutes, tu me supplieras de te laisser parler. Parce que lorsque tu auras parlé, tu m'imploreras de t'achever.

Le cerveau d'Ellana tournait à toute allure.

« Pour prometteuse que tu sois, tu n'es pas encore apte à te frotter aux mercenaires. »

Si elle était incapable d'affronter un mercenaire, quelle folle prétention lui avait laissé croire qu'elle pouvait éliminer un maître marchombre ?

Elle devait trouver un moyen de s'extirper de ce piège afin de prévenir Jilano. Le temps de la vengeance viendrait plus tard.

Si elle survivait.

« Dis-moi, jeune apprentie, les hommes sont-ils capables de voler ? »

Évident.

Et fichtrement risqué.

Ne pas regarder derrière elle. Au moindre soupçon, il la tuerait.

Elle corrigea sa garde, pointa ses poignards devant elle. Au moment précis où Salvarode lui jetait un regard affligé, elle bondit.

En arrière.

D'une détente formidable où elle avait placé la moindre parcelle d'énergie qui restait à sa disposition.

Son dos arqué rasa le parapet.

Alors qu'elle chutait dans le vide, son prodigieux entraînement prit le relais. De façon presque automatique, elle se mit en boule pour achever son saut périlleux, effectua une vrille tout en rengainant ses poignards, plaqua ses bras le long de son corps...

– L'eau, eut-elle le temps de murmurer. L'eau, pas le quai !

Elle percuta la surface de la rivière les pieds les premiers.

22

Malgré son envie de couper au plus court en empruntant l'ancienne piste qui traversait Ombreuse, Ellana s'en abstint. Une multitude de rumeurs inquiétantes couraient au sujet de la forêt mythique et elle ne souhaitait plus prendre le moindre risque.

Elle ne se pardonnait pas de s'être montrée aussi stupide lors de sa rencontre avec Salvarode. Jilano lui avait recommandé la plus extrême discrétion et elle s'était trahie de façon lamentable. Elle aurait pu feindre la joie de le retrouver, accepter, s'il le fallait, de devenir son élève, tenter d'en apprendre davantage, comprendre les liens qui unissaient le maître marchombre et les mercenaires du Chaos, peut-être même découvrir où ces derniers dissimulaient leur mystérieuse cité.

Elle avait tout gâché, réussissant de justesse à s'en tirer vivante.

Mortifiée et surtout inquiète, elle filait vers l'est et le Pollimage.

Elle avait vendu un de ses deux chevaux à Al-Far et appelé l'autre Remous en souvenir de son plongeon dans la Luvione.

La rivière était paisible mais, à moitié assommée par la violence de l'impact, Ellana avait manqué se noyer. Elle avait réussi à sortir de l'eau par miracle et, sans attendre de récupérer, s'était fondue dans la ville.

Elle ignorait si Salvarode la suivait, en revanche elle savait que s'il la rattrapait, elle n'avait aucune chance de s'en tirer vivante.

Après maints et maints détours, elle avait gagné les écuries de la cité. Dédaignant les avertissements des gardes sur les dangers qu'elle courait en quittant Al-Far alors que la nuit tombait, elle avait talonné sa monture.

Elle chevauchait depuis trois jours, ne s'accordant que de brefs instants de repos, plus pour ménager Remous que pour dormir, et elle commençait à peine à se rasséréner. Salvarode ne l'avait pas prise en chasse.

Elle comprenait peu à peu à quel point elle avait fait preuve de présomption en imaginant qu'elle traquerait le maître marchombre et l'abattrait sans difficulté. Jilano l'avait pourtant mise en garde contre les pièges de la prétention, et la correction que lui avait infligée le Frontalier à Al-Jeit aurait dû lui servir de leçon mais elle était apparemment incapable de réfléchir avant d'agir.

Alors qu'elle atteignait le Pollimage, une question lui vint à l'esprit avec la brutalité d'un coup de poignard : était-elle une vraie marchombre ?

Le souffle court, Ellana sauta à terre et s'assit dans l'herbe, les yeux perdus sur l'immensité du fleuve roi.

Était-elle une vraie marchombre ?

Elle s'obligea à respirer profondément pour juguler l'angoisse qui montait du fond de son être. Jilano croyait en elle, il l'avait choisie comme élève, la guidait sur la voie... Il ne pouvait pas se tromper.

Un frisson parcourut son dos. Jilano lui avait montré la voie mais c'était elle qui y avançait et si elle se trompait de chemin, il n'y pourrait rien.

Était-elle une vraie marchombre ?

Une vraie marchombre aurait-elle laissé empoisonner ses compagnons de voyage ?

Une vraie marchombre n'aurait-elle pas privilégié la réflexion à l'instinct pour reprendre les sphères graphes aux mercenaires du Chaos ?

Une vraie marchombre n'aurait-elle pas démasqué Salvarode avant qu'il tue Hurj ?

Une vraie marchombre aurait-elle fui Al-Far en catimini comme une couarde ?

Une vraie marchombre se poserait-elle toutes ces questions ?

Elle se mit à trembler.

« Le Rentaï, songea-t-elle. Le Rentaï m'a élue. Il m'a offert la greffe. La greffe que n'obtiennent que les véritables marchombres. »

Elle se raccrocha à cette certitude avec l'énergie du désespoir.

Par un monumental effort de volonté, elle contraignit ses muscles à cesser de trembler. Elle éleva les mains devant ses yeux et, doucement, fit jouer ses doigts.

Elle était marchombre.

Les lames d'acier qui surgissaient entre ses phalanges lorsqu'elle le désirait en étaient l'irréfutable preuve.

Sa respiration apaisée, elle attendit que toute trace d'angoisse l'ait quittée pour fermer les poings et invoquer le chuintement feutré qui marquait le jaillissement de ses lames.
Il ne se passa rien.

La rive ouest du lac Chen était une contrée sauvage. Les rares villages qui s'y dressaient étaient bâtis sur pilotis, à la fois pour se prémunir des bêtes sauvages qui pullulaient et pour se protéger des inondations qui transformaient à intervalles réguliers les roselières en marécages.

Les Alaviriens qui vivaient là, pêcheurs pour la plupart, n'avaient guère de contacts avec le reste de l'Empire. Aucune véritable voie de communication ne traversait la région et la proximité d'Ombreuse décourageait voyageurs et Itinérants.

Pound, brigand de son état, fut donc très étonné un matin où il se soulageait contre un des piliers de sa hutte d'entendre le pas d'un cheval s'approcher.

Il eut juste le temps d'achever son affaire et de remonter son caleçon à la propreté douteuse. Une fille montée sur un petit alezan passa devant lui.

« Un cadeau de la providence, songea-t-il, en l'observant bouche bée. Et un moyen efficace de renflouer les caisses de la bande. »

Certes, la fille n'était pas très séduisante, avachie sur sa selle, sale, les cheveux gras et emmêlés mais elle était jeune, et les clients de Muoro ne se montraient jamais difficiles quand on leur procurait de la chair fraîche.

En la nettoyant un peu, il en tirerait un bon prix, sans compter le cheval qui remplacerait avantageusement son vieux canasson.

S'efforçant de se donner une apparence rassurante, il la héla :

– Mademoiselle, vous semblez fatiguée. L'hospitalité est reine ici, et vous...

Peine perdue. Sans daigner lever la tête, la fille poursuivit son chemin.

– Par mes tripes, grogna Pound entre ses chicots, tu ne perds rien pour attendre.

Il envisagea un court instant de la poursuivre mais abandonna très vite cette idée ridicule. Sans ses bottes, à moitié nu, il n'irait pas loin et manquerait d'efficacité, alors qu'avec l'aide des autres il cueillerait facilement la fille après le village. Lui et ses gars connaissaient le coin comme leur poche.

Il cracha dans les buissons et rentra chez lui en se frottant les mains.

Il allait bien s'amuser.

23

Ellana avait perdu la notion du temps.

Elle poursuivait son voyage vers le sud sans tenir le compte des journées qui s'écoulaient, perdue dans des pensées de plus en plus détachées de la réalité, oubliant de se nourrir, oubliant de se laver, oubliant peu à peu qui elle était.

À l'angoisse qui lui avait broyé le cœur lorsque ses lames avaient refusé de jaillir entre ses doigts et aux larmes qui, elles, avaient jailli, avait très vite succédé un abattement sans fond.

Elle n'était pas marchombre.
Elle n'était donc rien.
Rien.

La chaleur de l'été avait asséché de nombreuses roselières. Les éphémères sentiers qui en résultaient décrivaient d'étranges circonvolutions entre les étendues d'eau restées libres. En d'autres circonstances, Ellana aurait observé leur tracé avec curiosité, se serait amusée à en déchiffrer le sens caché, se serait même risquée à les explorer...

Elle se contentait de les contempler d'un air absent, laissant Remous l'entraîner d'un pas nonchalant vers les Dentelles Vives et son rendez-vous avec Nillem.
Qui ne comptait plus.
Elle avait quitté la voie.
Sans famille, sans amis, il ne lui restait rien.
Rien.

Loin sur sa gauche, là où le lac Chen prenait des allures d'océan, une créature gigantesque jaillit soudain de l'eau dans une explosion de puissance et d'écume. Noire, fuselée, magnifique, elle décrivit une courbe aérienne comme si elle avait voulu happer le soleil, puis, alors qu'elle semblait proche de l'envol, elle replongea d'un mouvement aussi fluide que son élément.

Le cœur d'Ellana avait tressailli devant le prodigieux spectacle, pourtant, lorsque sur un dernier battement de sa caudale démesurée la créature disparut, elle l'oublia instantanément pour s'abîmer à nouveau dans sa détresse.
Sans origine.
Sans avenir.
Son présent n'avait plus aucune importance.

La rive du lac Chen s'incurvait peu à peu vers l'est. D'infimes transformations du paysage laissaient deviner une prochaine accentuation du relief mais les roselières n'avaient pas dit leur dernier mot.

La piste étroite qu'Ellana suivait depuis des jours disparaissait parfois entièrement, envahie par des roseaux d'où ne dépassait que sa tête. À ces moments, il était impossible de savoir avec certitude où s'arrêtait la terre ferme, où commençait l'eau, et, à plusieurs reprises, Remous renâcla lorsque ses sabots s'enfoncèrent dans une terre trop boueuse pour supporter son poids.

Le petit alezan s'extirpait d'une de ces sournoises fondrières lorsqu'un hurlement sauvage s'éleva à proximité. Terrifié, il fit un écart, sentit le sol se dérober sous ses jambes et, pour retrouver son équilibre, se cabra. Ellana qui somnolait sur sa selle fut jetée à terre.

Le temps qu'elle comprenne ce qui lui arrivait, le hurlement retentit à nouveau. Rauque, caverneux et si proche que Remous, pris de panique, s'enfuit au galop.

Ellana, hébétée, se releva en trébuchant. Elle tira son poignard et se mit en garde.

Elle n'avait jamais entendu un pareil cri. L'animal qui l'avait poussé devait être énorme, dangereux et sans doute affamé.

Elle demeura sur le qui-vive un long moment, mais la roselière resta silencieuse et elle ne distingua aucun mouvement suspect. Ses sens toujours à l'affût, elle se décida à effectuer quelques pas. La bête, si bête il y avait, ne l'avait pas repérée ou ne l'estimait pas digne de son estomac.

Remous en fuite, elle se retrouvait en fâcheuse position. Elle était condamnée à trois jours de marche, au moins, avant d'atteindre les Dentelles Vives et si Nillem n'était pas au rendez-vous, elle aurait du mal à regagner Al-Jeit.

Elle haussa les épaules. Était-ce si important ? Elle n'était plus marchombre, personne ne l'attendait. Elle se mit toutefois en marche, suivant les empreintes de son cheval sur le sol détrempé.

Le soleil était haut, chaud, et, très vite, elle ruissela de sueur.

Elle poursuivit son chemin, mais la brise qui la rafraîchissait quand elle chevauchait Remous ne soufflait pas entre les roseaux et la chaleur devint insupportable. Pour la première fois depuis de longs jours, elle reprit conscience de son corps, de la crasse qui le recouvrait et de la déshydratation qui la guettait.

L'envie de se baigner déferla sur elle, aussi brutale qu'irrésistible.

Un sentier, à peine tracé, lui offrit un moyen de s'approcher du lac, et ce fut presque en courant qu'elle le parcourut.

Elle se figea avant d'atteindre la rive.

Un ponton de bois long d'une vingtaine de mètres s'enfonçait dans le lac. À son extrémité, une jeune fille était assise en tailleur. Fine et gracile, elle était vêtue d'une tunique blanche qui lui arrivait à mi-cuisse et un foulard de la même couleur était noué autour de ses longs cheveux noirs. Elle tenait un cahier ouvert sur ses genoux et, tête baissée, y écrivait avec application.

Sa présence en ce lieu était si étrange que le frisson d'une curiosité oubliée depuis des jours parcourut Ellana. Sans réfléchir, elle s'engagea sur le ponton. Elle ne cherchait pas à masquer le bruit de ses pas pourtant la fille en blanc ne releva la tête qu'au dernier moment. Comme si son travail prévalait de loin sur l'arrivée d'une inconnue.

Ellana, l'Envol

Elle était encore plus jeune que ne l'avait estimé Ellana. Dix ans. Peut-être neuf. Son visage rond, mangé par deux yeux d'un bleu lumineux, rayonnait d'une telle sérénité qu'Ellana sentit l'étau de ses propres angoisses se serrer un peu plus dans son ventre.

– Bonjour, Ellana. Je m'appelle Eejil et je t'attendais.

24

La voix d'Eejil était douce et posée, presque grave, beaucoup plus mature que son apparence. Ellana s'en étonna avant de soudain saisir la teneur des paroles qui lui avaient été adressées. Elle tressaillit.
— Comment connais-tu mon nom ?
— Je t'ai dessinée.
Eejil tourna son cahier vers Ellana. La double page n'était pas couverte d'écriture mais de croquis tracés avec minutie.
Tous la représentaient.
Ellana se baissa pour les examiner de plus près.
Chaque dessin la montrait dans une situation vécue les jours précédents. Assise dans l'herbe face au Pollimage, affalée sur la selle de Remous, écarquillant les yeux devant l'animal géant qui avait bondi hors de l'eau, passant au milieu de huttes sur pilotis...
Sur le dernier dessin, Eejil l'avait représentée tombant du dos de Remous, parvenant à rendre à la perfection sa mine étonnée et le regard terrorisé du cheval.
— Qui es-tu ? murmura Ellana.
— Eejil.

– Que… que… où vis-tu ?
– Ici.
Eejil souriait, amusée par la stupéfaction d'Ellana et son bégaiement. Ellana, elle, tentait de discerner quelque chose de sensé dans le tableau mais son esprit s'était émoussé, elle était incapable de reprendre pied dans la réalité.
– Ici ? répéta-t-elle sans conviction. C'est… ce doit être… dangereux.
Eejil plissa le nez.
– Oui, un peu, convint-elle. Il y a beaucoup de brigands dans les roselières. Ils ressemblent à ceux qui te suivent depuis ce matin. Laids, sales et méchants. Comme ils n'ont pas de mémoire, ils tentent souvent de grimper sur mon ponton. Heureusement, j'ai mon Doudou.
– Ton… Doudou ?
– Oui.
– C'est un jouet ?
– Non, un troll.
Ellana jeta un coup d'œil autour d'elle. Une hutte sur pilotis devait se dresser à proximité. Eejil était une fillette un peu… dérangée et ses parents la cherchaient certainement.
Elle ne vit rien qu'une étendue sans fin de roseaux et lorsque son regard revint se poser sur le cahier, elle dut admettre qu'Eejil et la situation s'avéraient plus complexes qu'elle ne l'estimait.
– Tu es dessinatrice ? demanda-t-elle. Une de ces dessinatrices qui rendent réel ce qu'elles imaginent ?
Eejil secoua la tête.
– Pas du tout. Je suis la Gardienne de la cité.
– La cité ? Quelle cité ?
– La Sérénissime.

Ellana éclata de rire.
– Tu te moques de moi, n'est-ce pas ? Il n'y a aucune cité à moins de quatre cents kilomètres d'ici !
Eejil n'avait pas cessé de sourire.
– La Sérénissime est ici. Comme elle est ailleurs. Comme elle est partout.
– Et comment se fait-il que je ne la distingue nulle part ? s'enquit Ellana, une pointe d'ironie dans sa voix lasse.
– Parce que la Sérénissime ne se dévoile qu'à ceux qui la méritent, répondit la fillette avec le plus grand sérieux. Aux autres elle n'offre que ses reflets. Ou rien.
– Je comprends, concéda Ellana qui ne comprenait rien du tout. Et qui sont ceux qui vivent dans ta cité ? Des Alaviriens ? Des Raïs ? Des Ts'liches, peut-être ?
– Tout dépend de la cité que tu visites.
– Parce qu'il y a plusieurs Sérénissime maintenant ?
– Non, elle est unique. Unique pour chacun de ceux qui ont la chance de franchir ses portes. Quand ton tour viendra, ceux que tu croiseras entre ses murs seront là pour toi, et ce que tu découvriras entre ses murs n'appartiendra qu'à toi.
– Quand mon tour viendra ?
Eejil referma doucement son cahier et se leva. Elle arrivait à peine à la taille d'Ellana.
– Quel âge as-tu ? s'enquit cette dernière.
– Il serait préférable que je ne réponde pas à cette question.
– Même si j'insiste ?
– Si tu insistes, j'y répondrai.
Ellana réfléchit un instant.

– D'accord. Je n'insiste pas. Tu évoquais mon tour ?
– Oui.
– Pourtant je ne cherchais pas ta cité. Je ne savais même pas qu'elle existait. Quelque part et peut-être.
– Considère-toi comme une invitée.
– Très bien. Où donc se trouve ta Sérénissime ?
– Là.

Eejil fit un petit geste de la main pour désigner le lac et Ellana se pétrifia.

Le ponton qui, une seconde plus tôt, s'achevait juste derrière Eejil se prolongeait désormais sur une centaine de mètres.

Et au bout du ponton...

25

La cité était construite sur l'eau. Mélange harmonieux d'imposants édifices de pierres et de frêles constructions de bois, de clochers acérés et de coupoles ramassées, de larges places et d'étroites venelles, de ponts audacieux et de fragiles passerelles, elle était nimbée d'une brume argentée qui empêchait d'en discerner les véritables proportions.

Ellana connaissait les quatre grandes cités de Gwendalavir. Si chacune d'elles possédait ses particularités propres, le même esprit avait soufflé sur leurs bâtisseurs et leurs points communs étaient nombreux. La Sérénissime, comme l'avait appelée Eejil, ne leur ressemblait en rien.

Lorsqu'elle prit pied sur la place qui prolongeait le ponton, Ellana découvrit que si des ruelles pavées couraient bien entre les maisons, les grandes artères étaient de larges canaux bordés de quais auxquels étaient amarrées des barques de toutes tailles. Des chenaux plus étroits permettaient de gagner des embarcadères privés et, entremêlés aux autres voies, formaient un inextricable labyrinthe.

Personne toutefois ne devait s'y perdre. La cité était déserte.

Pas un habitant, pas un bruit, pas un mouvement. Jusqu'à l'air qui semblait figé.

Ellana regarda derrière elle. Une volute de brume s'était enroulée au ponton, l'empêchant d'apercevoir la rive. Le lac lui-même se fondait dans le brouillard, contribuant à créer l'illusion qu'elle se trouvait au milieu de nulle part.

Nulle part.

N'était-elle pas simplement en train de rêver ?

Convaincue que c'était l'explication, elle s'enfonça dans la ville.

Un entrelacs de venelles et une kyrielle de ponts la conduisirent à ce qui lui sembla être le côté opposé de la cité. Les bâtiments y étaient plus hauts, les façades davantage ornementées et des statues représentant d'altiers personnages se dressaient le long des canaux.

Elle atteignit l'ultime quai sans rencontrer âme qui vive. Devant elle, le lac Chen déployait son immensité. Le lac Chen ou, peut-être, un océan infini né de son imagination. Elle scruta l'horizon un long moment, mais les seules voiles qu'elle discerna furent les grandes ailes blanches des oiseaux qui volaient au-dessus d'elle.

En se retournant, elle découvrit un palais, plus somptueux encore que ceux qu'elle avait croisés jusqu'alors. Si un seigneur régnait sur cette cité, c'était là, assurément, qu'il résidait. Elle haussa les épaules. Quelle importance qu'un seigneur vive ou non dans cet endroit ? Elle se fichait de lui comme elle se fichait d'une cité déserte et mystérieuse qui n'existait sans doute même pas.

Elle s'apprêtait à faire demi-tour lorsqu'un mouvement furtif derrière une fenêtre du palais attira son attention. Une silhouette s'était tenue là à l'observer.

Quand elle avait levé la tête, l'inconnu s'était rejeté en arrière une fraction de seconde trop tard.

Ellana s'approcha de la porte monumentale qui se dressait au sommet d'un imposant escalier de marbre blanc. Là, elle hésita un instant. Pas de garde ou de serviteur. Aucun moyen d'avertir de sa présence, de solliciter l'autorisation d'entrer.
Une nouvelle fois, elle haussa les épaules. Elle rêvait. Elle pouvait donc agir comme bon lui semblait sans rendre de comptes à personne !
L'intérieur du palais était magnifique.
Et vide.
Vide de présence humaine.
Vide de meubles.
Vide de tableaux ou de décorations.

Ellana arpenta un moment les larges couloirs du rez-de-chaussée puis se risqua dans les étages, sans découvrir la moindre trace de l'inconnu qui l'espionnait. Avait-elle imaginé sa présence ?

Elle jeta un coup d'œil à l'extérieur par une haute fenêtre en ogive et s'immobilisa, stupéfaite.

Sur la place qui s'ouvrait devant le palais et qu'elle avait quittée quelques minutes plus tôt, des seigneurs vêtus d'atours fastueux devisaient paisiblement en petits groupes tandis qu'une nuée de serviteurs s'affairaient autour d'eux. Des barques chargées de passagers se croisaient sur les canaux, des dizaines de badauds s'écrasaient contre un cordon de gardes armés de hallebardes. Tous semblaient attendre un événement imminent.

Lorsqu'une calèche tirée par quatre chevaux pénétra sur la place, des vivats sonores s'élevèrent.

Ellana changea de fenêtre pour mieux voir...

... et se figea à nouveau.

La scène qu'elle avait sous les yeux n'était plus la même.

Riches seigneurs, laquais, gardes et badauds avaient cédé la place à une foule compacte et bigarrée qui se pressait sur la grand-place devenue fourmilière. Des marchands poussant de minuscules étals sur roulettes vendaient des colifichets à des nuées d'enfants courant en tous sens tandis que des familles étaient installées à la terrasse de tavernes n'existant pas un instant plus tôt. Un bateau passa sur un canal proche. Une horde de badauds était agglutinée à son bord et il crachait une sombre et nauséabonde fumée.

« *La Sérénissime ne se dévoile qu'à ceux qui la méritent. Aux autres elle n'offre que ses reflets. Ou rien.* »

Ellana se précipita à la fenêtre qu'elle venait de quitter.

Plus de foule ni de seigneurs mais des ombres inquiétantes encapuchonnées de noir qui glissaient sans bruit d'un édifice à l'autre. Dans les canaux, l'eau avait pris une teinte rougeâtre.

« *Quand ton tour viendra, ceux que tu croiseras entre ses murs seront là pour toi, et ce que tu découvriras entre ses murs n'appartiendra qu'à toi.* »

Ellana poussa un gémissement. Le rêve tournait au cauchemar.

Elle ferma les yeux.

Les rouvrit.

Un homme se tenait au centre de la place. Seul. La tête levée vers elle.

Il était âgé, sans doute très âgé, mais son allure ne cédait rien aux années et la crinière de cheveux qui encadrait son visage ridé aurait pu être celle d'un jeune homme si elle n'avait été aussi blanche.

Ellana ne l'avait jamais vu, pourtant elle reconnut immédiatement ses vêtements de cuir et son maintien. Souplesse et Harmonie. Marchombre.
Elle se précipita en courant dans les escaliers.
Son cœur battait la chamade. Elle avait peur qu'il ait disparu lorsqu'elle sortirait, que la Sérénissime lui offre un nouveau reflet, une nouvelle réalité, que...
Il était toujours là.
Il sourit lorsqu'elle s'approcha. Un sourire lumineux qui plissa son visage et fit pétiller ses yeux.
– Tu m'as beaucoup manqué, Isaya, murmura-t-il.

26

– Je ne m'appelle pas...

Ellana se tut.

Un flot de souvenirs remontait de sa mémoire pour déferler sur son présent.

Une voix d'abord. Douce et chaude. Amour, partage et sécurité.

« *Il y a deux réponses à ta question, ma princesse. Comme à toutes les questions, tu le sais bien. Laquelle veux-tu entendre en premier ?* »

Une silhouette ensuite. Fine et élancée. De longs cheveux noirs. Un regard de nuit.

« *Les étoiles ne se posent jamais près des hommes. Sauf la plus belle d'entre elles. Celle qui est maintenant ma femme.* »

Un nom enfin. Paré d'une certitude.

« *Je serai toujours avec toi. Où que tu te trouves, quoi que tu fasses, je serai là. Toujours.* »

Ellana prit conscience qu'elle pleurait.

De la main, elle essuya ses larmes et tenta de sourire au vieil homme.

– Je ne suis pas Isaya. Je suis sa fille.

Sans répondre à ses questions, le vieux marchombre avait entraîné Ellana à travers la cité. Elle l'avait suivi, envoûtée par le nom qu'il avait prononcé et la force qui dansait dans ses yeux.

Il avait poussé une porte percée dans un haut mur longeant un canal et ils s'étaient retrouvés au cœur d'un jardin ombragé où chantait une fontaine. Le vieillard avait désigné une petite table ronde près de laquelle attendaient deux chaises. Il s'était assis sur l'une, hochant la tête d'un air satisfait lorsque Ellana avait pris place sur l'autre.

– Parle, maintenant.

Alors qu'une minute plus tôt des dizaines de questions se pressaient dans son esprit, Ellana avait hésité.

– Je ne sais par quoi commencer.

Le vieux marchombre lui sourit.

– Je crois que le poète comme le savant commenceraient par le début.

– Qui es-tu ? Non. Quel est cet endroit ?

– Deux débuts ? Pourquoi pas. Je suis Andorel. C'est moi qui ai eu l'honneur et la joie de guider ta mère sur la voie. Cet endroit est la Sérénissime, la cité du rêve devenu réalité.

– Ma mère était une marchombre ?

Ellana avait crié mais son cri était resté murmure.

– Oui, jeune fille. Une marchombre.

Il prit le temps de capter son regard pour poursuivre :

– Comme toi.

Le visage d'Ellana se rembrunit.

– Je ne...

Elle secoua la tête.

– Pourquoi n'ai-je jamais entendu parler de cette ville ? se reprit-elle.
– La Gardienne te l'a expliqué.
– Eejil ?
– Oui.
– Je n'ai pas vraiment compris.
– La Sérénissime existe. Ici. Ailleurs. Partout. Certains la cherchent, d'autres croient l'avoir trouvée. Beaucoup ignorent son existence, beaucoup n'ont aperçu que ses reflets, peu ont la chance de la rencontrer.
– Et toi ?
– J'ai choisi d'y vivre.
– Et moi ?
– J'ignore ce que tu fais ici. La Sérénissime s'est vidée pour toi, ce qui doit être un signe mais un signe que je ne comprends pas.
– J'ai vu des gens quand je regardais par la fenêtre du palais, raconta Ellana. Des seigneurs qui attendaient un personnage important, puis une foule de badauds qui se pressaient sur la place et enfin des êtres vêtus de noir. Trois visions qui ne concordent pas. Trois impossibilités.
– Trois reflets de la Sérénissime. Si, comme moi, tu vivais entre ses murs, tu pourrais passer d'un reflet à l'autre et, peu à peu, t'approcher de son âme véritable.

Ellana balaya de la main la Sérénissime, son âme et ceux qui la peuplaient.
– Parle-moi de ma mère.
– Tu lui ressembles au-delà de ce que tu peux imaginer. C'est pour cette raison qu'en te voyant j'ai cru que c'était elle qui revenait vers moi.

— Elle est morte il y a longtemps. Je n'étais qu'une toute petite fille.
— Je sais cela.
— Parle-moi encore d'elle.
— Lorsqu'elle a effectué ses premiers pas sur la voie, j'ai compris qu'elle irait plus loin que quiconque. Plus loin, peut-être, qu'Ellundril Chariakin en personne. Une flamme pure brûlait en elle. La même que je vois brûler en toi.

Ellana laissa échapper un ricanement.
— Ta vue baisse, Andorel. Il n'y a pas de flamme en moi. Que des cendres.

Il se pencha pour prendre les mains de la jeune fille entre les siennes, et bien qu'elle n'ait eu aucune envie qu'il la touche, elle les lui abandonna.
— Si tu penses ce que tu dis, murmura-t-il, je comprends ce que tu fais ici.
— Vraiment ?

Insensible à l'ironie de la question, il poursuivit :
— Ta mère a parcouru la voie avec une aisance que je n'aurais jamais estimée possible si je ne l'avais pas rencontrée. Elle a volé au-dessus de difficultés que la majorité de ses pairs jugeaient infranchissables, mis de la couleur là où régnait le gris, et offert de la lumière à l'obscurité. J'étais son maître pourtant j'ai appris d'elle bien plus qu'elle n'a appris de moi, et lorsque nos chemins se sont séparés, je lui étais à jamais redevable. Un jour...
— Un jour ?
— Elle a quitté la voie. C'est du moins ce que j'ai cru. Ce que tout le monde a cru.
— Elle a cessé d'être marchombre ?

Andorel vrilla ses yeux dans ceux d'Ellana.

— On ne cesse jamais d'être marchombre, jeune fille. Jamais. Non, ta mère, si elle est restée marchombre, a quitté la voie pour s'engager sur celle de l'amour. Amour pour un homme, puis amour pour une enfant. Toi.
— Pourquoi ces deux voies seraient-elles incompatibles ? s'étonna Ellana.
— Que tu te poses la question prouve, s'il en était besoin, que tu es bien la fille d'Isaya. Tu as raison, et ta mère avait raison elle aussi, la voie du marchombre et celle de l'amour peuvent n'en former qu'une. À l'époque toutefois je l'ignorais et son choix m'a déchiré le cœur.
— À l'époque ?
— Je suis très vieux et j'ai eu le temps d'apprendre. À mon rythme, certes, mais sans jamais perdre de vue que ce qui me restait à découvrir était mille fois plus important que ce que je savais déjà, et ces derniers temps...

Il raffermit sa prise sur les mains d'Ellana.

— Ces derniers temps, je sens la présence d'Isaya autour de moi.
— La présence de ma mère ?
— Oui. Parce que c'est moi, parce que c'est elle et parce que nous sommes ici. La Sérénissime n'est pas une cité comme les autres. Ce qui est inenvisageable ailleurs devient possible ici. C'est pour cette raison aussi que, lorsque je t'ai vue, j'ai cru que c'était elle qui revenait vers moi.
— Mais ma mère est morte !
— C'est vrai.

Andorel baissa les paupières. Une paix infinie était descendue sur ses traits.

— C'est vrai, répéta-t-il. Elle est morte. Et il est vrai également que c'est elle qui a ouvert pour toi les portes de la Sérénissime.
— C'est ridicule. Je...
— Te souviens-tu de ses dernières paroles ? Te souviens-tu des dernières paroles que t'a offertes Isaya ?
— Je...

Elle se tut.

Une étrange langueur s'emparait de son corps. Malgré elle, elle sentit ses yeux se fermer. Doucement, elle bascula en avant.

Son ultime sensation fut la pression des mains d'Andorel sur ses doigts.

« *Je serai toujours avec toi. Où que tu te trouves, quoi que tu fasses, je serai là. Toujours.* »

27

Un rayon de soleil chatouilla le nez d'Ellana qui ouvrit brusquement les yeux.

Elle était couchée dans le sable au milieu des roseaux.

Elle s'assit puis se leva en flageolant.

L'endroit était celui où Remous l'avait désarçonnée, les traces sur le sol le prouvaient.

L'avait désarçonnée ou venait de la désarçonner ?

Elle se palpa l'arrière du crâne, là où elle avait frappé le plus durement. Se pouvait-il que...

Elle regarda autour d'elle. La roselière était déserte. Silencieuse. Elle se haussa sur la pointe des pieds pour scruter l'immensité étale du lac Chen.

Vide.

Sourcils froncés, elle examina le sol à ses pieds. Là, Remous avait fait un faux pas, là, il s'était cabré, là, elle était tombée... Où que se posent ses yeux, il n'y avait d'autres traces que les siennes et celles de son cheval.

Il ne pouvait y avoir qu'une explication possible : Remous l'avait jetée à terre et, inconsciente, elle avait imaginé ce qu'elle venait de vivre.

Non. Impossible !

Les canaux de la Sérénissime, les ruelles vides, les ponts de pierre, le palais sur la grand-place, les barques, l'odeur d'algues... Trop d'images précises, de sensations fortes pour qu'elle ait rêvé.

Elle se mit en marche, suivant les empreintes de son cheval sur le sol détrempé. Elle se rappelait être passée par là. Elle se rappelait avoir emprunté ce petit sentier qui, quittant la piste principale, bifurquait vers le lac. En le suivant elle trouverait un...

Il n'y avait pas de ponton.

Ni la moindre trace permettant de supposer qu'un jour il y en avait eu un.

Ellana soupira.

Dans son rêve, elle avait été convaincue que la cité n'existait pas et maintenant qu'elle était éveillée, elle était persuadée du contraire. Il lui semblait encore entendre la voix d'Andorel, sentir la chaleur de ses mains...

Ses mains.

Ellana baissa les yeux pour les examiner.

« *Je serai toujours avec toi. Où que tu te trouves, quoi que tu fasses, je serai là. Toujours.* »

Elle ferma les poings.

Six lames brillantes jaillirent entre ses doigts.

« *On ne cesse jamais d'être marchombre, jeune fille. Jamais.* »

La gorge nouée par l'émotion, Ellana se tourna vers le lac.

Peu importait que la Sérénissime existe ou qu'elle soit une création de son imagination, elle savait désormais que...

Les roseaux se déchirèrent dans son dos.

Une dizaine d'individus surgirent en vociférant et se jetèrent sur elle.

En toute autre occasion, Ellana les aurait entendus arriver et se serait certainement tirée d'affaire sans trop de difficultés.
En toute autre occasion.
L'esprit occupé par l'étrangeté de ce qu'elle venait de vivre, ses réflexes émoussés par une semaine de prostration, elle ne réagit pas.
Plaquée au sol avec brutalité, bras et jambes immobilisés, elle vit un visage répugnant descendre vers le sien. Barbe miteuse, chicots noirâtres, regard torve, haleine fétide...
– Alors, mignonne, susurra Pound, on cherche l'aventure ?
Ellana arqua les reins pour se débattre.
En vain.
Ceux qui la tenaient étaient trop nombreux.
– Lâchez-moi ! cria-t-elle.
Un éclat de rire général accueillit son ordre ridicule. D'autres visages, aussi hideux que celui de Pound, s'approchèrent d'elle, goguenards. Avides.
Un frisson nauséeux la parcourut lorsqu'elle sentit des mains inquisitrices se poser sur son corps, s'immiscer sous sa tunique...
– Lâch...
Un grognement sauvage couvrit le son de sa voix et, au même instant, Pound s'envola.
Littéralement.
Ellana avait juste eu le temps d'apercevoir une main énorme et couverte de poils s'abattre sur son épaule.
Les comparses de Pound bondirent sur leurs pieds et tirèrent leurs armes en vociférant.
Ellana roula sur le côté, se leva d'un mouvement fluide, dégaina son poignard...

... et se baissa pour éviter de justesse un brigand qui volait dans sa direction, le cou tordu et le visage en sang.

Un être humanoïde velu et monstrueusement musclé était en train d'infliger une non moins monstrueuse dérouillée à la bande de malfrats qui l'avait agressée.

De taille moyenne, il paraissait presque petit tant il était large et semblait posséder la force de dix Thüls. Comment, sinon, aurait-il pu soulever un gaillard dans chaque main et les envoyer d'un simple geste s'aplatir à plus de vingt mètres ?

Il ne se contentait pas d'apprendre à voler aux brigands et Ellana frémit en entendant le bruit que fit son poing en s'écrasant sur un visage. Celui-là ne tenterait plus jamais de violer une jeune fille.

En quelques secondes, l'affaire fut réglée.

Les cris tournèrent aux glapissements et les rares survivants s'enfuirent en courant.

Ellana se retrouva seule devant la montagne de muscles qui l'avait sauvée.

Trop humain pour qu'elle le qualifie d'animal, trop bestial pour qu'elle le considère humain, l'être qui lui faisait face portait un pagne de peau noué autour des reins et un collier de coquillages autour du cou. C'étaient, avec la crinière de cheveux sauvages noués en catogan sommaire, les seuls détails laissant supposer qu'il était civilisé.

– Ça baigne, la santé ?

Ellana tressaillit. Le... la... il parlait !

Il parlait et il souriait. Devant l'étonnement de la jeune fille, la montagne de muscles avait ouvert une large gueule, non, bouche, non, gueule – une bouche ne pouvait pas contenir autant de dents, aussi

impressionnantes et aussi pointues – pour lui adresser un grand sourire.
— Je... Ça va, balbutia Ellana. Merci. Que... qui es-tu ?
— Un troll.
— Un troll ! s'exclama Ellana avant de s'immobiliser, les yeux rivés sur les deux poignards fichés dans la poitrine de son sauveur.
Le troll suivit son regard et son sourire s'agrandit encore.
— Insignifiant de gravité, fit-il en arrachant les armes d'un geste désinvolte et en les jetant au loin. Qu'est-ce que t'as à me regarder comme ça avec tes yeux ?
— Tu ne saignes pas ?
Le troll baissa la tête pour observer sa poitrine velue.
— Ben non. Pourquoi ? Je devrais ?
Ellana se passa la main sur le front.
— Je ne sais pas. Tu es le premier troll que je rencontre. Pourquoi es-tu venu à mon secours ?
— Pour des tas de nombreuses raisons, jolie minette. Parce que j'adore beaucoup distribuer des baffes et m'amuser, parce que je déteste les types qui puent encore plus beaucoup que moi, parce que t'es mignonne et sympathique, parce qu'Eejil me l'a demandé, parce que...
— Eejil ? le coupa Ellana.
— Oui, elle...
À cet instant un appel s'éleva de la roselière.
Une voix douce et posée qu'Ellana identifia sans peine.
— Doudou !
Le troll adressa un clin d'œil malicieux à Ellana.

— Il faut que j'y aille, lui confia-t-il, la patronne m'appelle. J'ai quand même un conseil pour toi. Si tu le veux, bien sûr.

Ellana sourit. Elle prendrait plus tard le temps de réfléchir à ce qui lui était arrivé. Pour l'instant, seule comptait cette incroyable et jubilatoire réalité : un troll monstrueux s'apprêtait à lui offrir un conseil !

— Je t'écoute.

Il se pencha sur elle, si effrayant malgré sa gentillesse qu'elle fut incapable de contenir un mouvement de recul dont il ne parut pas se formaliser.

— Le doute est une force, lui dit-il. Une vraie et belle force. Veille simplement qu'elle te pousse toujours en avant.

Il se redressa et bondit dans les roseaux.

Avant qu'Ellana ait pu esquisser un début de phrase, il avait disparu.

Sans en éprouver de surprise, et bien qu'elle ait cherché avec soin, Ellana ne découvrit nulle part de traces du passage du troll.

Ni de celui d'Eejil.

Elle retrouva en revanche Remous qui l'attendait un peu plus loin en mâchonnant des pousses de roseaux.

Elle lui flatta la joue et, d'un mouvement souple, se jucha sur sa selle.

Elle reprit sa route vers le sud.

Jamais elle ne s'était sentie aussi marchombre.

REBONDS

1

Les Dentelles Vives.

Une surprenante barrière rocheuse qui naissait dans les falaises du Grand Océan du Sud pour venir mourir, deux cents kilomètres plus loin, dans les eaux limpides du lac Chen.

Très étroite, parfois moins de vingt mètres, elle s'élevait, vertigineuse, au-dessus de la plaine et sa verticalité ainsi que le nombre réduit de passes qui la perçaient en faisaient un obstacle de taille pour les voyageurs.

Ellana connaissait les Dentelles Vives.

Un voyage à Al-Vor, effectué en compagnie de Jilano, lui avait permis de les franchir par un impressionnant défilé, la Passe de la Goule. Elle conservait de cette première vision de la chaîne mythique le souvenir d'une masse écrasante et pourtant formidablement aérienne.

Un deuxième voyage l'avait conduite au sud, sur les rives du Grand Océan. Là, Jilano lui avait enseigné de nouvelles techniques d'escalade et le rocher des Dentelles Vives était devenu son ami.

Leur extrémité septentrionale lui était encore inconnue et lorsqu'elle aperçut la prodigieuse lame de pierre s'enfoncer dans le lac, elle se figea, émerveillée.

« L'endroit est unique », lui avait dit Nillem en lui fixant rendez-vous.

Il avait raison.

Nulle part plus qu'ici, les Dentelles Vives ne méritaient leur nom. Taillée, sculptée, ciselée, champlevée, leur arête supérieure semblait non le produit du hasard mais le fruit du travail méticuleux d'un artisan de génie. Un artisan qui aurait également poli les flancs de la montagne jusqu'à les transformer en miroir afin de mettre en valeur la complexe beauté des crêtes, avant de placer l'ensemble dans un prodigieux écrin à la démesure de son ouvrage, les eaux indigo du lac Chen.

Quand Ellana s'arracha à sa contemplation, elle découvrit une petite ville bâtie à distance respectueuse des Dentelles Vives, autour d'un port de pêche et d'une digue de pierres blanches.

C'était la première agglomération digne de ce nom qu'elle rencontrait depuis qu'elle avait quitté Al-Far et elle ne résista pas à l'envie de s'en approcher. Elle avait pris tellement de retard que Nillem avait dû, depuis longtemps, renoncer à l'attendre. Elle pouvait donc se permettre le détour.

Une dizaine de gardes en armure de combat étaient en faction devant les portes de la ville. Les affrontements entre l'armée impériale et les hordes raïs se déroulaient à des centaines de kilomètres de là et Ellana ne ressemblait en rien à un guerrier cochon, mais elle dut répondre à une série de questions suspicieuses avant d'être autorisée à pénétrer dans la cité.

Après avoir confié Remous aux soins d'un garçon d'écurie, elle poursuivit son chemin à pied. Les rues étaient propres, les façades des maisons bien entretenues et leurs fenêtres fleuries.

Surprise par le plaisir qu'elle éprouvait à retrouver la civilisation, Ellana songea que si l'harmonie d'un être résidait dans son équilibre, cet équilibre ne se réduisait pas à des capacités physiques ou mentales. On le retrouvait partout. Dans sa façon de vivre sa relation aux autres, de voyager, de dormir, de manger, ou, pourquoi pas, d'aimer.

Elle s'assit à une terrasse donnant sur le port et, après avoir commandé un jus de baie glacé, s'efforça de comprendre pourquoi son propre équilibre avait volé en éclats. Fatigue, chagrin ou poids de l'échec ne constituaient pas des explications satisfaisantes, pourtant elle fut incapable de trouver autre chose.

Seul le conseil de Doudou paraissait une piste valable.

« *Le doute est une force,* lui avait-il confié. *Une vraie et belle force. Veille simplement qu'elle te pousse toujours en avant.* »

Le troll était un étrange personnage mais ses mots n'en étaient pas moins chargés de sagesse. Étreinte par le doute, elle avait renoncé à ce qu'elle était, au lieu d'aller de l'avant et de se construire. C'était une erreur et elle ne la commettrait plus.

Grâce à un troll !

Elle interpella le patron de la taverne qui venait de poser sa boisson sur la table.

– Connais-tu une cité sur la rive ouest du lac, à deux jours d'ici ?

Le patron, un barbu ventripotent, se gratta la bedaine en signe de perplexité.

– Ma foi, non. Y a que des sauvages qui vivent là-bas. Elle est comment ta cité ?
– Grande et belle. Construite sur l'eau. On l'appelle la Sérénissime.
– Alors là, je suis sûr et certain qu'elle n'existe pas. Des sauvages, je te dis, qui vivent dans des huttes sur pilotis. Qu'est-ce qu'ils ficheraient dans une cité comme celle que tu décris ?
– Et des trolls ?
– Des quoi ?
– Des trolls. Des êtres humanoïdes un peu plus grands que toi, le corps velu, des dents impressionnantes et des muscles incroyables.

Le patron lui jeta un regard suspicieux.

– Tu te moques de moi ?
– Pas du tout, je...
– Les trolls n'existent que dans les histoires, gamine, s'emporta-t-il. Y a des ogres dans les collines de Taj, des brûleurs et des goules sur les plateaux d'Astariul mais les trolls faut les chercher dans les livres.

Ellana n'insista pas. Il était inutile de se fâcher avec cet homme et, singulièrement, l'idée que Doudou n'existe que pour elle, et pour Eejil, lui plaisait assez. Elle changea donc de sujet.

– Jusqu'où faut-il descendre pour trouver une passe et traverser les Dentelles Vives ?

Le patron se rasséréna.

– Pas bien loin. Le gouffre du Fou est à une heure d'ici à cheval.
– Le gouffre du Fou ?
– Tu n'en as jamais entendu parler ?
– Non.

– Il est pourtant célèbre. Y en a qui prétendent que c'est Merwyn en personne qui l'a creusé mais son nom y vient d'un seigneur d'avant qui s'est jeté dedans à cause d'un chagrin d'amour.
– Je ne comprends pas, fit Ellana. C'est un passage ou un trou ?
– Ben, les deux. Un passage et un gouffre. C'est surtout le seul moyen de franchir les Dentelles Vives à moins de les contourner par le lac ou de redescendre jusqu'à la Passe de la Goule qu'est pas à côté.

Ellana le remercia et, après avoir réglé sa boisson, se leva.

Le soleil était au zénith. Elle avait largement le temps, avant la nuit, de gagner l'endroit où les Dentelles Vives plongent dans le lac afin de s'assurer que Nillem ne l'attendait pas puis de prendre la direction du gouffre du Fou.

Le maréchal-ferrant avait remplacé les fers de Remous et le petit alezan ne parut pas déçu de devoir se remettre en route. Il poussa même un hennissement joyeux lorsque Ellana le guida hors de la ville.

Se jeter dans un gouffre à cause d'un chagrin d'amour.

Quelle drôle d'idée.

2

Comme elle le prévoyait, Nillem n'était pas au bord du lac.

Elle prit la précaution d'explorer les environs puis se fit une raison. Elle avait plusieurs jours de retard et que ce retard ne lui soit pas imputable ne changeait rien. Nillem s'était lassé d'attendre, elle ne pouvait lui en vouloir.

« *Je crois que je t'aime.* »

Un sourire amer étira ses lèvres. Elle n'aurait jamais prononcé une telle déclaration et pourtant, si sa place et celle de Nillem avaient été inversées, elle l'aurait sans doute attendu.

Non. Pas sans doute. Elle l'aurait attendu. Ou serait partie à sa rencontre. Elle chassa cette idée d'un haussement d'épaules. Elle n'était pas Nillem, Nillem n'était pas elle et leurs différences contribuaient à leur complémentarité.

Peut-être.

– Allez, mon gros, on y va, chuchota-t-elle à l'oreille de Remous.

Sans se formaliser du qualificatif, le petit alezan tourna le dos au rivage et prit la direction du sud.

Ils longèrent les Dentelles Vives un moment, puis Ellana lâcha les brides pour ouvrir les bras en grand et prendre une longue bouffée d'oxygène.

En s'éloignant du lac Chen, l'air avait peu à peu perdu son humidité et elle goûtait le plaisir de retrouver les parfums sauvages qui, pendant des jours, avaient disparu au profit de l'odeur musquée des roselières.

Lorsque Remous piétina une touffe d'herbe vert céladon et que la senteur magique de la menthe poivrée monta jusqu'à ses narines, elle tira sur ses rênes et sauta à terre. Elle cueillit un brin de menthe et l'écrasa entre ses doigts avant d'enfouir son visage dans ses mains pour en humer l'effluve.

Pourquoi cette odeur l'émouvait-elle tant ?
Elle sourit au vent. Elle se fichait de la réponse. Mieux, elle ne désirait pas la connaître. Savoir que l'odeur existait lui suffisait.

Elle avait repris ses exercices quotidiens et son corps avait retrouvé sa souple efficacité. Un brin de menthe poivrée à la bouche, elle se jucha d'un bond sur le dos de Remous et se remit en route.

Le lac Chen n'était plus visible lorsqu'elle traversa un village cossu, bâti si près de la falaise qu'il semblait en faire partie intégrante. Ses habitants ne voyaient le soleil qu'à partir de midi, mais ils étaient à l'abri du violent vent d'est qui soufflait si souvent en rafales rageuses. Ellana songea, presque envieuse, que si certains d'entre eux aimaient l'escalade, ils vivaient à l'endroit idéal pour assouvir leur passion.

Des fermes soigneusement entretenues parsemaient les environs, entourées de champs dorés qui attendaient la moisson.

Un garçonnet assis sur la barrière d'un enclos abritant des siffleurs se retourna sur le passage de la jeune marchombre. Lorsqu'elle le salua, il leva la main vers elle et lui offrit un large sourire.

– Comment tu t'appelles ? lui cria-t-il.

Elle lui répondit par un clin d'œil et poursuivit son chemin.

Après le village, les terres cultivées cédèrent la place à une prairie verdoyante ponctuée de bosquets de charmes et de hêtres. À l'ouest, la prairie s'étirait en vagues moutonneuses jusqu'à mourir au pied d'une série de collines boisées : les collines de Taj à la réputation presque aussi sombre que celle d'Ombreuse.

Ellana imposait à Remous de courts temps de trot suivis de brefs galops avant de lui octroyer de longs moments de pas afin qu'il récupère, ce qui était le meilleur moyen de progresser rapidement tout en ménageant sa monture.

Maintenant qu'elle avait la certitude que Nillem ne l'avait pas attendue, elle n'avait plus qu'un objectif : gagner Al-Jeit au plus vite pour relater ses aventures à Jilano.

Le soleil était encore haut quand elle atteignit le gouffre du Fou.

C'était un tunnel circulaire d'une dizaine de mètres de diamètre qui traversait les Dentelles Vives de part en part. La falaise faisait à peine deux jets de flèche d'épaisseur à cet endroit et l'intérieur bénéficiait d'une clarté suffisante pour y progresser en sécurité.

Une clarté presque trop intense au vu des dimensions de l'entrée et de la position du soleil dans le ciel.

Ellana comprit l'origine de cette intensité en atteignant le centre du tunnel. Un large orifice trouait le plafond et, absolument vertical, filait en droite ligne vers l'extérieur. La lumière du jour s'y engouffrait et illuminait les lieux.

Ce n'était pas tout.

Prolongement exact du puits de lumière ouvert dans le plafond, un puits d'obscurité s'enfonçait dans le sol. Tout aussi lisse, tout aussi vertical.

Ellana sauta à terre et, avec circonspection, s'approcha du bord. Si les premiers mètres étaient éclairés, la noirceur régnait plus bas et elle frissonna en imaginant la profondeur de l'aven.

« Le gouffre du Fou, songea-t-elle. Le seigneur qui, par amour, s'est jeté là-dedans avait de sérieux problèmes ! »

Elle regarda autour d'elle. Si on oubliait l'abîme qui s'y ouvrait, le lieu était beau. D'une beauté empreinte de calme et de majesté, qui donnait envie de s'attarder.

Le tunnel en s'évasant formait une vaste caverne permettant aux convois de contourner le gouffre sans prendre de risques.

Le sol, plat, était recouvert d'un sable fin et doré tandis que les parois incurvées étaient creusées d'anfractuosités aux angles arrondis. D'énormes blocs de roche, sans doute tombés du plafond une éternité plus tôt, jonchaient le sable et y dessinaient des ombres aux motifs étranges. L'ensemble baignait dans une lumière qui, vive sans être crue, dissimulait autant qu'elle révélait.

Laissant Remous à l'écart du gouffre, Ellana déambula dans la caverne.

Quel titanesque mouvement géologique avait créé les Dentelles Vives ? Quelle phénoménale puissance avait ouvert tunnel et puits ? Nature ou art des dessinateurs ? Les deux ?

Elle s'accroupit pour prendre une poignée de sable qu'elle laissa filer entre ses doigts puis, doucement, comme perdue dans ses pensées, posa la main sur le manche de son poignard.

La caverne formait une gigantesque caisse de résonance et le moindre bruit se répercutait en une multitude d'échos. Impossible dans ces conditions d'être parfaitement silencieux.

Même tapi derrière un rocher.

Ellana avait perçu la respiration de celui qui la guettait au moment où elle s'était baissée.

La respiration de ceux qui la guettaient.

Une... deux... trois... cinq respirations.

Elle se redressa avec lenteur, son arme à la main, et se tourna vers le fond de la caverne.

– Que voulez-vous ?

3

– Te parler.
La voix, forte et affirmée, était celle d'une femme. Lorsqu'elle contourna le rocher où elle s'était dissimulée, Ellana tressaillit.
– Tu me reconnais ? demanda la femme.
Si elle la reconnaissait ?
Comment aurait-elle pu oublier cette silhouette fine et musclée, ces traits altiers, cette chevelure rousse semblable à une crinière, cette tenue de cuir et de métal, ce regard émeraude chargé d'une fierté qu'un rien transformait en dédain ?
– Je te reconnais, Essindra. Que me veux-tu ?
– Je constate que tu n'as toujours pas appris à vouvoyer tes aînés.
– Ni toi à répondre aux questions que l'on te pose.
Les deux femmes se toisèrent sans la moindre aménité. Elles s'étaient rencontrées dans le désert des Murmures alors que Nillem et Ellana s'apprêtaient à solliciter la greffe. Essindra et son compagnon, Ankil, leur étaient venus en aide quand des Ijakhis, des créatures de sable, les avaient attaqués et ils avaient effectué ensemble la fin du trajet jusqu'au pied du Rentaï.

Essindra s'affirmait marchombre, ce qu'Ellana peinait à croire. La tension croissant et pour éviter un affrontement sanglant, elles s'étaient séparées non sans qu'Essindra ait essayé de circonvenir Nillem. « Il valait mieux que ce qu'offrait la voie du marchombre », lui avait-elle affirmé. Cette tentative avait achevé de convaincre Ellana qu'Essindra n'était pas celle qu'elle prétendait être...

Par un violent effort de volonté, Essindra gomma la contrariété sur son visage pour la remplacer par un large sourire.
– Paix! s'exclama-t-elle avec bonhomie, n'allons pas nous quereller alors que nous nous retrouvons à peine!
Ellana fit la moue.
– Des retrouvailles? Je ne suis pas certaine de les apprécier.
– Tu as tort. Je t'attendais pour t'annoncer des choses intéressantes et t'en proposer d'autres, qui le sont encore davantage.
– Je brûle d'impatience, railla Ellana. Mais dis-moi, pourquoi tes compagnons ne nous rejoignent-ils pas? Timides?
La jeune marchombre nota avec satisfaction la lueur de surprise dans les yeux d'Essindra.
– Mes compagnons? hasarda néanmoins cette dernière.
Ellana se permit un petit rire.
– Ceux qui sont couchés derrière les rochers là-bas se seraient-ils endormis?
Essindra serra les mâchoires et lança un ordre bref.

Trois hommes quittèrent l'ombre où ils se dissimulaient pour s'avancer dans la lumière. Ellana reconnut le premier d'entre eux, un colosse taciturne au regard dur et froid, aussi large d'épaules qu'un Thül et arborant en travers du dos une épée monstrueuse. Ankil. Le compagnon d'Essindra. Les deux autres, moins impressionnants, n'étaient guère plus avenants. L'un, vêtu de cuir sombre, était un guerrier. Une cicatrice barrait son visage et lui fermait à moitié l'œil gauche. L'autre portait une longue tunique grise retenue par une ceinture où était glissé un fin stylet.

Ellana s'asséna une claque mentale. Elle s'était montrée stupide en révélant qu'elle avait repéré leur présence et encore plus stupide en les invitant à avancer. Si la confrontation tournait mal, ils auraient moins de distance à franchir pour l'atteindre.

Puis elle nota leur démarche souple et leur façon silencieuse d'occuper l'espace. Souplesse, silence et efficacité. Une attitude typiquement marchombre sauf que ni Essindra ni ses hommes n'étaient des marchombres, Ellana en aurait mis sa main au feu.

Un frisson parcourut son dos. Si ce qu'elle soupçonnait s'avérait exact, elle se retrouvait prise au piège !

– Alors ? lança-t-elle sur un ton désinvolte afin de reprendre l'avantage. Qu'as-tu à m'annoncer ?

Essindra sourit. Un sourire qui glaça le sang d'Ellana tant il était cruel.

– Rien que tu ne saches déjà, répondit-elle, mais, dans le doute, je vais quand même te l'expliquer. L'Empire s'effondre. Les Sentinelles ont trahi et Sil' Afian est incapable de faire face. Bientôt, les Raïs déferleront sur Gwendalavir.

– Et à part ces menus problèmes ? La vie est belle ?
– Tu devrais cesser de jouer à la maligne, la prévint Essindra. La situation est plus grave que tu ne l'imagines.
– D'accord. Je suppose que maintenant que tu m'as offert tes intéressantes informations, tu vas me communiquer tes intéressantes propositions ?

Essindra semblait éprouver d'énormes difficultés à maîtriser la colère qui bouillonnait en elle. Elle expira longuement puis hocha la tête.

– Un groupe d'hommes et de femmes œuvre dans l'ombre depuis des siècles, expliqua-t-elle en choisissant ses mots avec soin. Ils ont développé d'extraordinaires capacités, tant physiques que mentales, et sont désormais le dernier rempart des Alaviriens face à ceux qui veulent leur perte.
– Je connais les marchombres, lâcha Ellana.
– Je ne te parle pas des marchombres ! s'emporta Essindra. La guilde a vécu. Ses membres se déchirent pour les lambeaux d'une puissance révolue et les rares marchombres qui ne se déchirent pas ont basculé dans un mysticisme aussi lâche qu'inefficace. Ceux dont je te parle, en revanche, possèdent un vrai pouvoir. Un pouvoir qui se situe bien au-delà de celui que te fait miroiter ton maître, un pouvoir qui croît de jour en jour. Un pouvoir qui peut sauver les hommes.
– Un pouvoir que tu me proposes de partager, n'est-ce pas ?
– Oui. Nous avons besoin de forces et de sang neufs. Rejoins-nous et ton avenir dépassera tes rêves les plus fous.
– Je croyais que tu étais marchombre...

– Peu importe ce que je suis. Seul compte ce que, toi, tu peux devenir.

Ses yeux verts brillant d'une flamme passionnée, Essindra avait paré ses derniers mots d'une énergie singulière.

« Elle croit ce qu'elle dit, songea Ellana stupéfaite. Elle le croit vraiment ! »

Elle jeta un coup d'œil autour d'elle. De l'autre côté du gouffre, Remous ne lui prêtait aucune attention et il n'était pas assez bien dressé pour accourir vers elle si elle le sifflait. Ankil et le deuxième guerrier s'étaient disposés de façon à lui interdire toute retraite et, s'il s'avérait posséder un arc, le troisième homme occupait lui aussi une position stratégique.

Ellana se plaça lentement en garde. Les chances qu'elle en réchappe cette fois-ci étaient plus que minimes, mais elle se savait incapable de feindre un accord qui la révulsait.

– Désolée, lança-t-elle. Je préférerais me jeter dans ce trou sans fond plutôt que devenir une mercenaire du Chaos !

4

Pendant un long moment, un silence assourdissant régna dans la caverne. Les quatre mercenaires, immobiles, avaient les yeux braqués sur Ellana tandis que ceux de la jeune marchombre volaient de l'un à l'autre, cherchant une faille susceptible d'être exploitée.
 Elle n'en trouvait aucune.
 – Tu es sûre de toi ? demanda finalement Essindra.
 Ellana tiqua devant la note de regret sincère qui perçait dans sa voix mais refusa de s'y attarder.
 – Certaine, répliqua-t-elle.
 – Tant pis pour toi. Et tant pis pour nous.
 Ellana s'interrogeait sur le sens de cette dernière phrase, lorsque le guerrier en cuir se rua sur elle. Elle s'attendait à une action concertée, pas à une attaque individuelle, aussi faillit-elle réagir trop tard. Elle n'évita le sabre de son adversaire qu'en se jetant au sol.
 Elle roula, se releva d'un bond, se replaça en garde.
 Déjà le mercenaire abattait son arme.
 « *Pour prometteuse que tu sois, tu n'es pas encore apte à te frotter aux mercenaires.* »

– Il y a un début à tout, lança-t-elle en pivotant.

Le sabre passa à un cheveu de son visage, frôla sa poitrine, descendit le long de son corps. Elle n'eut qu'à basculer son poignet.

Le bras du mercenaire s'empala seul sur le poignard qu'elle brandissait.

Il poussa un cri, lâcha son arme et recula d'un pas.

Elle le suivit, légère et implacable.

Sa lame fusait vers la gorge de son adversaire lorsqu'elle trébucha. Une souche de bois venait d'apparaître à un endroit où, une seconde plus tôt, il n'y avait rien.

Ellana se sentit basculer en avant. Plutôt que de tenter de se retenir, elle accepta la chute, plongea, roula une nouvelle fois, se redressa, tandis que le mercenaire utilisait ce répit pour ramasser son sabre.

Elle ne lui accorda qu'un bref regard. Ses yeux allèrent de la souche aux trois mercenaires qui n'avaient pas encore bougé.

Un dessinateur.

L'un d'eux devait être un dessinateur. Et si elle le laissait agir à sa guise, elle n'avait aucune chance de s'en tirer vivante.

Le guerrier en cuir n'était pas suffisamment blessé pour que ses mouvements soient ralentis. Il était en revanche conscient de la valeur de celle qu'il affrontait et décidé à ne plus commettre d'erreurs. Plutôt que de se ruer à l'attaque, il avança avec circonspection.

Ellana en profita.

Elle lança son poignard.

L'arme tournoya un bref instant avant de se ficher, à dix mètres de là, dans la gorge du mercenaire en tunique grise qui s'effondra.
— Merde ! rugit Ankil en s'élançant.
Aussi vive que lui, Essindra tira son sabre et se précipita à sa suite.
Le mercenaire en cuir ne les avait pas attendus.
La fille était à sa merci. Certes, elle avait éliminé Jinol mais elle était maintenant désarmée et il allait lui faire payer son crime. Il abattit son sabre en un revers éblouissant. Pour rapide qu'il ait été, Ellana le fut davantage.
Elle glissa sous l'acier et frappa du poing.
Une fois.
À la poitrine.
Le mercenaire faillit éclater de rire. Le poing d'une gamine ne pouvait rien contre un guerrier tel que lui.
Trois lames d'acier, en se fichant dans son cœur, lui prouvèrent qu'il avait tort.
Ellana eut juste le temps de se remettre en garde.
Ankil et Essindra étaient sur elle. La jeune marchombre évita un coup de taille de la monstrueuse épée du guerrier, esquiva de justesse le sabre d'Essindra, recula, se baissa, bondit sur le côté, risqua un coup de pied fouetté, échoua à toucher Ankil, se remit en garde...
Elle haletait.
« *Pour prometteuse que tu sois, tu n'es pas encore apte à te frotter aux mercenaires.* »
Jilano, comme toujours, avait raison.
Une première blessure s'ouvrit sur sa cuisse gauche, une deuxième, heureusement peu profonde, sur son flanc droit.

Elle feinta vers la gorge d'Essindra, pivota pour...
Sa jambe blessée se déroba sous elle.
Elle poussa un gémissement de douleur et tomba lourdement à terre.
Deux armes se levèrent pour le coup de grâce...
– Attendez !
Ankil et Essindra immobilisèrent leur geste.
La voix avait retenti au fond de la caverne.
La voix du cinquième homme. Celui qu'Ellana avait entendu mais qui ne s'était pas montré.
La voix de Nillem.

5

Étendue sur le sable, Ellana peinait à retrouver son souffle.

De sa cuisse, ruisselante de sang, irradiait une douleur intolérable, son côté droit pulsait sourdement et elle savait que si Ankil et Essindra décidaient de l'achever, elle serait impuissante à les en empêcher.

Sauf que Nillem approchait.

À grands pas et, s'il ne brandissait pas d'arme, elle savait à quel point il pouvait se montrer redoutable mains nues.

Elle se ramassa, prête à se jeter dans la bagarre quand elle éclaterait.

Elle n'éclata pas.

Ni Ankil et Essindra, sereins, ni Nillem plus contrarié que belliqueux, ne se préparaient à un quelconque combat. Lorsque le jeune marchombre parvint à la hauteur des deux mercenaires du Chaos, aucune lame ne brilla.

— Je ne veux pas que vous la tuiez, dit-il simplement.

— Nous n'avons pas le choix, répondit Essindra. Elle refusera toujours de se joindre à nous.

— Je peux la convaincre.
— Me convaincre de quoi ? intervint Ellana livide.

Elle était en train de comprendre et la compréhension, se répandant en elle pareille à un poison, la faisait mille fois plus souffrir que la blessure béante de sa cuisse.

Nillem avait trahi !

Il se tourna vers elle.

— Te convaincre que mon choix est le bon, dit-il. Te convaincre de suivre mon exemple.

Ellana déglutit avec peine.

— Nillem... non... qu'est-ce que...

Il lui lança un regard si implorant que les mots d'Ellana s'y noyèrent tandis qu'un essaim de questions bourdonnantes envahissait son esprit.

Faisait-elle fausse route en le jugeant si sévèrement ? Ne feignait-il pas de pactiser avec les mercenaires du Chaos pour sauver sa vie, leur vie ? Pour en apprendre davantage sur eux ? C'était ce que ses yeux couleur cobalt la pressaient de croire.

C'est ce qu'elle crut.

Elle hocha la tête pour marquer son accord et, en évitant de s'appuyer sur sa jambe blessée, se leva.

— J'ai besoin d'un moment seul avec elle, déclara Nillem.

Essindra jeta un regard glacial à la jeune marchombre.

— Elle a tué Jinol, lança-t-elle.

Et cette constatation sans âme résonna comme une condamnation.

— Gurinon aussi est mort, ajouta Ankil agenouillé près du corps de son compagnon.

Les deux mercenaires se tournèrent vers Ellana, leurs intentions ne laissant place à aucun doute.

– Elle n'a fait que se défendre, réagit Nillem.
– Et alors ? répliqua Essindra.
– Vous vouliez la convaincre de se joindre à nous.
Vous...
– Tu voulais la convaincre, le corrigea la mercenaire. Toi, pas nous. Sa mort me satisfait autant que sa reddition.
– N'oublie pas la prophétie, la pressa Nillem. Nous devons mettre toutes les chances de notre côté, n'écarter aucune éventualité.
– Tu ne serais donc pas le meilleur ?
Les yeux verts d'Essindra s'étaient teintés d'ironie. Et chargés de menace.
– Si, mais...
– C'est bon, le coupa Essindra. Je t'accorde quinze minutes. Pas une de plus. Lorsqu'elles seront écoulées, je jugerai de ton pouvoir de persuasion et je trancherai.

Elle ne précisa pas ce qu'elle prévoyait de trancher mais l'allusion était suffisamment claire pour qu'Ellana ne nourrisse aucune illusion. Elle ne tromperait pas Essindra en feignant le désir de rejoindre les rangs des mercenaires du Chaos.

L'intervention de Nillem lui avait offert un répit, pas une porte de salut.

Tandis qu'Essindra et Ankil s'éloignaient sans pour autant relâcher leur vigilance, elle claudiqua jusqu'à un rocher sur lequel elle s'assit.
– Ça va ? s'inquiéta Nillem en la rejoignant.
– Génial. Tu as un plan pour nous tirer de là ?
– Ellana...
– Tu as ton poignard, moi mes griffes. Nous pouvons...
– Ellana !

Elle vrilla ses yeux noirs dans ceux de son ami.
- Oui ?
- Je suis ici de mon plein gré.
- Qu'est-ce que...
- Je ne suis plus un marchombre. Je...
Il prit une profonde inspiration avant de continuer.
- Je suis un... mercenaire désormais. Un mercenaire du Chaos.
- Qu'est-ce que tu racontes ? murmura Ellana. Les mercenaires sont des fous sanguinaires, des marchombres ayant abandonné la voie pour de sombres et malfaisants desseins, des...
- C'est faux, l'interrompit Nillem. Tu crois ce que Jilano et Sayanel nous ont obligés à croire mais la vérité est ailleurs. Là où les marchombres se satisfont de poésies mielleuses, de lâches esquives et de faciles prouesses, les mercenaires du Chaos ont fait de la puissance, de l'efficacité et de la loyauté des principes de vie. Une sacrée différence, tu ne trouves pas ? Je me sentais à l'étroit dans l'enseignement bancal que m'offrait Sayanel, un monde nouveau s'ouvre désormais devant moi. Fini le temps perdu à rêvasser devant la lune ou à parler à la brume et aux étoiles, je suis fort et grâce aux mercenaires je le deviendrai encore davantage. Jusqu'à ce que l'univers entier s'incline devant moi. Il ne tient qu'à toi que nous soyons deux au sommet.

Il tendit la main vers Ellana mais elle s'écarta comme si ses doigts avaient été autant de serpents. Il poussa un soupir.

- Ne te braque pas Ellana. Admets la possibilité que j'aie raison et écoute ton cœur. Ne sens-tu pas bouillonner en toi une soif de puissance et de gloire que la voie du marchombre n'assouvira jamais ?

Ellana ferma les yeux, anéantie par la déclaration de son ami.
Son ami.
Nillem l'était-il toujours ?
– Réponds-moi, insista-t-il. Ne mérites-tu pas mieux qu'une vie passée à errer sur les toits en susurrant des mots doux aux vents de la nuit ? Richesse, admiration, consécration, ces mots-là n'ont-ils aucun sens pour toi ?
Elle secoua doucement la tête.
– Aucun, Nillem. Mes mots à moi sont liberté et harmonie. Ils guident mes pas et suffisent à mon bonheur. Ta soif de pouvoir et de reconnaissance n'est pas destinée à être étanchée. Elle ne peut qu'entraîner ton malheur et la perte de ceux qui te côtoieront.
Le visage de Nillem s'assombrit.
– Tu penses vraiment ce que tu dis, n'est-ce pas ?
– Imagines-tu qu'il puisse en être autrement ?
– Je... Non, je ne crois pas.
– Nillem, quelle est cette prophétie que tu as évoquée ?
Il recula imperceptiblement.
– Je n'ai pas le droit de t'en parler.
– Ne devais-tu pas tenter de me convaincre ?
Il réfléchit un instant puis acquiesça.
– Il y a plus de mille ans, un naufragé s'est échoué au sud d'Al-Jeit. À moitié mort de faim et de soif, il délirait, affirmant qu'un immense continent s'étendait à l'est de Gwendalavir, qu'on y trouvait des animaux aussi hauts qu'une montagne et des enfants mangeurs d'hommes. Là-bas, une prairie infinie dévorait les âmes des voyageurs mais celui qui parvenait à la traverser accédait aux mille portes.

— Ça ne veut rien dire, Nillem. Cet homme était fou.
— Sans doute, mais il détenait un livre, un livre qu'il serrait contre son cœur. Un livre trouvé près des mille portes. Le livre du Chaos.
— Je...
— Non, Ellana, écoute-moi jusqu'au bout. Si le naufragé était fou, le livre, lui, avait un sens. Un sens si profond, si miraculeux, que tous ceux qui le lurent virent leur existence basculer. Les mercenaires ne sont pas des marchombres dévoyés, même si de nombreux marchombres ont de tout temps rallié le Chaos. Les mercenaires sont nés du livre du Chaos. En lui ils ont trouvé la puissance et un but.
— Un but ?
— Accepte la vérité et il deviendra tien.

Ellana bougea avec précaution sa jambe gauche. La douleur s'était atténuée mais ses muscles étaient de plomb et un mouvement trop brusque rouvrirait à coup sûr la blessure. Inapte à se battre, elle devait gagner du temps.

— Et la prophétie ? demanda-t-elle.
— Un passage clef du livre du Chaos.
— Qu'annonce-t-il ?

Nillem se recueillit un instant, si concentré qu'Ellana en frémit. La fissure qu'elle avait toujours sentie en lui était devenue un gouffre. Un gouffre que les mercenaires du Chaos avaient utilisé pour répandre leur poison.

— Nillem ?

Il la regarda mais elle eut le sentiment qu'il ne la voyait pas. Ses yeux flottaient dans le vague et sa voix, lorsqu'il prit la parole, avait perdu son âme.

Ellana, L'Envol

– Lorsque les douze disparaîtront et que l'élève dépassera le maître, le chevaucheur de brume le libérera de ses chaînes. Six passeront et le collier du un sera brisé. Les douze reviendront alors, d'abord dix puis deux qui ouvriront le passage vers la Grande Dévoreuse. L'élève s'y risquera et son enfant tiendra dans ses mains le sort des fils du Chaos et l'avenir des hommes.

6

Jilano écoutait la nuit.
Parfaitement immobile.
Son cœur battant au ralenti.
Sa respiration imperceptible.
Il écoutait la nuit.
Ce qu'elle soufflait à son oreille et murmurait à son esprit distillait en lui une froide angoisse mais il ne devait pas intervenir.
Pas encore.

7

Nillem tressaillit. Ses yeux brillaient d'une ferveur presque mystique.

– C'est la prophétie, Ellana.

– Ça ressemble, en effet, plus à une prophétie qu'à une chanson à boire.

Tenter de plaisanter lui arrachait la gorge mais c'était cela ou s'effondrer.

– Tu ne comprends pas ! Les douze disparues sont les Sentinelles. Seuls les plus grands marchombres chevauchent la brume. Le chevaucheur ne peut être que Sayanel ou Jilano. L'élève...

– ... est donc l'un de nous.

– C'est ça.

– Et qui sont les deux, le un, les six ou encore la Grande Dévoreuse ?

– Je l'ignore pour l'instant. Seuls les Mentaïs peuvent déchiffrer le livre du Chaos et, même pour eux, la tâche est ardue.

– Les Mentaïs ?

– Les plus puissants des fils du Chaos.

– Je ne te reconnais plus, Nillem.

— C'est parce que je suis trop loin devant toi. Je t'offre cependant la possibilité de me rejoindre. Saisis-la !
— Tu crois vraiment que tu es l'élève dont parle ta prophétie ? Celui dont l'enfant est promis à un si bel avenir ?
— C'est évident et Essindra n'a aucun doute à ce sujet. Il y a toutefois une possibilité infime qu'il ne s'agisse pas de moi mais de toi, ce qui ne change pas grand-chose puisque, dans ce cas, ton enfant serait également le mien.

Ellana serra les mâchoires.
— Aucune chance !

Nillem l'observa avec tristesse.
— Tu refuses de comprendre.
— Tu peux le formuler ainsi si ça te chante. J'ignore si j'aurai un jour un enfant mais ce que je sais, c'est que son père ne sera pas un fou. Ni un assassin. Et encore moins, un fou assassin.
— Je ne suis pas un fou, Ellana, et je ne suis pas non plus un assassin.
— Puis-je alors te poser deux questions ?
— Bien sûr.
— Où sont les sphères graphes que tu devais escorter et que sont devenus ceux qui t'accompagnaient ?

Nillem tressaillit.
— Les fils du Chaos... nous avons besoin de ces sphères graphes.
— Et les hommes, Nillem, ceux qui te faisaient confiance ?
— La fin excuse les moyens, Ellana. Je n'avais pas le...
— Empoisonnés ? Égorgés ?
— Je... je ne comprends pas.

– Si, Nillem, tu comprends parfaitement, mais cela n'a plus d'importance désormais.
Il tendit la main vers sa joue, une nouvelle fois, elle s'écarta.
– Tu ne me suivras donc pas ? murmura-t-il.
– C'est drôle, un homme m'a posé la même question il y a peu de temps. Un homme fort et loyal. Un homme juste et droit. Il est mort peu après. Assassiné par un marchombre renégat. Non, je ne te suivrai pas, et tu le sais depuis le début. Puis-je néanmoins te poser une dernière question ?
– Je... je t'écoute.
Elle désigna du menton Essindra et Ankil qui ne les avaient pas quittés des yeux.
– Vas-tu les laisser me tuer ?
Nillem blêmit.
– Je... tu... Pourquoi me... me demandes-tu ça ?
– Parce que savoir si je vais mourir ou non a beaucoup d'importance pour moi.
Un filet de sueur était apparu sur le front de Nillem. Il l'essuya d'une main fébrile puis secoua la tête.
– Je... je ne veux pas m'opposer à eux.
Ellana lui lança un regard méprisant.
– Tu n'es pas fou, en effet ! cracha-t-elle. C'est peut-être pire.
Il vacilla sous l'insulte puis, au prix d'un terrible effort, se ressaisit.
– Je... j'ai trouvé ma voie, Ellana. Ma véritable voie.
Une flamme dure s'alluma dans les yeux noirs d'Ellana.
– L'as-tu vraiment trouvée ou crois-tu l'avoir trouvée ? lança-t-elle. Comme tu croyais m'aimer.

Poignardé par les mots de la jeune marchombre, Nillem était devenu livide. Une poignée de secondes s'égrenèrent, interminables, puis il baissa la tête.

– Nous avons attaché nos chevaux à l'extrémité de la passe afin que tu ne les voies pas en arrivant, murmura-t-il. Si tu parviens à monter sur le tien, personne ne pourra te rattraper.

Elle jeta un bref coup d'œil à Remous de l'autre côté du gouffre, puis reporta son attention sur Nillem.

– Tu n'interviendras pas ?
– Je... Non.
– Promis ?
– Promis.

Elle laissa échapper un petit rire sans joie, seule façon de dissimuler son envie de pleurer.

– Nillem ?
– Oui ?
– C'est vraiment dommage.
– Oui.

Il n'y avait plus rien à dire.

Plus rien à faire.

À part essayer de sauver sa vie.

Veillant à ce que la haute stature de Nillem la dissimule aux yeux des deux mercenaires, elle entonna le chant marchombre.

Le plus doucement possible.

En priant pour que l'ouïe de Remous soit plus fine que celle d'Essindra.

En y mettant toute son âme.

Toute sa force.

Tout ce qui faisait d'elle une marchombre.

Une vraie marchombre.

Nillem la regardait sans bouger. Aussi immobile qu'il avait été mort. Peut-être était-il mort, songea-t-elle.

Il ne bougea pas lorsque Remous, de l'autre côté du gouffre, dressa les oreilles.

Il ne bougea pas lorsque le petit alezan renâcla puis, soudain, partit au galop.

Il ne bougea pas lorsque Essindra et Ankil poussèrent une imprécation et se ruèrent en avant.

Il ne bougea pas lorsque Ellana se leva en titubant et saisit au passage la crinière de son cheval.

Il ne bougea pas lorsque, à moitié couchée sur sa selle, les pieds pendant dans le vide, elle se laissa emporter.

Il ne bougea pas lorsque les deux mercenaires arrivèrent en courant, juste à temps pour la voir disparaître au loin.

– Bonne route, chuchota-t-il.

8

Ellana se rétablit sur sa selle au moment où Remous surgissait du tunnel. Cinq chevaux étaient attachés à une longe derrière un rocher.

Sans hésitation, Ellana tira sur ses rênes. L'acier de ses griffes étincela au soleil. Elle saisit la longe qu'elle venait de trancher puis talonna Remous qui repartit au galop, suivi de ses congénères.

Ellana força sa monture à maintenir l'allure jusqu'à ce que sa robe se couvre de sueur et que l'écume lui monte à la bouche.

Alors seulement elle ralentit puis s'arrêta.

Les flancs du petit alezan se soulevaient comme des soufflets de forge mais, s'il n'en pouvait plus, sa maîtresse ne se portait guère mieux. La blessure de sa cuisse saignait abondamment et celle qu'elle avait reçue au côté droit s'était rouverte.

Les Dentelles Vives étaient loin, en partie dissimulées par les arbres de la lisière qu'Ellana venait de franchir. À pied, ses ennemis en avaient pour des heures avant de la rejoindre.

Elle glissa à terre et, pendant que Remous récupérait, elle entreprit de fouiller les fontes des cinq chevaux volés aux mercenaires du Chaos.

Elle reconnut celles de Nillem dès qu'elle les ouvrit. Un frisson parcourut son dos, pourtant elle parvint à contenir son émotion. Elle réfléchirait plus tard, analyserait plus tard, pleurerait plus tard. Pour l'instant elle devait recoudre cette maudite plaie.

Elle se saisit du nécessaire à suture dont son ami marchombre – Non ! Il fallait qu'elle cesse de penser à lui comme à un marchombre. Et comme à un ami – ne se séparait jamais. Dans un autre bagage, elle préleva une gourde contenant de l'alcool, puis elle s'installa au pied d'un arbre.

La blessure ouverte par le sabre d'Essindra était profonde mais nette. Ellana la nettoya à l'alcool, en serrant les dents, puis en rapprocha les bords par une série de points de suture. C'était la première fois qu'elle effectuait ce travail et lorsqu'il fut achevé, elle ne put retenir une grimace en contemplant le résultat.

– Vraiment pas terrible, murmura-t-elle.

Une fois sa cuisse pansée, elle s'occupa de l'entaille qu'elle avait au côté droit. Elle la nettoya puis l'examina avec attention avant de décider qu'elle ne nécessitait pas d'être recousue.

– La nature est meilleure couturière que toi, lança-t-elle à haute voix. Remets-t'en à elle. Pourquoi pleures-tu, stupide idiote ?

Des larmes roulaient sur ses joues, irrépressibles.

La tension générée par son combat et ses blessures ne la portait plus, la trahison de Nillem résonnait tout à coup en elle comme dans une caverne vide.

Mercenaire du Chaos !

Nillem avait abandonné la voie du marchombre pour celle du Chaos.

Et il l'avait abandonnée, elle.

Il avait trahi Sayanel et il l'avait trahie, elle. Ces douleurs se cumulaient sans qu'elle sache laquelle était la plus terrible, lui laissant en bouche le goût amer de la désillusion et celui, tout aussi prégnant, du remords.
Accorder sa confiance revenait-il donc toujours à offrir son dos au poignard ?
N'avait-elle pas, dès le Rentaï, livré Nillem à ses démons ?
Incapable de répondre à ces questions, elle attendit que ses larmes se tarissent puis se leva. Si sa route et celle de Nillem avaient été un temps parallèles, ce n'était plus le cas désormais.
Il avait choisi de bifurquer. Elle continuait.
Afin d'épargner Remous, elle se hissa avec précaution sur le cheval de Nillem et reprit son chemin vers Al-Jeit.

Au sortir de la forêt, la piste gravissait une colline herbeuse au sommet de laquelle se dressait une tour de guet désaffectée. Ellana l'atteignit au moment où, dans son dos, le soleil basculait derrière les Dentelles Vives. Alors qu'une brise fraîche inattendue la faisait frissonner, elle aperçut devant elle un village blotti au pied de la colline.
La tentation d'y faire halte était forte pourtant elle la repoussa.
Elle avait couru pour rattraper les mercenaires du Chaos qui avaient attaqué la caravane, les mercenaires du Chaos pouvaient courir pour la rattraper.
Nillem en était capable. Essindra aussi, c'était évident. S'ils parvenaient jusqu'ici, ils se renseigne-

raient immanquablement auprès des villageois et s'il y avait une auberge au village, ils la fouilleraient sans aucun doute.

En poussant un soupir, elle quitta la piste. Les chevaux la suivirent sans protester.

Tandis que l'obscurité s'appropriait peu à peu le paysage, elle passa au large d'une ferme, longea un champ de céréales, traversa un petit cours d'eau puis pénétra dans un bois clairsemé. Elle y découvrit un large sentier filant vers l'est et s'y engagea.

Le bois était plus vaste qu'elle ne l'avait supposé et lorsqu'elle comprit que son orée était encore loin, elle chercha un endroit confortable où passer la nuit.

– Holà, voyageur, ah non, pardon, voyageuse !

Un homme venait de se planter au milieu de la piste, bras écartés pour interdire le passage.

D'un coup d'œil, Ellana s'assura qu'il était seul puis elle arrêta sa monture.

– Que veux-tu ? demanda-t-elle.

– Une voyageuse, et jeune de surcroît ! s'exclama l'inconnu. Je me prénomme Aoro et je suis un bandit de grand chemin. Dépourvu du moindre sens moral et capable d'une incroyable cruauté, je détrousse sans vergogne les malheureux qui ont la malchance de croiser ma route. Je leur dérobe or et bijoux et quand un matamore s'avise de vouloir résister, je lui passe ma rapière à travers le corps. Les dames frémissent en me voyant et... pourquoi riez-vous ?

Ellana s'essuya les yeux et attendit que son fou rire soit calmé pour répondre :

– J'aurais peut-être dû feindre la terreur mais tu es si ridicule que je n'ai pas réussi.

– Ridicule ? se récria Aoro outré. Sachez, demoiselle, que...

– Tu es jeune, pas bien costaud, tes discours grandiloquents sont absurdes et tu n'es même pas armé. Désolée si cela te vexe, mais tu fais un bien piètre bandit. Et tu n'es pas du tout effrayant.
– C'est vrai ?
– Juré.
– Je suis donc maudit !
Aoro se laissa tomber sur le talus bordant la piste et prit sa tête entre ses mains. Ellana mit pied à terre pour s'approcher de lui.
– Ça ne va pas ?
– Je n'y arriverai jamais, murmura-t-il.
– Arriver à quoi ? À détrousser les gens ?
– Non, à découvrir le monde.
– Je ne vois pas le rapport avec ton métier de bandit.
Il leva vers elle un regard dépité.
– Je ne suis pas un vrai bandit. Je veux juste partir loin d'ici.
– Eh bien pars.
– À pied ?
– Ben...
– J'ai prévu d'être bandit le temps de voler un cheval, pas une seconde de plus. Ensuite... le monde m'appartiendra.
– Décidément, c'est une manie, constata Ellana.
– Que dites-vous ?
– Rien. As-tu essayé de travailler pour gagner de quoi t'acheter ton cheval ?
– Je travaille depuis des mois à la taverne du village. Avec ce que j'ai économisé je ne peux même pas m'offrir une selle !
Ellana lui lança un long regard pensif.
Elle avait, elle aussi, rêvé de partir à la découverte du monde sur le dos d'un cheval, symbole de liberté.

Elle avait, elle aussi, travaillé pour un salaire de misère dans une taverne. Elle avait, elle aussi, désespéré d'accomplir un jour son rêve...
Et puis elle avait rencontré Jilano.
Sa décision fut vite prise.

– C'est... c'est merveilleux! s'exclama Aoro en se juchant sur le cheval de Nillem. Comment s'appelle-t-il?
– Son maître n'a pas eu le temps de me le dire et comme je ne le reverrai jamais, c'est à toi de le décider. Tu prendras bien soin de lui, d'accord?
– Vous pouvez compter sur moi, madame.
– Madame?
– Euh...
– Quel âge as-tu, Aoro?
– Dix-neuf. Bientôt vingt. Pourquoi?
– Pour rien. Je te souhaite bonne route.
– Bonne route à vous aussi, madame.
Ellana ferma les yeux une seconde puis choisit d'éclater de rire. Prenant cela pour un ordre, Remous commença à avancer. Elle n'intervint pas mais se retourna une dernière fois.
– Aoro?
– Oui, madame?
– Je ne doute pas que le monde t'appartienne un jour mais laisse les autres en profiter un peu, d'accord?

9

Des passeurs proposaient leurs services pour franchir le Pollimage mais, afin de gagner Al-Jeit plus rapidement, Ellana décida d'emprunter l'Arche. Aussi, dès le lendemain matin, obliqua-t-elle vers le sud.

La région était l'une des plus peuplées de Gwendalavir et, au cours de la journée, elle traversa quatre villages et un bourg de bonne taille, non sans s'étonner de la tension qu'elle lisait dans l'attitude de leurs habitants et des armes que portaient la plupart d'entre eux. Bien que se déroulant à des centaines de kilomètres de là, la guerre avec les Raïs avait des retombées dans l'Empire entier.

Elle s'arrêta dans le bourg afin de vendre trois de ses chevaux à un maquignon. Sans hésiter, elle garda avec elle Remous auquel elle s'était attachée et une placide jument à la robe grise qu'elle avait baptisée Passage en souvenir de l'endroit où elle l'avait trouvée.

Elle profita de sa halte pour reconstituer ses provisions et s'acheter un poignard puisqu'elle avait dû abandonner le sien près du gouffre du Fou. Elle reprit ensuite sa route, chevauchant ses montures à tour de rôle pour les ménager.

La piste était belle, le temps estival et elle filait à bonne allure, se délectant des paysages qui s'ouvraient devant elle et de la caresse du vent dans ses cheveux. Sa cuisse était encore douloureuse mais la plaie commençait à cicatriser. Quant à sa deuxième blessure, ce n'était plus qu'un souvenir. Ou presque.

Elle calcula qu'elle avait quitté Al-Jeit depuis plus d'un mois. Cela lui parut d'abord une éternité puis elle réfléchit à tout ce qu'elle avait vécu durant ce mois et elle se ravisa. La marchombre qui revenait à Al-Jeit n'était plus celle qui en était partie. Une question découlait de cette constatation : avait-elle progressé sur la voie ou simplement tâtonné ? Et souffert.

Une question qui méritait qu'elle s'y penche.

Elle longeait le Pollimage depuis plus d'une heure. Le relief sur sa droite s'était accentué jusqu'à donner naissance à une série de petites collines teigneuses, toutes de falaises et d'à-pics. Le fleuve roi avait dû éroder leurs flancs des millénaires plus tôt et, rancunières, elles se vengeaient en faisant dévaler jusqu'à sa berge des éboulis de roches acérées.

La piste traversait ces pentes caillouteuses mais le sol était parfois instable et Ellana, prudente, avait fait ralentir Passage.

Elle perçut d'abord le son.

Un grondement sourd.

Puis la fraîcheur.

Différente de celle qui montait du Pollimage.

Elle passa une butte plantée de conifères rachitiques et le découvrit.

Un torrent large et sauvage déboulant d'une gorge escarpée pour se jeter dans le Pollimage. Un pont de bois permettait à la piste de le franchir mais il n'en restait pas moins impressionnant tant il coulait vite.

Aussi impressionnant que le torrent dans lequel Jilano, son maître depuis quelques semaines à peine, lui avait demandé de se baigner.

« *La rivière est forte. Comme un guerrier bardé de fer monté sur un destrier de combat. Fou celui qui tente de l'arrêter. Un marchombre se rit du guerrier, il joue avec lui, pénètre son centre, lui vole sa force et, si besoin est, prend sa vie. Va jouer avec la rivière. Comprends-la.* »

Jilano lui avait montré l'exemple en pénétrant le premier dans le torrent.

Il n'avait pas été emporté.

Se riant de la puissance du courant, il avait nagé, utilisant le moindre remous, le moindre tourbillon pour nourrir son propre élan, apprivoisant le torrent sans l'affronter, en se fondant en lui.

Lorsque Ellana l'avait imité, elle avait été entraînée sans pouvoir opposer la moindre résistance et avait failli se noyer.

Cette fois-là et chacune de celles qui avaient suivi.

« *Un marchombre a conscience des forces qui l'entourent et qui agissent sur son environnement. Tous les environnements. Toutes les forces. Il les perçoit, s'immerge en elles pour les renverser.* »

Ellana descendit de cheval et s'approcha du torrent.

Lentement, elle commença à se déshabiller.

L'eau était encore plus froide que dans son souvenir et elle ne pouvait compter sur la corde que Jilano avait alors tendue pour la retenir.

Elle refusa d'y penser.

Lorsque l'eau atteignit son ventre, elle chancela et faillit renoncer.

Faillit.

Elle ferma les yeux et choisit d'avancer.

Le courant était une main énorme qui cherchait à la broyer. Elle fléchit les genoux, pivota sur ses hanches, laissa passer la main. Le courant devint un poing qui la frappa au creux des reins. Voulut la frapper. Elle l'accompagna, l'entoura, l'engloba, le fit sien. Le poing disparut. Une masse liquide irrésistible déferla sur elle. Ellana plongea, plus liquide encore que l'eau qui l'assaillait. Ses gestes devinrent écume, sa conscience tourbillon, son âme torrent.

« *Les forces qui bousculent la vie des hommes sont sans effet sur un marchombre.* »

Elle joua avec le torrent jusqu'à ce que, apprivoisé, il ronronne pour elle.

Elle sortit alors de l'eau.

Elle grelottait, ses lèvres étaient bleues pourtant en elle brûlait une flamme aussi chaude qu'un soleil.

Elle franchit l'Arche le lendemain en milieu de journée et poursuivit sa route vers Al-Jeit. Malgré l'envie qui la taraudait de pousser ses chevaux pour gagner la capitale avant la nuit, elle se contraignit à une allure raisonnable.

Elle n'était plus à un jour près et voyait mal ce qui pouvait désormais l'empêcher d'atteindre son but.

Fidèle à sa décision, elle ne dormit pas dans un des nombreux villages qui constellaient la région mais enroulée dans sa couverture sous les frondaisons d'un immense sapin.

Au matin, elle se lava à une source proche, croqua dans un fruit et se mit en selle.

À peine une heure plus tard, elle reconnut les gros rochers blancs qui émaillaient les flancs d'une colline herbeuse. Depuis son sommet, elle le savait, elle découvrirait la capitale bâtie sur son socle minéral, la rivière qui coulait en boucle à son pied, les cascades colorées et les flèches des tours de jade.

Le cœur battant, elle talonna Passage. La jument grise, bien reposée, se mit immédiatement au galop. Remous la suivit avec ardeur. Le bruit de leurs sabots devint un roulement de tambour annonçant la fin de l'aventure.

Un roulement de tambour assourdissant qui empêcha Ellana de discerner le sifflement de la flèche.

Partie de derrière un rocher, elle se ficha jusqu'à l'empenne dans le cou de Passage. La jument émit un long hennissement d'agonie. Ses jambes avant cédèrent sous son poids et elle s'effondra dans une explosion de poussière et d'herbe arrachée.

Ellana réagit avec une vivacité inouïe. Alors que Passage tombait, elle se leva sur ses étriers et bondit pour retomber sur la selle de Remous.

Elle poussa un cri sauvage et le petit alezan s'élança comme une flèche.

Presque comme une flèche.

Un peu moins vite qu'une flèche.

Un nouveau trait fendit l'air. Sa pointe acérée frôla le bras d'Ellana avant de trouver la jugulaire de Remous.

Un flot de sang jaillit.

Alors que la mort de Passage avait été pareille à une tornade, Remous cessa juste de courir, ploya les genoux et, doucement, se coucha sur le côté.

Le Pacte des Marchombres

Ellana avait sauté à terre au moment où la flèche avait touché Remous. Elle effectua un roulé-boulé, tira son poignard, plongea derrière un rocher.

Elle vit le petit alezan tenter en vain de se redresser. Il poussa un hennissement rauque, battit le sol de ses sabots avant et ne bougea plus.

Déjà une silhouette approchait.

Haute et menaçante.

Reconnaissable entre mille.

Ellana raffermit sa prise sur son poignard et se leva.

10

– Je savais que tu emprunterais cette route. Avoue que j'aurais été stupide de te poursuivre alors que je pouvais t'attendre.

Ellana décocha un coup d'œil autour d'elle, en quête d'une aide hypothétique.

Ils se trouvaient à l'écart de la piste principale et il était trop tôt pour que des voyageurs passent à proximité. Elle ne pouvait compter que sur elle-même pour se tirer d'affaire.

– Je tenais à ce cheval, Salvarode! jeta-t-elle.

Il lui lança un regard surpris puis éclata de rire.

– Tu vas mourir et tout ce que tu trouves à dire c'est que tu tenais à ce canasson?

– Un cheval, pas un canasson. Plus noble et courageux que tu le seras jamais.

– Dommage que tu ne manies pas tes poignards aussi bien que ta langue. Tu ferais une redoutable combattante. Nous avions une conversation en cours, si je ne m'abuse?

– Nous avons en cours plus qu'une conversation, Salvarode.

– Je suis d'accord, opina-t-il, et le moment est venu de tout régler. Dans les moindres détails. Tu vas commencer par me raconter gentiment ce que sait Jilano de mes... activités puis je te tuerai. Vite, sans souffrance inutile. En revanche si...
– Tu te répètes, le coupa-t-elle. Je t'ai déjà dit que je ne pouvais rien te raconter.
– Et pourquoi ? s'enquit-il en faisant un pas en avant.
– Je n'arrive pas à parler quand j'ai la nausée et tu me donnes vraiment envie de vomir. Épargne-moi donc tes discours et viens me tuer.
Elle lui offrit un sourire provoquant avant de poursuivre :
– Ou plutôt viens essayer.
Salvarode blêmit.
– Tu es stupide.
« Non, songea Ellana, je ne suis pas stupide. Je n'ai pas le choix, c'est différent. »
– Venant d'un spécialiste de la question, le compliment me touche, rétorqua-t-elle à haute voix. Pourrais-tu te dépêcher ? Je n'ai pas que ça à faire, moi !
Avec un grognement de rage, Salvarode tira son poignard et s'élança. Il était toutefois trop avisé pour que la provocation lui fasse perdre ses moyens et Ellana ne discerna aucune faille dans sa garde.
Très vite, elle fut débordée.
Rompu aux corps à corps, Salvarode était plus rapide qu'elle, plus puissant, plus précis. Dans les premières secondes de l'engagement, elle évita dix fois de justesse d'être égorgée et ne réussit pas à placer le moindre coup.

Ellana, l'Envol

Comparés à ceux de son adversaire, ses gestes étaient lourds et maladroits, elle enchaînait erreur sur erreur et, alors qu'elle se retrouvait acculée à un rocher, elle comprit que c'était la fin. Seule la chance lui avait permis de s'en sortir jusqu'à présent. La chance et le désir évident qu'éprouvait Salvarode de lire la peur dans son regard.
L'envie de la voir s'effondrer.
Le supplier de l'épargner.
Pleurer.
S'abjurer.
Elle serra les mâchoires. Elle ne lui offrirait pas ce bonheur.
La lame de Salvarode se promena sur sa main, dessinant une estafilade qui lui fit lâcher son poignard. Au même instant, le pied de son adversaire frappa sa cuisse blessée. Elle tomba sur le dos, voulut rouler...
Le poids de Salvarode, assis sur sa poitrine, l'en empêcha. Le marchombre lui assena une gifle violente, puis une deuxième.
Sous le double impact, elle ferma les yeux une fraction de seconde. Lorsqu'elle les rouvrit, la lame d'un poignard était posée sur sa gorge.
Une lame aussi affûtée que celle d'un rasoir.
Un poignard au manche d'acier qu'elle connaissait bien.
– Déjà ? susurra Salvarode. Est-ce que...
Claquement sec.
L'arme du marchombre s'envola.
Abandonnant Ellana, il se leva d'une détente incroyable, tira un deuxième poignard de sa ceinture...
Claquement sec.
Le deuxième poignard s'envola.

Salvarode effectua une impensable pirouette, plongea derrière un rocher...
Claquement sec.
Happé en plein vol par un serpent de cuir, il s'écrasa au sol avant d'avoir atteint son abri.
Il roula, roula encore, se redressa, glissa la main dans sa poche...
Claquement sec.
Une balafre sanglante barra son visage. Il poussa un cri de douleur, tenta néanmoins d'achever son geste...
Claquement sec.
La poche se déchira, l'étoile de jet qui s'y trouvait tomba à terre.
Salvarode renonça à bouger.
Avec un chuintement feutré qui rappela à Ellana celui de ses griffes lorsqu'elles jaillissaient, la lanière du fouet se rétracta.
Pour disparaître dans la paume de Jilano.

11

– Alors, jeune apprentie ?

Jilano était agenouillé près d'Ellana et examinait la blessure de sa main.

– Je... je... suis heureuse de vous revoir.

– Moi aussi.

– Il s'est passé tellement de choses, commença-t-elle. Nillem, Salvarode, les sphères graphes, Hurj, les mercenaires du Chaos... Je... je ne sais pas par quoi commencer.

– Commence par cesser de bouger, afin que je vérifie si... C'est bon, les tendons ne sont pas touchés. Ne bouge pas, je t'ai dit. Voilà.

Il acheva de nouer un léger bandage autour de la main d'Ellana.

– Remue les doigts. Tu ne ressens pas de gêne ? Parfait. Tu vas pouvoir te battre sans être handicapée.

Elle secoua la tête.

– Je crois que j'en ai fini de me battre. Au moins pour une éternité. Ou même deux. J'ai...

– Détrompe-toi.

– Pardon ?

– Tu vas te battre et beaucoup plus tôt que tu ne le penses.

Jilano s'était exprimé de la voix dénuée d'intonation qu'il adoptait lorsqu'il cherchait à la provoquer. Et comme chaque fois il y parvint sans difficulté.

– Ça m'étonnerait ! s'exclama-t-elle tandis qu'il l'aidait à se relever. J'ai vu assez de morts, assez de... Attention !

Elle avait crié.

Profitant que Jilano ne le regardait plus, Salvarode avait ramassé ses deux poignards et s'était glissé dans son dos.

Il frappa.

Avec la vitesse et la précision d'un serpent.

Jilano bougea-t-il ?

Ellana n'en eut pas l'impression.

Il se retrouva simplement derrière son adversaire.

Comme si, depuis le début, il s'y était trouvé.

Salvarode poussa un cri de douleur très convaincant lorsque le maître marchombre lui assena un atémi sans pitié au creux des reins. Il lâcha ses armes, se plia en deux, tituba sur le côté puis, renonçant à toute velléité de combat, s'enfuit en courant.

Sans se presser, Jilano tira un gant de sa poche. Un gant de soie noire qu'Ellana reconnut instantanément.

Le gant d'Ambarinal.

Il l'enfila posément, puis, sur une seule et longue expiration, tendit le bras devant lui, amena une corde invisible jusqu'à sa joue et ouvrit les doigts.

À cinquante mètres de là, Salvarode changea brusquement de direction. Passant entre ses jambes, une longue flèche noire venait de se ficher en terre devant lui.

Il tenta d'accélérer, mais deux autres flèches se plantèrent à ses pieds tandis qu'une troisième déchirait sa tunique avant de se perdre au loin.
– Dernier avertissement ! lança Jilano.
Salvarode arrêta de courir.
– Reviens, lui ordonna Jilano d'une voix que son calme rendait encore plus effrayante.
Sans même vérifier s'il était obéi, le maître marchombre ôta son gant et se tourna vers Ellana.
– Devines-tu ce que j'attends de toi ?
Elle le dévisagea un long moment avant de hocher la tête.
– Je devine et je ne suis pas d'accord ! s'exclama-t-elle. Si c'est une leçon, elle est stupide. Salvarode est trop fort pour moi. Je n'ai aucune chance.
– Pourquoi ?
– Parce que je n'étais pas née qu'il était déjà marchombre. Parce que si mon maître fait corps avec la voie, je ne suis qu'une apprentie, loin, très loin, derrière lui. Parce que j'ai déjà affronté deux fois Salvarode et que deux fois il a failli me tuer.
– Failli seulement.
– La première fois, j'ai eu la chance de pouvoir plonger dans une rivière pour m'enfuir, et, la deuxième fois, si vous n'étiez pas arrivé au dernier moment...
– Je ne suis pas arrivé au dernier moment.
– Quoi ?
– J'étais là depuis le début, fit Jilano sans accorder la moindre importance à l'air outragé de son élève.
– Vous étiez là et vous... vous n'êtes pas intervenu ?
– C'est exact.
– Mais... pourquoi ?

Ellana, éberluée, ne comprenait plus rien. Jilano sourit puis, fait rarissime, lui effleura le visage du bout des doigts.

– Parce que tu es marchombre au-delà de ce que cet individu peut ne serait-ce que rêver. Tu n'aurais pas dû avoir besoin que j'intervienne.

Il avait désigné du menton Salvarode qui revenait vers eux.

– Il a quitté la voie. Il n'est qu'un gravier sous ton pas.

– Un vieil homme m'a dit qu'on ne cessait jamais d'être marchombre.

– S'il a raison, alors Salvarode n'a jamais été marchombre.

– Mais...

– Durant ton absence, je me suis souvent assis au sommet de la plus haute tour d'Al-Jeit. Chaque nuit, le vent souffle ton nom à qui sait l'écouter. Cesse de douter, Ellana.

– Que je cesse de douter ? Avant que je vous quitte, vous avez pourtant demandé à un Frontalier de m'enseigner le doute à grands coups de poing dans la figure...

– L'humilité, pas le doute. Et quand bien même ce serait le doute que tu as intégré, il s'agit d'une force. Une vraie et belle force. Tu dois simplement veiller à ce qu'elle te pousse toujours en avant.

Ellana fronça les sourcils.

– Cette phrase ! s'exclama-t-elle. Un troll me l'a déjà offerte en guise de conseil. Vous... vous le connaissez ?

Jilano se détourna sans répondre et s'approcha de Salvarode.

Ce dernier se tenait immobile, les bras croisés. S'il tentait de feindre la sérénité, il n'abusait toutefois personne. Il était pétrifié par l'angoisse.

– Tu vas combattre Ellana, dit Jilano.

Salvarode laissa échapper un ricanement.

– Désarmé alors que ta protégée aura ses armes et que tu seras prêt à intervenir ? Ce n'est pas un combat mais une exécution.

– Une exécution amplement justifiée, répliqua Jilano. Ce n'est toutefois pas ce que j'ai prévu. Ramasse tes poignards. Non, pas toi, Ellana. Tu n'en auras pas besoin. De plus, je ne souhaite pas que tu abîmes notre ami. Nous avons encore à parler lui et moi.

D'un geste vif, Salvarode se saisit de ses armes.

– Et si je refuse le combat ? demanda-t-il.

Jilano haussa les épaules.

– Tu ne le refuseras pas.

– Quel sort me réserves-tu si j'égorge la gamine ? Me garantis-tu la vie sauve ?

Le maître marchombre braqua ses yeux bleu ciel sur l'homme qui lui faisait face. Un sourire aussi froid que la mort étira ses lèvres.

– Tu n'as aucune chance de la vaincre, Salvarode. Strictement aucune.

12

Ellana fléchit la jambe gauche, tendit la droite loin derrière elle, puis écarta les bras, paumes tournées vers le sol. Elle baissa la tête, laissant ses longs cheveux noirs masquer son visage et son regard.

Elle n'éprouvait aucune crainte et le doute l'avait quittée. Jilano croyait en elle. Cela suffisait.

Salvarode s'immobilisa.

À quoi jouait la gamine ? Elle n'avait pas d'arme, sa posture n'était pas une garde de combat, c'était ridicule.

Il se ravisa. Ridicule, certes, mais tout de même inquiétant. Il jeta un coup d'œil à Jilano. Le maître marchombre se tenait à l'écart, les bras croisés, attentif, quoique – Salvarode en avait la certitude – décidé à ne pas intervenir.

Jilano !

Un sacré obstacle qu'il faudrait abattre pour...

Salvarode se morigéna. L'heure n'était pas aux projets mais à la survie. Jilano lui avait offert une chance inespérée. Il était plus redoutable que n'importe quel marchombre, il aurait pu l'éliminer sans la moindre difficulté, et il lui avait proposé ce stupide combat.

Un rictus tordit la bouche du renégat.
D'abord liquider la gamine puis retourner à Al-Jeit afin de circonvenir le Conseil. Jilano était en passe de devenir une légende mais même les légendes peuvent mourir.
Vigilant, prêt à bondir, ses deux poignards pointés devant lui, il se remit en mouvement.
Ellana n'avait pas bougé.
Un frisson d'inquiétude parcourut le dos de Salvarode. Ce ne pouvait pas être aussi facile. Pas avec l'assurance que manifestait Jilano. Où était le piège ?
Il s'arrêta une nouvelle fois.
À deux mètres d'Ellana.
Avec ses bras écartés pareils à des ailes, sa jambe tendue et le rideau de cheveux dissimulant ses traits, la gamine lui évoquait irrésistiblement un oiseau prêt à s'envoler.
Le rictus de Salvarode s'accentua.
Un oiseau.
C'était donc ça.
Prenant au pied de la lettre les principes fumeux de son maître, elle allait s'envoler. Tenter de s'envoler. Tenter de le surprendre en bondissant au-dessus de lui. Le frapper à la tête ou au cou, là où s'entremêlent les points névralgiques que tout bon combattant se doit de connaître.
Il ne la sous-estimait pas. Avec un maître comme Jilano, elle était certainement capable de sauter aussi haut, capable d'éliminer un adversaire, voire de le tuer, d'un seul coup de pied.
Il ne la sous-estimait pas. Il lui réservait juste une petite surprise.

Il passa à l'attaque.

À travers l'écran de ses cheveux, Ellana l'avait vu s'approcher, hésiter, s'approcher encore, s'arrêter...

« *Dis-moi, jeune apprentie, les hommes sont-ils capables de voler ?* »

Elle n'avait toujours pas peur.

Elle se sentait au contraire en parfaite harmonie avec elle-même.

En harmonie avec la lumière de ce petit matin.

En harmonie avec Jilano et sa confiance.

En harmonie avec le monde.

Lorsqu'elle perçut l'infime variation dans la respiration de Salvarode, elle s'empara de son rythme, entra dans son temps.

« *Dis-moi, jeune apprentie, les hommes sont-ils capables de voler ?* »

Elle se plaqua au sol.

Salvarode feignit une attaque au ventre, changea ses appuis, s'apprêta à frapper en hauteur.

Il avait raison. La gamine s'était ramassée pour bondir. Elle se détendit...

Disparut.

En une fraction de seconde, il comprit qu'il s'était trompé.

La gamine ne s'était pas envolée, elle...

Il poussa un terrible cri de douleur.

Des lames étincelantes avaient entaillé chacun de ses avant-bras, du coude jusqu'au poignet.

Tendons sectionnés, ses mains inutiles s'ouvrirent, ses poignards tombèrent au sol.

Ellana plongea en arrière, effectua une volte-face aérienne, pivota sur ses hanches, frappa.

Son talon fit exploser le nez de Salvarode.

Il s'effondra.

Il reprit connaissance alors que le contenu d'une gourde était déversé sur son visage.

Il était couché sur le dos, une douleur lancinante vrillait sa tête et ses avant-bras étaient en feu.

Il s'assit péniblement. Ses mains ne répondaient plus à sa volonté et du sang ruisselait de son nez cassé.

Jilano l'observait sans la moindre bienveillance.

– Qui ? demanda-t-il de sa voix sans âme.

Salvarode lui retourna un regard angoissé.

– Je… je ne te comprends pas, balbutia-t-il. J'ai… j'ai mal.

– Qui œuvre avec toi contre les intérêts de la guilde ? Qui, comme toi, a trahi l'Empire et pactisé avec les mercenaires du Chaos ?

Salvarode se leva en titubant. Il cracha un jet de salive ensanglantée aux pieds de Jilano.

– Tu perds ton temps ! Tu sais parfaitement que je ne parlerai pas.

Jilano le scruta de son regard pâle puis hocha la tête.

– Ta bouche ne parlera pas mais tes yeux m'ont appris ce que je voulais savoir.

Il se détourna pour s'approcher d'Ellana qui se tenait à l'écart.

– C'est fini, lui dit-il. Nous pouvons partir.

Elle écarquilla les yeux.
– Partir ? En le laissant en vie ?
– C'est en effet mon intention.
Elle éclata d'un rire amer.
– Le laisser en vie ? C'est... c'est impossible.
– Pourquoi ? interrogea Jilano d'une voix douce.
– Parce que cet homme est un monstre ! s'emporta-t-elle. Sa route est jonchée de morts et de trahisons. Lahira avait mon âge, elle apprenait tout juste à vivre. Elle est morte dans mes bras. Empoisonnée. Comme tous ses compagnons. Hurj... Hurj...

Elle se tut, la gorge nouée, incapable de poursuivre.
– Un Thül, intervint Salvarode sur un ton goguenard. Un simple Thül.

Ellana se raidit, le sang quitta son visage, sa main descendit jusqu'à son poignard qu'elle sortit à moitié. Par un intense effort de volonté, elle parvint toutefois à se contenir. Elle repoussa la lame acérée dans son fourreau et détourna les yeux de Salvarode. C'était cela ou le tuer sur-le-champ.

– C'est faux, murmura-t-elle. Hurj n'était pas un simple Thül. Personne n'est un simple quelque chose, lui encore moins que les autres. C'était un homme d'honneur, fin et juste, beau et bon. Il... il voulait que... que je l'accompagne dans son village. Il voulait me présenter à son clan, à sa famille. Je... je n'ai pu que rapporter ses armes à son frère.

Une larme roula sur sa joue et Jilano serra les mâchoires.

– Il m'aurait tué, je n'ai fait que me défendre, lança Salvarode avec morgue. Qui pourrait me le reprocher ?

Ellana braqua ses yeux noirs dans ceux, bleu pâle, de son maître.
– Il doit mourir, affirma-t-elle avec force.
– Démasqué, il ne représente plus de danger, lui fit remarquer Jilano.
– Il doit mourir!
Le maître marchombre tourna lentement la tête vers Salvarode. Celui-ci était livide.
– Tu ne vas pas laisser une gamine te dicter ta conduite, jeta-t-il.
Déjà Jilano revenait vers Ellana.
– Ne crains-tu pas de regretter ton geste?
– Non.
– Très bien. Comment veux-tu procéder?
– Je... je ne sais pas.
Salvarode s'était mis à trembler. Ses yeux allaient de Jilano à Ellana. Éperdus.
– Vous... vous ne pouvez agir ainsi. C'est un assassinat. C'est...
Il se tut.
Ni Ellana ni Jilano ne le regardaient. Ils semblaient même ne pas l'avoir entendu. Jouant le tout pour le tout, il fit volte-face et s'élança vers la lisière de la forêt proche.
S'il l'atteignait...
– Pouvez-vous me prêter le gant d'Ambarinal?
La voix d'Ellana était pâle mais ferme. Sans un mot, Jilano tira le gant de sa poche et le lui tendit. Elle l'enfila à sa main gauche puis, sans hâte, banda l'arc invisible.
Salvarode avait presque atteint la lisière de la forêt.
Elle ouvrit les doigts.

Un long trait noir jaillit du néant et fila en sifflant. Rapide comme la mort. Trois autres le suivirent, si vite que les gestes de la jeune marchombre restèrent flous.

Ellana ôta le gant d'Ambarinal et le rendit à Jilano.

Chacune des quatre flèches avait trouvé sa cible. À l'endroit précis qu'elle avait choisi.

Pourquoi donc ne cessait-elle pas de pleurer ?

13

– Vous ai-je déçu ?

Ellana et Jilano étaient assis sur un toit surplombant le Miroir. À leurs pieds, l'immense bassin parait la nuit de reflets ondoyants et jouait avec les ombres qu'elle tentait en vain d'imposer à la ville.

– Pourquoi cette question ?
– Vous auriez souhaité que je ne tue pas Salvarode.
– C'est vrai.
– Et je l'ai tué.
– C'est vrai aussi.
– Vous ai-je déçu ?

Il leva la tête vers les étoiles.

– Ton ami Hurj te manque-t-il moins depuis que Salvarode est mort ?
– Non, mais...
– Tes flèches ont-elles permis à Lahira d'apprendre à vivre ?
– Je...
– Tu ne m'as pas déçu, demoiselle. Tu ne m'as jamais déçu. Tuer Salvarode était inutile, mais tu n'étais pas en mesure de le comprendre. Ses choix et ses actes t'en empêchaient.

– Vous auriez pu me l'interdire.
– Le destin de Salvarode n'a aucune importance à mes yeux. Il était en revanche essentiel que tu découvres la vérité et une interdiction de ma part te l'aurait dissimulée. Peut-être définitivement.
– La vérité ?
– La mort est inévitable mais elle n'est jamais juste.
Ils partagèrent un long moment de silence puis Ellana reprit la parole :
– Vous m'avez sauvé la vie ce matin. Cela implique-t-il que je sauve la vôtre trois fois avant d'effacer ma dette ?
– Quelle dette ?
– Vous m'avez expliqué que lorsqu'un marchombre estimait son honneur engagé, il devait...
– On ne peut envisager de question d'honneur ou de dette entre un maître et son élève, la coupa Jilano, ni d'ailleurs entre des amis ou des compagnons d'aventure.
– Mais...
– J'ajoute que je ne t'ai jamais parlé d'une quelconque règle. Et encore moins d'obligation.
– Mais...
– Si un jour tu te sens redevable au point d'engager ton honneur, n'hésite pas. Veille en revanche à ce que personne ne t'y contraigne.
– Mais...
– Et cesse de dire mais. Le sujet est clos.
Ellana aimait quand Jilano faisait mine de s'emporter et, dans le cas présent, son plaisir était accru par la certitude qu'il agissait ainsi pour l'aider à oublier les tragiques événements du matin.
– Pourquoi un marchombre comme Salvarode quitte-t-il la voie ? demanda-t-elle néanmoins.

– Par déception, colère, envie, peur, facilité... Les raisons possibles sont multitude et ce n'est pas parce qu'on a cheminé longtemps que la route devient plus facile.

– Le Rentaï lui a pourtant accordé la greffe alors qu'il l'a refusée à Nillem.

– Pour puissant qu'il soit, le Rentaï n'est qu'une montagne. S'il sait découvrir les failles dans une âme, il ne peut influer sur les choix d'un homme. Salvarode a toujours été libre, y compris d'opter pour le Chaos.

– Les mercenaires représentent-ils un véritable danger ? Je veux dire, pour la guilde. Et pour l'Empire.

– Pour la guilde cela ne fait aucun doute et pour l'Empire c'est probable. Les sphères graphes qu'ils ont volées rendront encore plus difficile la localisation de leur cité, leur puissance s'accroît sans cesse et je crains le jour où ils révéleront leurs véritables desseins.

– Ne cherchent-ils pas simplement à prendre le pouvoir ?

Jilano secoua la tête.

– Non. Leur objectif final est le Chaos. Destruction, sang et mort.

– C'est stupide, le Chaos marquerait leur propre perte.

– Ils croient au contraire qu'il constituera le terreau d'un nouveau monde dont ils seront le cœur. Si l'Empire s'oppose à eux pour des questions de pouvoir, nous, marchombres, défendons l'Harmonie face au Chaos, l'un et l'autre pris au sens de principes universels. La guilde et le Conseil existent pour offrir à cette Harmonie une dimension dépassant l'individualisme des marchombres. La rendre

capable de contrebalancer la force croissante du Chaos. Depuis des années, Sayanel et moi nous battons pour cela. Pour que la guilde perdure malgré la médiocrité de ceux qui la dirigent et l'égocentrisme de ceux qui la constituent.
– Vous refusez pourtant de siéger au Conseil.
– Pour jouer son rôle, la guilde doit demeurer libre et non nous suivre aveuglément, or c'est ce qu'il adviendrait si Sayanel ou moi en prenions la tête. C'est par souci d'honnêteté et d'efficacité que nous œuvrons dans l'ombre.
– Loin de moi l'idée de remettre en cause votre efficacité mais...
– Mais ?
– Des marchombres trahissent.
– Non, Ellana. Un marchombre a trahi. Salvarode. Les autres, tel Riburn Alqin, se contentent d'être petits.
Ellana serra les mâchoires.
« *Je crois que je t'aime.* »
– Est-ce sciemment que vous omettez de citer Nillem ?
Elle avait été incapable de dissimuler l'émotion dans sa voix. Jilano lui renvoya un regard clair.
– Nillem a effectué un choix qui lui a fait renoncer à son statut d'apprenti. Il n'a jamais été marchombre.
– Un statut d'apprenti... Je ne suis donc pas marchombre moi non plus ? s'enquit Ellana en plantant ses yeux dans ceux de son maître.
Jilano ne broncha pas.
– Un jour tu comprendras à quel point tu es différente, à quel point les limites des autres ne te concernent pas.

— Ce n'est pas une réponse !
— Et tu devras cependant t'en contenter.
Le ton était sans appel et Ellana n'insista pas.
— Le Chaos, terreau d'un nouveau monde, reprit-elle. Est-ce cela que prédit la prophétie qu'a citée Nillem ?
— On peut faire dire n'importe quoi et son contraire à une prophétie.
— Certains passages étaient pourtant clairs.
— Tiens donc ! Lesquels ?
— Le chevaucheur de brume ne peut être qu'un maître marchombre et les douze sont de toute évidence les Sentinelles qui ont été figées.
— Tu t'emballes, jeune apprentie, railla Jilano. Les douze peuvent tout aussi bien être les mois de l'année ou les pétales d'une enjôleuse d'Hulm.
Ellana fit la moue.
— D'accord, convint-elle avec réticence, mais pour le chevaucheur de brume, le doute n'est pas permis. Il s'agit de vous ou de Sayanel.
— Tu oublies Ellundril Chariakin.
— Cessez de vous moquer. Nillem est persuadé d'incarner l'élu que mentionne la prophétie. Cela ne prête pas à rire.
Jilano réprima un sourire.
— D'accord, demoiselle. Je vais donc me montrer très sérieux. « Lorsque les douze disparaîtront et que l'élève dépassera le maître, le chevaucheur de brume le libérera de ses chaînes. Six passeront et le collier du un sera brisé. Les douze reviendront alors, d'abord dix puis deux qui ouvriront le passage vers la Grande Dévoreuse. L'élève s'y risquera et son enfant tiendra dans ses mains le sort des fils du Chaos et l'avenir des hommes. » Est-ce bien ça ?

– Oui. Mot pour mot.
– La prophétie en question évoque l'élève d'un chevaucheur de brume, devenu meilleur que son maître et libéré de ses chaînes par ce dernier. Au risque de décevoir Nillem, il ne peut s'agir de lui.
– Pourquoi ?
– Parce que Nillem n'arrive pas à la cheville de Sayanel Lyyant et que, en trahissant, il a perdu toute chance de devenir un jour meilleur que lui. Parce que Sayanel n'a aucune intention de libérer un élève félon de chaînes qu'il ne porte d'ailleurs pas. Et parce que les marchombres ne chevauchent pas la brume.
– Quoi ?
– C'est une image, jeune apprentie. Une simple image. La brume est composée de milliards de minuscules gouttelettes d'eau en suspension. Comment voudrais-tu qu'elle supporte le poids de quelqu'un ? Il n'y a pas de chevaucheur de brume, pas d'élu et la prophétie de Nillem est un ramassis de stupidités.

Fait rarissime, Jilano avait élevé la voix sur la fin de sa tirade et Ellana lui décocha un regard stupéfait.
– Vous êtes fâché ?
Un sourire las éclaira le visage du maître marchombre.
– Non. Bien sûr que non. Sans doute fatigué. Je vais d'ailleurs me coucher.
– Pas de leçon ce soir ?
– Pas d'autre leçon que celles que tu t'offriras en parcourant seule la ville.
Ellana hésita une seconde puis haussa les épaules avant d'acquiescer.
– D'accord.

Sans prendre la peine de se lever, elle roula en avant, atteignit le rebord du toit, crocheta la gouttière, bascula dans le vide et se retrouva plaquée à la façade.

En quelques mouvements souples et précis, elle atteignit le sol sous les yeux ébahis d'un ivrogne affalé sur un banc. Elle lui adressa un petit signe joyeux et s'enfonça dans une ruelle.

Jilano était déjà au faîte du toit. Il bondit vers une tour proche, saisit une prise minuscule et, en une série de mouvements aussi fluides que ceux de son élève, en gagna le sommet.

Une inquiétude sourde pesait sur son cœur. Elle était encore si jeune. Qu'il n'ait plus rien, ou presque, à lui enseigner ne changeait rien à sa tâche.

Sa véritable tâche.

Bien plus importante que veiller à l'équilibre de la guilde.

Protéger Ellana pour qu'elle avance le plus loin possible sur la voie en attendant que...

Maudite prophétie !

Une écharpe de brume argentée s'éleva lentement du Miroir. Elle frôla les murs, glissa avec légèreté le long des toits, continua à monter jusqu'à atteindre le sommet de la tour. Masquant la clarté de la lune, elle ondoya un instant puis la caresse d'une brise nocturne la désagrégea.

La lune retrouva ses droits sur la nuit.

Sur la tour, il ne restait personne.

14

L'automne était arrivé.

Tandis que le soleil raccourcissait chaque jour sa course, que les nuits s'offraient un manteau de fraîcheur, les forêts se teintaient d'or et de sang.

Le vent avait recouvert la piste d'une épaisse couche de feuilles qui feutrait le pas des chevaux jusqu'à le rendre inaudible. Des rayons de lumière s'infiltraient à travers la voûte des arbres et tombaient sur le sol en longs rais parallèles où virevoltaient des myriades de points scintillants.

– Quand j'étais petite, Oukilip et Pilipip m'affirmaient que c'étaient des fées, se rappela Ellana en les désignant du doigt.

Jilano sourit.

– Ils avaient sans doute envie que tu rêves.

– Non, je crois qu'ils le pensaient vraiment.

– Et ils avaient peut-être raison.

Ellana lui jeta un coup d'œil, cherchant à discerner s'il ironisait mais, de toute évidence, ce n'était pas le cas.

– Vous croyez aux fées ? s'étonna-t-elle.

– Tu crois bien aux trolls.

– Ce n'est pas pareil, se défendit-elle, j'ai rencontré un troll. Il m'a même sauvé la vie.
– Faut-il absolument voir les choses pour qu'elles existent ? demanda Jilano. Et cela signifie-t-il qu'avant que tu le rencontres, ton troll n'existait pas ?

Ellana fronça les sourcils. Comme souvent avec Jilano, une conversation débutée de façon badine prenait tout à coup une profondeur inattendue.

– Non, dit-elle finalement, Doudou ne m'a pas attendue pour exister. D'un autre côté...
– Oui ?
– D'un autre côté, c'est parce qu'on y croit que certaines choses finissent par exister.

Jilano hocha la tête, satisfait.

– C'est pour cette raison que Pilipip et Oukilip ont raison quand ils voient des fées là où nous ne discernons que des grains de poussière ou des insectes.

Tout était dit et ils poursuivirent leur chemin en silence.

Ils arrivèrent en fin de journée près d'un lac aux reflets turquoise. Une auberge isolée se dressait à l'extrémité d'une langue de roche blanche s'enfonçant dans ses eaux.

Élégante et chaleureuse, construite de pierre et de bois, entourée de massifs encore fleuris malgré la saison, elle avait dû jouir d'une bonne réputation auprès des voyageurs mais les écuries étaient vides et, lorsque Jilano et Ellana pénétrèrent dans la salle commune déserte, le patron leur jeta un regard suspicieux. Il posa ostensiblement la main sur la hache rangée près du comptoir.

— Oûl ! cria-t-il. Des visiteurs !

La porte de la cuisine s'ouvrit et un géant s'y encadra. Vêtu de blanc, une toque de la même couleur sur la tête, il s'appuyait sur un gourdin énorme, tronc d'arbre plutôt que branche, et un impressionnant couteau à trancher était passé à sa ceinture.

Il se tint immobile pendant que le patron reportait son attention sur les nouveaux arrivants.

— C'tait pour quoi ? demanda-t-il sans aménité.

— Nous pensions manger et passer la nuit dans votre établissement, répondit Jilano, mais je ne suis plus très sûr que ce soit un choix judicieux. Si votre cuisine est à la mesure de votre accueil, je crains de la trouver trop acide. Je vous ai pourtant connu plus accueillant.

Le patron se rasséréna.

— Z'êtes déjà descendus à l'auberge ?

— Plusieurs fois, même si la dernière remonte à près de quatre ans. La salle était comble tous les soirs à l'époque et trouver une chambre libre était une gageure. Que se passe-t-il ?

La hache disparut sous le comptoir tandis que le cuisinier, toujours muet, regagnait ses fourneaux. Le patron attrapa trois verres rebondis sur une étagère, les remplit d'une bière ambrée et mousseuse à souhait, en posa deux devant ses hôtes, but une longue rasade au troisième puis poussa un soupir.

— J'suis désolé, fit-il. Y a peu d'temps encore, accueillir des clients une hache à la main m'aurait paru inconcevab' mais not' situation l'a changé. Depuis que ces fichues Sentinelles l'ont trahi, c'est l'Empire entier qui sombre. Le moind' soldat, le moind' garde, l'est appelé sur le front pour contenir les Raïs et tout c'que Gwendalavir compte de bandits, de voleurs, d'assassins, sort d'sa tanière. Les routes, elles sont de moins en moins sûres même à une simpl' journée de ch'val d'Al-Jeit, marchands et voyageurs ils ont déserté mon auberge et la faune qu'les a remplacés elle n'incite pas à la tranquillité de l'esprit.

– La faune ? intervint Ellana.

– Une bande de lascars qui maintenant qu'ils ne risquent rien ont vu gonfler leur courage au point d'attaquer les pauv' fermiers et de s'en prend' aux voyageurs. Pour peu, sûr, qu'les voyageurs en question ils soient seuls, vieux et désarmés. Z'ont aussi pris l'habitude d'passer leurs soirées dans des auberges qu'ils saccagent avant de partir, sans payer évidemment, et j'crains qu'ils aient bientôt l'idée de goûter aux charmes d'mon établissement.

– Les gardes de l'Empire n'interviennent pas ? s'étonna Ellana.

– Y a plus d'gardes, ma p'tite demoiselle, ou alors ils sont trop occupés pour v'nir jusqu'ici.

Jilano jeta un coup d'œil à la salle vide.

– Est-il néanmoins possible de dîner ce soir ? s'enquit-il.

– Pour sûr, pour sûr, s'empressa de répondre le patron. Assoyez-vous là où vous l'désirez, j'm'occupe de vous.

Il se tourna vers la cuisine.

– Oûl ! hurla-t-il. Fais donc chauffer les marmites !

Ellana et Jilano échangèrent un discret sourire et allèrent s'asseoir à une table, près d'une fenêtre donnant sur le lac. La vue était magnifique et lorsqu'un jeune serveur déposa sur leur table un odorant plat de poisson accompagné de racines de niam caramélisées, Ellana se prit à sourire aux anges.

Leur voyage avait beau être motivé par une triste raison, le moment n'en était pas moins agréable et elle avait la ferme intention d'en profiter.

Elle était en train de décrire une nouvelle fois à son maître la beauté onirique de la Sérénissime, lorsque la porte de l'auberge s'ouvrit à la volée. Un homme apparut et se campa au milieu de la salle, les mains sur les hanches. Jeune, bien bâti, il portait un chapeau à large bord où était fichée une longue plume de coureur, et une cape amarante bordée de fourrure blanche pendait à ses épaules.

– Holà, tavernier ! s'exclama-t-il. À boire et vite si tu ne veux pas subir mon courroux !

Jilano poussa un soupir peu discret.

– Nous sommes décidément voués à la malchance, dit-il à Ellana. Ne crois-tu pas que la faune qu'évoquait notre hôte pittoresque aurait pu attendre que nous soyons partis pour investir les lieux ? Pourquoi souris-tu ?

– Parce que l'homme qui se tient là-bas, malgré les apparences, n'est ni un bandit ni un destructeur de taverne mais un brave garçon un peu naïf.

– Tu le connais ? s'étonna Jilano.

– Oui. Il se nomme Aoro. Et c'est le futur maître du monde.

15

– Alors, Aoro, comment évolue ta conquête du monde ?

– Pas si mal, madame. Pas si mal.

– Madame ? releva Jilano, une esquisse de sourire dans la voix. Me serais-je leurré sur l'âge de mon élève ?

Le visage d'Aoro s'était illuminé en reconnaissant Ellana et, bien qu'elle ait hésité avant de le héler, il s'était montré si heureux de s'asseoir à leur table qu'elle n'avait pas regretté son invitation.

Une fois face à Jilano, Aoro avait tout à coup perdu de sa superbe. Ellana s'était pourtant contentée de présentations succinctes mais, si le maître marchombre, vêtu d'une simple tunique claire et d'un gilet de cuir souple, ne faisait preuve d'aucune ostentation, il émanait de lui une telle sérénité que sa présence pouvait s'avérer écrasante.

La remarque de Jilano tétanisa Aoro. Ellana, compatissante, décida de lui venir en aide.

– Il s'agit de révérence et non d'âge, n'est-ce pas Aoro ?

— C'est cela, de révérence, répéta Aoro en reprenant des couleurs. Une révérence tissée de reconnaissance et de respect. N'y voyez aucune inconvenance, je vous en prie.

— Très bien, opina Jilano, je m'incline devant votre... révérence.

L'auberge se remplissait peu à peu mais on était loin de l'affluence dont se souvenait Jilano. Il en fit la remarque à ses compagnons.

— La renommée du cuisinier et de son équipe s'étend jusqu'à Al-Jeit, expliqua-t-il, et il n'est pas rare, n'était pas rare devrais-je dire, que des amateurs de bonne chère fassent le trajet dans le seul but de goûter à ses spécialités fines.

— Rassurez-moi! s'exclama Ellana. Le cuisinier en question n'est pas le type bâti comme une armoire qui nous a accueillis un gourdin à la main?

— Si, c'est lui.

— Diable, je l'imaginerais plus volontiers sur un champ de bataille en train de broyer des crânes qu'occupé à mitonner des petits plats!

— Ne te fie jamais aux apparences, ironisa Jilano, tu t'éviteras bien des erreurs de jugement.

— Si je peux me permettre, intervint Aoro, je crois que l'esprit fin et délicat est capable d'éviter les leurres de l'apparence et, utilisant d'infimes détails qui échappent à l'esprit obtus, de percer la véritable personnalité de l'individu qui se trouve face à lui.

— L'esprit fin et délicat, releva Jilano en souriant à peine.

— Tout à fait!

— Je dois avoir un esprit obtus, ironisa Ellana. Je n'ai pas saisi grand-chose à ton discours.

Aoro carra les épaules.

– C'est pourtant simple. Il suffit que je vous regarde, madame, pour comprendre que vous êtes un être sensible que la brutalité des hommes effarouche. Délicate, fragile, vous rêvez d'un monde de douceur et de celui qui saura le bâtir pour vous. Vous êtes résolument romantique et si l'inconnu et la solitude vous effraient, vous possédez sans nul doute de formidables qualités pour tenir une maison et préparer de bons repas à celui qui vous protégera.

Ellana, figée par la stupéfaction, ne réagit que lorsque Jilano étouffa un éclat de rire dans un éternuement factice.

– Tu... tu vois vraiment ce... cette... ça en moi? balbutia-t-elle.

Aoro lui adressa un sourire charmeur.

– Évidemment, madame, mais il est normal que vous soyez surprise d'être mise à nue, si je puis me permettre l'expression, avec une telle facilité. Les esprits fins et délicats ne sont pas légion et, rassurez-vous, ils sont aussi discrets que perspicaces.

Un bruit de querelle dans la salle ôta à Ellana la difficile tâche de répliquer. Elle se tourna vers le comptoir. Un homme de haute stature, la barbe hirsute et les bras couverts de tatouages, se tenait face au patron de l'auberge et l'invectivait.

– Bien sûr que si, tu peux, face de Raï, lui postillonna-t-il au visage. Tu vas virer ce tas de clampins et libérer la salle pour l'arrivée de mes amis. Tu vois, y en a qu'ont déjà compris!

Il montrait du doigt quelques clients qui, prudents, se levaient discrètement.

— Il n'en est pas question, réagit le patron. Ce n'est pas un pauv' puant com' toi qui va...

Sa phrase s'éteignit dans un couinement. Le barbu l'avait saisi au collet et, l'étranglant à moitié, le fit passer par-dessus le comptoir.

— Qu'est-ce que t'as dit ? rugit-il.

Ellana et Jilano échangèrent un regard mais, avant qu'une décision ait émergé de cet échange muet, Aoro s'était levé.

— Holà, manant ! s'exclama-t-il en s'approchant à grands pas. Cesse de molester ce brave homme ou il t'en cuira !

Le colosse barbu lâcha sa victime qui s'effondra à ses pieds. Il toisa l'homme qui avançait sur lui pour évaluer le danger qu'il représentait. Un sourire torve tordit sa bouche.

— Toi, minus, tu cours retrouver les jupes de ta mère ou je te coupe les oreilles, d'accord ?

— Comment ? Qu'ouis-je ? s'emporta Aoro. Vous outrepassez les...

Il se plia en deux sous le premier coup de poing qui le cueillit au creux de l'estomac, partit en arrière quand le deuxième lui percuta le menton, s'effondra sur le dos, poussa un cri rauque lorsque le barbu lui balança son pied dans les côtes, se roula en boule, attendit, crispé, la volée de coups qui allait pleuvoir...

Il ne se passa rien.

Il ouvrit les yeux.

Ellana se tenait entre son bourreau et lui, frêle rempart qui semblait pourtant faire hésiter la brute.

— Dégage ! cracha le colosse en levant le bras.

Aoro se recroquevilla au sol en jetant un coup d'œil à Jilano. S'il intervenait, peut-être qu'à deux, ils...

Le maître marchombre, confortablement installé sur sa chaise, sourire aux lèvres, mains croisées derrière la nuque, regardait la scène avec le plus grand intérêt mais ne semblait pas décidé à bouger le petit doigt pour venir en aide à son élève.

– Dégage, je t'ai dit !

– Je te fais une contre-proposition, lança Ellana que le poing brandi du barbu ne paraissait pas impressionner le moins du monde. Tu quittes l'auberge maintenant, sans bruit, avec la promesse de ne plus jamais y remettre les pieds, et je ne te casse pas en mille morceaux.

Le colosse ouvrit la bouche pour un cri ou peut-être un rire, mais la voix de Jilano le lui vola.

– C'est un marché de dupes ! s'écria-t-il sur un ton plein de verve.

– Et pourquoi donc ? fit mine de se fâcher Ellana.

– Parce que même si tu tapes fort, tu lui casseras au maximum une douzaine d'os. Allez, vingt parce que c'est toi. On est loin des mille morceaux que tu revendiques.

Ellana soupira.

– C'est une expression, il ne faut pas la prendre au pied de la lettre.

– Sans doute, mais ce monsieur pourrait s'estimer grugé.

– Très bien.

Elle leva la tête pour vriller ses yeux dans ceux du colosse. Un colosse qui ne savait plus très bien où il en était.

– Voici ma contre-proposition réactualisée, reprit-elle. Tu quittes l'auberge maintenant, sans bruit, avec la promesse de ne plus jamais y remettre les pieds et je ne te casse pas en douze morceaux. Peut-être en vingt parce que c'est moi.

Le barbu hésita un instant. Il ne s'était jamais trouvé dans une telle situation. Habitué à terroriser les gens, il ne comprenait pas pourquoi cette fille n'éprouvait pas la moindre peur. Pire, elle se moquait de lui et se permettait de le menacer. Cette attitude cachait quelque chose de louche, c'était certain. Une petite voix en lui murmura qu'il ferait mieux de se retirer pour revenir un peu plus tard avec les autres. Un risque partagé est toujours moins… risqué.

– Tu as compris ou tu veux que je répète ?

Le colosse laissa échapper un grognement. C'en était trop ! Sa main droite, pareille à un battoir, fila vers le visage de la fille.

– Non ! cria Aoro toujours étendu à terre.

Rien ne se déroula pourtant comme il le redoutait.

Ellana pivota souplement, passa sous le bras de son adversaire, saisit un de ses doigts et le tordit violemment. Un claquement sec retentit.

– Un, annonça-t-elle.

Le barbu avait poussé un rugissement de colère et de douleur mêlées. Il lança son poing mais il aurait tout aussi bien pu le mettre dans sa poche tant le coup fut inefficace.

Ellana, en revanche, après s'être baissée pour esquiver l'attaque, frappa deux fois au niveau des côtes. Chaque impact fut accompagné d'un craquement sinistre.

– Deux et trois.

Sous l'impact, le barbu s'était plié en deux. Elle le releva d'un joli coup de genou. Le nez se brisa.

– Quatre.

Profitant qu'il se tenait courbé, elle lui saisit une oreille qu'elle tordit de toutes ses forces. Le hurlement que poussa la brute était cette fois constitué de souffrance pure.

– Ça ne compte pas, le prévint-elle. Il n'y a pas d'os dans l'oreille, seulement du cartilage. Dans le nez non plus d'ailleurs. Je recommence à trois.

Avec un sursaut de terreur, le colosse barbu se dégagea. Il lança un regard affolé autour de lui puis s'enfuit en courant.

Ellana se pencha sur Aoro pour l'aider à se relever.

– Il n'aurait pas dû partir, lui dit-elle. Je n'en étais pas encore à douze.

– Que... Comment... Qu'est-ce...

– Je te demande pardon ?

– Co... comment avez-vous réalisé cet exploit ?

Elle lui adressa un sourire étincelant.

– Finesse et délicatesse, Aoro. Finesse et délicatesse.

16

– Je reste ici !

Le soleil émergeait juste de derrière les montagnes proches, des bancs de brume flottaient au-dessus du lac et, si la journée promettait d'être radieuse, l'air était pour l'instant aussi piquant que par une matinée d'hiver.

Ellana et Jilano avaient enfilé des vestes de toile matelassée tandis qu'Aoro, vêtu d'une simple tunique, frissonnait en se frictionnant les bras. C'était lui qui venait de s'exprimer avec force...

... alors que personne ne lui avait rien demandé.

– C'est un joli coin en effet, lui répondit Jilano.

– Cette décision n'a pas été guidée par le panorama, protesta le jeune homme, mais par le besoin qu'ont ces braves gens d'être soutenus.

– Quels braves gens ? s'étonna Ellana.

– Pilamm, l'aubergiste, Oûl, le cuisinier, et tous ceux qui, autour d'eux, ont soif de bonheur et faim de justice. Hier soir, lorsque vous êtes partis vous coucher, nous avons beaucoup parlé. Comme Pilamm, les gens du coin ne supportent plus cette bande de malfrats qui les rançonnent et les molestent à la moindre occasion. Cela doit cesser.

– Et tu comptes t'en occuper ? demanda Ellana.

Elle n'avait pu s'empêcher de prendre un air dubitatif qui n'échappa pas à Aoro.

– Je sais ce que vous pensez, madame. Et vous avez certainement raison. La situation exigerait un preux guerrier, non le beau parleur que je suis. Tout le monde n'est toutefois pas capable de combattre avec votre efficacité, aussi j'espère que ma bonne volonté compensera mon ignorance des armes.

– Je crains malheureusement que tu te leurres, Aoro. La bonne volonté se laisse trop facilement percer par la pointe d'une épée pour compenser quoi que ce soit.

– Sans doute mais ceux qui nous agressent, plus que leurs épées, utilisent comme arme la peur qu'ils instillent en nous. C'est cette peur que je veux combattre. Nous sommes nombreux. Suffisamment pour que le droit l'emporte sur la force brute et l'injustice.

Ellana secoua la tête.

– Tu ne deviendras jamais le maître du monde si tu te fais tuer.

– Rassurez-vous, madame, je n'ai aucune intention de me faire tuer. J'ai en revanche découvert que maîtriser mon destin s'avérait plus urgent que devenir maître du monde. Le monde n'est pas pressé, je suis certain qu'il m'attendra.

– Mais...

Elle se tut. Jilano avait posé une main légère sur son épaule.

– C'est une noble décision, déclara le maître marchombre. Le seul monde qui mérite d'être conquis est celui que délimitent les frontières de notre corps et celles de notre esprit. L'autre monde, celui qui s'étend autour de nous, n'a pas besoin de maître. Je vous souhaite une belle route.

Il salua un Aoro que la tirade avait rendu muet et s'éloigna en direction de l'écurie. Avant de le suivre, Ellana prit le temps de déposer un baiser sur la joue du jeune homme pétrifié.

– Sois quand même prudent, lui chuchota-t-elle à l'oreille.

– Je... je... balbutia-t-il. Madame ?

– Oui ?

– Vous... vous ne voulez pas... rester ici, n'est-ce pas ? Avec moi. Je veux dire avec nous.

Ellana éclata d'un rire frais.

– Non, Aoro, certainement pas. J'ai, moi aussi, rendez-vous avec mon destin et aucune envie de manquer ce rendez-vous.

– Je comprends, murmura-t-il sans parvenir à dissimuler sa déception. Nous reverrons-nous ?

– Il y a deux réponses à cette question, comme à toutes les questions. Celle du poète et celle du savant. Laquelle désires-tu entendre ?

– Je... je ne sais pas... Celle du poète ?

– L'absence n'est qu'une illusion que le corps impose à l'esprit.

– Euh... C'est tout ?

– Oui.

– Et si j'avais opté pour la réponse du savant ?

– Elle est plus courte, admit Ellana, mais pas forcément plus vraie.

– Peu importe, rétorqua Aoro. Offrez-la-moi. Nous reverrons-nous ?

– Peut-être.

Plus tard, alors que l'auberge de Pilamm avait depuis longtemps disparu derrière eux, Ellana se racla la gorge.

– Le plus simple est sans doute que tu poses la question, fit Jilano sans la regarder.

– Quelle question ? s'étonna-t-elle.

– Celle qui trotte dans ta tête depuis ce matin et qui n'a pas encore réussi à franchir la barrière de tes lèvres.

– Je n'ai... D'accord.

Elle prit une profonde inspiration.

– Pourquoi les hommes veulent-ils que je les suive ? Non, ne riez pas. Je ne parle pas de ceux qui cherchent à assouvir leurs désirs de chair mais de ceux qui veulent que je me lie à eux de façon plus... définitive. Nillem, Hurj, Salvarode à sa manière, Aoro... Qu'est-ce qui les attire ? Je n'ai rien de particulier, je ne suis pas plus belle qu'une autre, je ne possède pas de courbes affolantes, je...

– Ta liberté.

– Ma liberté ?

– Tu es libre, Ellana, et cela crée comme une lumière autour de toi. Les hommes ne s'y trompent pas et cherchent à te capturer pour s'approprier cette lumière. Parce qu'ils croient, à tort, qu'elle les éclairera, parce qu'ils sont incapables de la trouver en eux et ne supportent pas l'idée de vivre dans l'ombre, parce que le réflexe de celui qui est cloué au sol a toujours été de tuer celui qui sait voler.

– Personne ne cherche à me tuer. Du moins pas ces hommes-là.

– Leur désir que tu les suives revient au même. Éblouis par tes ailes et puisqu'ils sont inaptes au vol, ils rêvent que tu les sacrifies pour eux.

– N'est-ce pas l'amour qui exige cela ?
Jilano secoua la tête.
– Absolument pas, Ellana. L'amour consiste à ouvrir des portes et des fenêtres, pas à bâtir des prisons.
– Et vous ? Non. Excusez-moi. Ma question est stupide.
– Faux, elle n'est pas stupide et tu le sais. Le rôle d'un maître est de permettre à la lumière de naître, de déployer les ailes de son élève et de veiller à ce qu'il s'envole. Ton temps approche et je suis immensément fier de toi. Mais je ne t'ai jamais menti, Ellana, et je ne commencerai pas aujourd'hui. Ta lumière est éclatante, même aux yeux d'un maître marchombre. Lorsque tu partiras, le monde me paraîtra bien sombre.

Comme pour modérer le poids de ses paroles, Jilano lui adressa une grimace avant d'achever :

– Bien sombre mais aussi bien tranquille et j'avoue avoir hâte que tu me fiches un peu la paix !

En milieu de journée, les deux marchombres quittèrent la route qu'ils suivaient depuis Al-Jeit pour emprunter une piste filant vers l'est et les montagnes. Leurs sommets enneigés se découpaient avec une incroyable précision sur le ciel marine et, comme si ce contraste de couleurs avait libéré sa mémoire, un flot de souvenirs envahit l'esprit d'Ellana.

Non loin d'ici se dressait la maison où Jilano l'avait conduite après les épreuves de l'Ahn-Ju afin qu'elle se rétablisse de ses blessures.

C'était là qu'elle avait vraiment fait connaissance avec Nillem.

C'était là qu'elle avait découvert ses extraordinaires qualités de marchombre mais aussi ses défauts qui, fait étrange, le rendaient encore plus séduisant.

C'était de là qu'ils étaient partis, ensemble, vers le Rentaï, en quête de la greffe mythique.

Le monde leur appartenait alors – tiens, Aoro n'était donc pas le seul à nourrir ce rêve – et tout était possible. Elle se força à réagir. Que Nillem ait choisi une voie opposée à la sienne n'enlevait rien à la richesse de l'avenir qui se profilait devant elle.

« *Le doute est une force. Une vraie et belle force. Veille simplement qu'elle te pousse toujours en avant.* »

Des mots de troll.

Tellement justes.

Elle leva les yeux vers le ciel et prit une grande gorgée de vie.

Ils atteignirent la maison blottie au fond de sa combe au moment où le soleil couchant ensanglantait ses murs de pierre blonde.

Sayanel les attendait devant la porte.

17

Ils n'en avaient pas parlé puisque l'évidence excluait le besoin de mots. C'était à Ellana de raconter.

Elle confia la bride de son cheval à Jilano, sauta à terre puis s'approcha du maître marchombre.

Une nouvelle fois, elle fut stupéfaite de découvrir à quel point Sayanel et Jilano se ressemblaient. Pas comme des jumeaux, ni même comme des frères, leurs physiques étaient trop différents pour cela, mais par la force qu'ils dégageaient l'un et l'autre. La force du juste. La force de celui qui a trouvé sa vie. La force du marchombre.

« Et c'est vous qui osez parler de lumière », songea-t-elle à l'intention de Jilano.

Sayanel avait les cheveux ras, le visage fin et les yeux noisette. Il se tenait immobile, les bras croisés, le regard impénétrable. Alors qu'Ellana se demandait où elle allait puiser le courage de s'exprimer, ce fut lui qui rompit le silence.

– Mort ?

Un mot.

Une question.

Une souffrance en attente.
La réponse d'Ellana ne fut qu'un souffle.
– Peut-être pire. Mercenaire du Chaos.
Un souffle qui devint tempête en atteignant Sayanel.
Le maître marchombre tressaillit, ferma les yeux, se mit à trembler puis, soudain, il tourna les talons.
Décontenancée, Ellana pivota vers Jilano. Il avait attaché les chevaux à une barrière et s'approchait d'elle, le visage fermé.
– Que dois-je faire ? s'enquit-elle en désignant Sayanel qui s'éloignait en direction des vignes.
– Rien.
– Mais...
– Tu lui as annoncé ce qu'il devait savoir. À lui maintenant de retrouver sa paix. Il reviendra lorsqu'il désirera parler.

Sayanel revint au milieu de la nuit.
Ellana et Jilano étaient assis dans la grande pièce à vivre, devant un feu que la jeune marchombre avait allumé davantage pour le réconfort que lui apportait la vue de ses flammes que pour la chaleur qu'elles dégageaient.
Il s'assit devant elle et la regarda un long moment. Plus aucune émotion ne se lisait sur son visage et, lorsqu'il prit la parole, sa voix était douce et posée.
– Raconte-moi.
Ellana ferma les yeux un instant pour se concentrer puis elle narra ce qui s'était passé au gouffre du Fou, mais aussi l'incident qui l'avait opposée à

Nillem juste avant leur départ d'Al-Jeit et la fissure que le refus du Rentaï de lui accorder la greffe avait ouverte en lui. Elle relata le désir de puissance de Nillem, son besoin d'être le meilleur et l'impact qu'avaient eu sur lui les arguments d'Essindra. Elle évoqua enfin la prophétie et le rêve de Nillem d'incarner l'élu auquel elle faisait référence.

Du feu ne subsistaient que des flammèches mordorées qui avaient renoncé à éclairer la salle. Jilano, immobile au fond de son fauteuil, avait disparu dans l'ombre tandis que Sayanel, assis en tailleur sur un tapis devant la cheminée, était pareil à une statue de cuivre.

Ellana cessa de parler.

Les minutes s'égrenèrent, silencieuses, ponctuées à intervalles réguliers par les craquements des bûches dans l'âtre. Nul ne bougeait.

Puis la voix de Sayanel s'éleva :

– Merci, Ellana. Pour tes mots et pour tes actes. Une chose toutefois me gêne...

Il se tut un instant et le cœur de la jeune marchombre se serra.

Revivre, au travers de son récit, la série de drames et de déceptions qui avaient émaillé son passé récent l'avait conduite aux limites de sa résistance. Elle ne supporterait pas que Sayanel lui fasse un reproche, aussi fondé fût-il.

– ... Je te sens troublée, reprit le maître marchombre. Comme si une pointe de remords était fichée en toi et que la blessure s'envenimait peu à peu.

– Je... commença Ellana.

Il lui intima le silence d'un geste de la main et poursuivit :

— Nillem a succombé à un poison qui coulait dans ses veines bien avant que tu le rencontres, un poison que j'ai perçu sans parvenir à l'éradiquer, un poison qui est à l'origine de la décision du Rentaï de ne pas lui accorder la greffe, un poison contre lequel tu ne pouvais rien. Ton attitude a été exemplaire de bout en bout, Ellana. Ne laisse pas le chagrin t'inciter à croire le contraire ou cela te détruira.

Ellana, la gorge nouée par l'émotion, se contenta d'acquiescer d'un hochement de tête. Sayanel se tourna vers l'ombre où se tenait Jilano.

— Merci à toi aussi, mon camarade. Nos chemins vont s'éloigner quelque temps mais je ne t'oublierai pas.

— Et mes pensées t'accompagneront, répondit Jilano.

— La guilde ?

— Je m'en occupe.

— Elle doit tenir. Même bancale.

— Je sais.

— C'est une évidence. Merci, Jilano. Garde-toi, veux-tu ?

L'air frémit brièvement et quand Ellana reporta son regard sur l'endroit où s'était tenu Sayanel, le maître marchombre avait disparu.

— La nouvelle l'a anéanti. Comment et où a-t-il trouvé la force de me rassurer ?

Ellana et Jilano s'étaient remis très tôt en route pour Al-Jeit, sans se laisser impressionner par les nuages sombres qui s'étaient accumulés durant la nuit et menaçaient à tout instant de libérer un déluge.

– Sayanel est un maître marchombre, répondit Jilano au moment où un prodigieux coup de tonnerre faisait vibrer l'air autour d'eux.
– Ma question n'est pas là, réagit Ellana. Il a été blessé par la défection de Nillem, non, par la trahison de Nillem, plus encore que je ne l'ai été, et pourtant ses seuls mots ont été des mots d'apaisement pour moi. Être marchombre n'explique pas cela.
– Je n'ai pas dit marchombre, mais maître marchombre et, dans le cas présent, la réponse à ta question se trouve dans maître et non dans marchombre.
– Je ne comprends pas.
– Le rôle d'un maître est de guider son élève, de le pousser à grandir, de lui ouvrir les yeux, pas de s'appuyer sur lui.
– Même si le maître a besoin de soutien ?
– S'il va chercher ce soutien auprès de son élève, il n'est plus maître ou alors l'élève n'est plus élève.
Ellana réfléchit un instant.
– Je crois que je comprends, dit-elle finalement.
Puis :
– Savez-vous où Sayanel est parti ?
– Oui.
Elle attendit quelques secondes.
– Vous ne souhaitez pas me le révéler ?
Jilano essuya une goutte de pluie qui venait de s'écraser sur son front.
– Non.
Comme si le mot avait été une formule magique, les écluses du ciel s'ouvrirent et une pluie diluvienne s'abattit sur eux, noyant le paysage sous un rideau liquide. En quelques secondes, ils furent trempés jusqu'aux os.

Le Pacte des Marchombres

Renonçant à se protéger, Ellana poussa un soupir sonore qui se perdit dans le vacarme de l'averse.

— Un ami amant qui trahit, bougonna-t-elle, un ami tout court qui disparaît, un ami maître qui devient muet… Restons positifs, il pourrait pleuvoir !

RENCONTRES

1

À un automne pluvieux succéda un hiver polaire.

La température se maintint la plupart du temps au-dessous de zéro dans le sud de l'Empire et au nord, le froid, terrible, entraîna des centaines de morts. Al-Chen fut balayée par une violente tempête de neige qui dura quinze jours et, pour la première fois de mémoire d'homme, on put traverser à pied le Pollimage pris par les glaces.

Seul point positif, les Raïs eux-mêmes furent victimes du froid et se replièrent au-delà de la chaîne du Poll, ce qui permit à l'armée impériale épuisée par des mois de batailles de reconstituer ses forces.

La rumeur se répandit que les Sentinelles, figées par le pouvoir des Ts'liches, étaient retenues prisonnières quelque part en Gwendalavir. Avides de puissance et de richesse, elles avaient tenté un coup d'État mais l'alliance contre-nature qu'elles avaient passée avec les Ts'liches les avait trahies à leur tour.

Les Sentinelles hors combat, plus personne n'était à même de s'opposer à eux. Ils avaient placé un verrou dans l'Imagination afin d'en interdire l'accès aux dessinateurs alaviriens, privant ainsi l'Empire d'un précieux moyen de lutte.

Bien qu'elles fussent à l'origine des malheurs qui s'abattaient sur Gwendalavir, les Sentinelles n'en demeuraient pas moins les seules capables de briser le verrou dans les Spires, et donc de repousser l'ennemi.

Des expéditions furent projetées pour tenter dès le printemps de les localiser et de les délivrer. Des aventuriers avides de gloire et d'or se mirent en route malgré les rigueurs de l'hiver. La plupart disparurent sans laisser de traces.

Jilano continuait à entraîner Ellana.

Alors que les trois années de formation de la jeune fille touchaient à leur fin, il se montrait de plus en plus intransigeant.

Il ne se déroulait pas un jour sans qu'il mette à l'épreuve sa souplesse, sa résistance, sa force, sa dextérité et chacune des qualités qu'il avait contribué à développer, la poussant à accomplir des exploits sans cesse plus ardus pour satisfaire ses exigences.

En quête d'harmonie plus que d'efficacité, ils passaient également beaucoup de temps à deviser, analyser, parler.

Et plus encore à observer et à se taire.

Le seul véritable changement provenait de la réticence du maître marchombre à s'éloigner d'Al-Jeit. Le froid, qui n'incitait guère au voyage, ne pouvait être la seule explication à cette attitude.

Ellana tentait de comprendre ce qui se passait vraiment.

Et ne comprenait pas.

Un jour qu'elle s'en ouvrait à lui, il répéta simplement que la guilde vivait des moments difficiles et qu'il lui était impossible de quitter la capitale.

Malgré son insistance, elle ne put en apprendre davantage.

C'était à cela qu'elle songeait alors qu'elle se hâtait vers le lieu de rendez-vous que Jilano lui avait fixé. La nuit était tombée depuis longtemps et le vent qui s'était levé deux jours plus tôt avait chassé les nuages, aussi la lune et les étoiles brillaient-elles avec une intensité presque surnaturelle tant l'air était cristallin.

Cristallin et froid.

La couche de neige qui recouvrait le sol avait gelé ce qui empêchait les rares passants de s'y enfoncer, un halo de buée sortait de la bouche d'Ellana à chacune de ses expirations et, bien qu'elle ait enfilé une épaisse veste de fourrure et des gants, elle grelottait.

Jilano l'attendait au pied d'une tour qu'elle connaissait bien pour l'avoir gravie à de multiples reprises. En été. En hiver, l'entreprise n'était pas envisageable. Pas avec ce froid terrible qui avait caparaçonné de glace la moindre aspérité, le moindre interstice de la façade de jade.

C'était pourtant là que patientait Jilano, imperturbable, et qu'il ait choisi ce lieu en particulier fit frissonner Ellana. Un frisson d'inquiétude davantage que de froid.

– Tu es prête ? lui demanda-t-il lorsqu'elle fut à ses côtés.

– Je suppose qu'il est de mon devoir de répondre oui à cette alarmante question ?

– Tu peux même considérer qu'il ne s'agissait pas d'une question.

Jilano ôta sa veste de fourrure et la déposa dans une flaque d'ombre au pied de la tour.

– Vous avez chaud ? s'enquit Ellana faussement badine.

Sans se donner la peine de répliquer, il lui tendit deux étranges outils constitués d'une courte pointe d'acier fixée à une plaque de cuir d'où partaient des lanières.

– Enlève cette fourrure et ces gants, puis accroche ça sous tes semelles.

– Je ne crois pas que me dévêtir soit une idée judicieuse, risqua-t-elle. Il fait beaucoup trop froid pour... Je n'ai pas le choix, n'est-ce pas ?

– Non.

– Et ces pointes ?

– Elles te serviront à grimper là-haut.

– C'est bien ce que je craignais, soupira-t-elle. Avez-vous seulement conscience que les gens normaux sont chez eux, devant un feu de cheminée ou au fond de leur lit sous un monticule de couvertures ?

– Les marchombres ne sont pas des gens normaux.

– Ça, je m'en étais aperçue !

Elle l'observa qui passait ses doigts dans des anneaux prolongés par des pointes d'acier similaires à celles qu'il avait sous les pieds.

– La couche de glace est fine, lui expliqua-t-il, et si à certains endroits elle est aussi dure que de la pierre, à d'autres elle se montrera friable et se décrochera dès que tu la toucheras. Il faudra ficher tes pointes judicieusement et, à tout moment, conserver trois appuis.

– Je n'ai pas droit aux anneaux ?

– Alors que tu as des griffes ?

Le maître marchombre secoua la tête, l'air navré, et Ellana s'empourpra.

– Je... je... On oublie, d'accord ?

Les premiers mètres ne lui posèrent aucun problème. Les pointes fixées à ses semelles jouaient parfaitement leur rôle et ses griffes pénétraient sans difficulté dans la glace la plus dure.

À mi-hauteur, le vent entra dans la partie. Il soufflait en rafales violentes et, à plusieurs reprises, elle faillit dévisser et ne se rattrapa que d'extrême justesse. Le froid était terrible et, quand elle atteignit le sommet de la tour, elle ne sentait plus ses doigts.

– Je propose que nous ne nous attardions pas, lança-t-elle en claquant des dents.

– Rien ne presse, au contraire, lui rétorqua Jilano parfaitement à l'aise.

– Sauf qu'il fait froid ! insista-t-elle.

– C'est vrai, mais ce n'est pas tout. La réalité a souvent deux visages, comme les questions ont deux réponses. À ta place, le savant gèlerait sur pied mais le poète, lui, s'extasierait devant tant de beauté. Regarde autour de toi, Ellana, tu n'auras peut-être plus jamais l'occasion de contempler ce spectacle.

Comme souvent, les mots de son maître entraînèrent Ellana avec la force d'un tourbillon. Elle oublia le froid pour ouvrir ses yeux et son cœur.

Al-Jeit était enchâssée dans une éblouissante gangue de glace. Pas une tour, pas un dôme, pas une flèche qui ne soit revêtu de cristaux. La lumière de la lune et des étoiles explosait à leur contact tandis que celle de la ville s'y diffractait en un millier de teintes irréelles.

Ellana se hissa sur la pointe des pieds et écarta les bras en grand.

L'air aussi irradiait sa propre lumière. Une lumière pure et argentée qui donnait envie de la boire.

Elle baissa les yeux vers les zones d'ombre nichées dans les ruelles, les cours, les renfoncements...
Elle se figea.
Par la magie de la glace et des étoiles, l'ombre elle-même était devenue lumineuse. Le regard demeurait impuissant à la percer mais elle brillait néanmoins, d'une lueur douce et secrète, comme incapable de se satisfaire de sa nature alors que l'univers entier vibrait au rythme des ondes lumineuses.
La gorge nouée par l'émotion, Ellana s'accroupit. Chuintement. Ses griffes entamèrent la glace vive pour y tracer quelques lignes.
La voie de l'ombre
Et du silence
Vers la lumière.
Lumière. Comme celle qui, jaillissant du sourire de Jilano, éclaboussa les yeux de son élève.
– Nous pouvons descendre maintenant, annonça-t-il. Il y a une présentation d'apprenti ce soir et une cérémonie de l'Ahn-Ju. Je voudrais que tu y assistes.

2

Ellana n'était descendue dans les sous-sols d'Al-Jeit qu'une seule fois, lorsqu'elle avait été présentée au Conseil, et n'avait pas vraiment mémorisé le complexe trajet qui conduisait à la salle de l'Ahn-Ju.

Décidée à se rattraper, elle observa chaque intersection avec attention, notant des repères et étudiant le mécanisme des portes dérobées afin de pouvoir, le cas échéant, se déplacer seule dans ce labyrinthe. Jilano la regardait faire, approbateur, et s'arrêta à plusieurs reprises afin de lui indiquer des passages qui avaient échappé à sa vigilance.

Il lui parlait avec légèreté des légendes qui couraient au sujet de ces cavernes et des premiers marchombres qui les avaient explorées mais, lorsqu'ils atteignirent le seuil de l'immense salle taillée dans le rocher où se réunissait le Conseil, il retrouva soudain sa gravité.

– Ta formation n'est pas achevée, souffla-t-il à Ellana. Tu n'es donc pas censée t'exprimer sauf si un membre du Conseil t'interpelle de façon directe. Tu peux en revanche écouter ce qui se dit et ce qui se tait, tu en tireras de précieux enseignements.

Une trentaine de personnes, réparties en petits groupes, étaient réunies près de trois cheminées. Un feu brûlait dans chacun des foyers, pourtant la température était glaciale et, à l'instar de Jilano et d'Ellana, les participants à l'Ahn-Ju portaient d'épaisses fourrures pour se protéger du froid.

Ellana aperçut Jorune et Ryanda, les deux maîtres marchombres qui s'étaient joints à Salvarode pour lui faire passer les épreuves de l'Ahn-Ju. L'un et l'autre étaient accompagnés d'un élève. Si Jorune adressa un geste de la main aux nouveaux arrivants, Ryanda les ignora superbement et poursuivit sa conversation avec un marchombre à la peau sombre, presque noire, qu'Ellana n'avait jamais vu.

– Pourquoi me regardent-ils tous comme ça? souffla-t-elle à Jilano.

– Parce que tu es célèbre, répondit-il sur le même ton.

– Moi?

– Toi.

– Et pourquoi donc?

– Pour de multiples raisons, à commencer par l'exécution de Salvarode.

– Je... Zut! Il devait avoir des amis, non?

– Beaucoup.

– Qui sont en colère?

– Certainement.

– Vous ne semblez pas inquiet.

Jilano haussa les épaules.

– Pourquoi le serais-je? Ce n'est pas moi qui l'ai tué. Cela dit, les amis de Salvarode ne te reprocheront rien. C'est le premier maître marchombre, possesseur d'une greffe de surcroît, ayant pactisé avec les mercenaires du Chaos. Cela fait désordre au sein de la guilde et personne ne l'a pleuré. Du moins ouvertement.

Un courant d'air glacial balaya la salle. Ellana remonta le col de sa veste.

– Je me serais volontiers passée de ce genre de célébrité, marmonna-t-elle.

– Si tu désirais l'anonymat, il ne fallait pas poursuivre les mercenaires qui ont volé les sphères graphes, encore moins les rattraper et les leur reprendre. Tu aurais également dû t'abstenir de gagner Al-Far, d'en revenir vivante et, en chemin, d'apprendre ce que tu as appris sur la prophétie. De toute façon, tu avais mal commencé. Atteindre le Rentaï à quinze ans pour y recevoir la dernière greffe accordée par la montagne n'était pas très discret.

Ellana laissa glisser l'ironie du maître marchombre pour se concentrer sur ses paroles.

– La dernière greffe? releva-t-elle.

– Nous en avons parlé, réagit Jilano. Les mercenaires du Chaos ayant localisé le Rentaï, il n'était plus envisageable que des apprentis traversent seuls le désert des Murmures. C'était les envoyer au sacrifice.

– Le Conseil ne devait-il pas demander à des marchombres de les accompagner pour veiller sur eux?

– L'ancien Conseil l'avait prévu.

– L'ancien Conseil? Qu'est-ce que...

Les conversations se turent soudain. Six marchombres venaient de pénétrer dans la salle. Ils fendirent la foule avec dignité et assurance avant de gravir les marches de l'estrade et de se placer en ligne face à leurs pairs.

Ellana s'approcha. Elle cherchait la vieille et sage Ehrlime qui l'avait interrogée lors de son Ahn-Ju mais ne la vit nulle part. Aucun des marchombres qui se tenaient devant elle n'appartenait au Conseil auquel elle avait été présentée presque trois ans plus tôt.

Puis un des six membres fit un pas en avant et les yeux d'Ellana s'écarquillèrent de stupeur.

Riburn Alqin !

Le marchombre que Jilano considérait comme une larve puante, le marchombre qui avait insulté Ellana lors de sa présentation à la guilde et auquel elle avait administré une correction, le marchombre qui, de l'avis de tous, tournait en rond sur la voie, voire y avançait à reculons, était membre du Conseil.

Pire, il en était le porte-parole.

– Je m'appelle Riburn, déclara-t-il sur un ton emphatique non dénué de charisme, et je suis la voix du Conseil. Aujourd'hui est un jour particulier, aujourd'hui est le jour de l'Ahn-Ju. Trois maîtres marchombres proposent leurs apprentis. Trois apprentis vont suivre la cérémonie.

Il se tut pour balayer l'assemblée du regard avant de reprendre, imprégné de son rôle de guide :

– Toutefois, nul ne peut prétendre à la cérémonie de l'Ahn-Ju s'il n'a été auparavant autorisé par le Conseil à suivre la voie des marchombres. Aujourd'hui est un jour particulier, aujourd'hui est le jour de l'Ahn-Ju, mais aujourd'hui est aussi le jour de la présentation. Un maître marchombre propose son apprentie.

D'abord affligée de découvrir l'identité du porte-parole du Conseil, Ellana avait très vite oublié Riburn Alqin. Les yeux fermés, le cœur battant la chamade, elle écoutait les paroles rituelles.

Des paroles qu'elle avait entendues mot pour mot lors de son propre Ahn-Ju et qui demeuraient gravées dans sa mémoire avec une incroyable précision.

Elle savait comment Riburn allait conclure : « *Une apprentie se présente devant le Conseil. Maintenant.* »

Elle se souvenait à la perfection du long frisson d'émotion qui l'avait parcourue lorsqu'elle avait entendu ces mots.

Elle ressentait encore le...

– Le maître étant un véritable maître, j'ose espérer que l'élève sera à la hauteur de nos espérances et se montrera plus digne de la voie que d'autres qui l'ont précédé.

Ellana ouvrit les yeux.

Cet imbécile de Riburn Alqin n'était-il même pas fichu de réciter correctement le texte de la présentation ? Ou alors s'estimait-il à ce point qu'il s'arrogeait le droit de...

Elle comprit en découvrant le regard du marchombre fixé sur elle.

Pareil à celui d'un serpent.

La haine en plus.

3

Imitant Riburn Alqin, les regards de l'assemblée se tournèrent vers Ellana. Vaguement gênée, mais surtout en colère, elle ouvrit la bouche pour une invective.

La referma.

« *Ta formation n'est pas achevée. Tu n'es donc pas censée t'exprimer sauf si un membre du Conseil t'interpelle de façon directe. Tu peux en revanche écouter ce qui se dit et ce qui se tait, tu en tireras de précieux enseignements.* »

Un rictus provocant déforma le visage de Riburn Alqin.

« Lâche ! » hurlèrent ses yeux.

Ellana croisa les bras et ne bougea pas.

Privée du droit à la parole, elle laissa ses lèvres dessiner un sourire impertinent qui perça les défenses de Riburn Alqin avec l'aisance d'une lame d'acier.

Et le même effet dévastateur.

Le marchombre blêmit. Son regard brûlant se chargea d'une promesse de mort.

L'affrontement silencieux dura un court instant, ou une éternité, puis Riburn Alqin se détourna.

Il avait beau se tenir droit et s'efforcer au calme, son souffle court et la goutte de transpiration qui était apparue sur sa tempe ne pouvaient échapper à l'attention de ceux qui lui faisaient face.

– Une apprentie se présente devant le Conseil, annonça-t-il. Maintenant.

« Le rythme d'une phrase et sa continuité avec ce qui la précède sont aussi importants que son contenu, songea Ellana. En se montrant incapable de maîtriser ses émotions, Riburn a inséré un faux accord dans le rituel de la présentation. L'apprenti qui va s'avancer a-t-il ressenti cette dissonance ? Sait-il que Riburn lui a volé son premier jalon sur la voie ? »

Ce n'était pas un mais une apprentie.

L'apprentie de Jorune.

Lorsque les spectateurs s'écartèrent, elle se retrouva seule avec son maître devant l'estrade.

La main de Jorune lui effleura le dos – Ellana se souvenait encore du contact léger des doigts de Jilano entre ses épaules – et elle s'avança.

De petite taille, les cheveux d'un blond tirant sur le roux coupés court, le corps fin et musclé, elle se tenait droite et fière, pourtant Ellana percevait son appréhension et l'inquiétude qui vibrait en elle. Avait-elle éprouvé ces mêmes sentiments lorsqu'elle s'était présentée devant le Conseil ?

– Offre ton identité au Conseil, jeune apprentie.

Riburn n'avait donc pas tout oublié.

– Je m'appelle Souhira Soîh.

– Ton âge.

– J'ai dix-neuf ans.

– Offre-nous le nom de ton maître.

– Jorune Aénandra.

Ellana avait effectué un bond de trois années dans le passé. Jeune apprentie, elle s'apprêtait à répondre aux questions d'Ehrlime. Des questions qui, elle s'en rendait compte aujourd'hui, avaient pour objet autant de lui ouvrir les yeux que de renseigner le Conseil sur ses motivations.

Jamais auparavant, elle n'avait ressenti avec une telle force la puissance des mots. Et leur beauté. Libérés des entraves du doute comme du filtre de la raison, ils dessinaient une voie lumineuse à travers les artifices de la réalité pour plonger en droite ligne au cœur du vrai. Les questions d'Ehrlime, les réponses qu'elle lui avait offertes, avaient créé un lien intime entre la vieille marchombre et la jeune apprentie. Un lien pareil à une ligne de vie pour parcourir la voie.

– Es-tu prête ? demanda Riburn Alqin.

– Oui, répondit Souhira.

– La voie du marchombre est périlleuse. Seuls les êtres d'élite peuvent espérer y avancer sans dommage. T'en sens-tu digne ?

– Oui.

– La voie du marchombre ne s'arpente pas seule. Ton maître sait ce qui est bon pour toi. Lui jures-tu obéissance ?

– Oui.

– Si ton maître y guide tes pas, c'est la guilde qui trace la voie du marchombre. Lui jures-tu obéissance ?

– Oui.

– Si la guilde trace la voie du marchombre, c'est le Conseil qui l'éclaire. Lui jures-tu obéissance ?

– Oui.

Ellana étouffait.

Comment Riburn s'autorisait-il à proférer de pareilles absurdités ? Comment les marchombres assemblés devant lui pouvaient-ils le laisser pérorer ainsi ?

Elle jeta un coup d'œil à Jorune. Le maître marchombre, mâchoires serrées, se contenait, certes avec difficulté mais il se contenait. Derrière lui, pour quelques visages tendus, Ellana discerna surtout de l'acceptation voire de l'assentiment.

Elle pivota afin d'observer Jilano.

Bras croisés, les traits indéchiffrables, il lui renvoya un regard énigmatique.

Inconscient de l'émoi d'Ellana, Riburn Alqin lissa sa courte barbe puis hocha la tête, satisfait.

– C'est bien. Sois la bienvenue, jeune Souhira. Puisses-tu longtemps servir la guilde.

Ce fut la phrase de trop.

Ellana s'avança jusqu'au pied de l'estrade. Ignorant le regard flamboyant de haine de Riburn Alqin, elle fit face à Souhira, soulagée de lire sur son visage l'écho du doute qui l'avait étreinte.

– Tout cela est faux, lui déclara-t-elle. La guilde ne trace pas la voie et le Conseil ne l'éclaire pas. La voie respire en toi et ce sont tes pas qui l'éclaireront. Le reste est mensonge.

L'assemblée pétrifiée avait accompagné sa déclaration d'un silence de plomb. Ellana en profita pour se tourner vers Jorune.

– Je te présente mes excuses si mon intervention t'a offensé. J'éprouve le plus grand respect pour toi et Souhira a beaucoup de chance de t'avoir pour maître. J'aurais sans doute dû me taire mais ce que j'ai ressenti lors de ma présentation au Conseil brille avec trop de force dans ma mémoire pour que je laisse quiconque en ternir l'éclat.

Un flot d'exclamations s'éleva parmi les spectateurs. Colère, doute, surprise, enthousiasme, rage... Il fut écrasé par un cri.

Un cri de rage justement.

– Par le sang des Figés! tonitrua Riburn Alqin. Pour qui te prends-tu donc, apprentie, pour juger ceux qui te sont supérieurs? Pour critiquer des marchombres qui arpentaient la voie alors que tu tétais encore ta mère?

Ellana ne prit pas la peine de répondre ni même de se retourner. Elle fixait Jorune, s'efforçant en vain de deviner ce que pensait le petit marchombre.

– Regarde-moi! vitupéra Riburn Alqin.

D'un infime mouvement du menton, Jorune désigna son élève à Ellana. Souhira, désorientée, ne savait plus quelle attitude adopter. Ses yeux allaient de l'un à l'autre, quêtant un soutien, une explication qui n'arrivaient pas.

Une vague de remords envahit Ellana. N'était-ce pas la prétention qui l'avait poussée à intervenir? À gâcher un moment aussi important de la vie de Souhira?

– Regarde-moi, misérable prétentieuse! Alors que les apprentis ne sont pas autorisés à s'exprimer, tu as remis en question l'autorité de la guilde, tu as offensé le Conseil et tu m'as insulté moi, un maître marchombre. Regarde-moi!

Ellana se tourna lentement vers l'estrade. Ses yeux noirs se posèrent sur Riburn Alqin. Une flamme dure y brûlait. Et sous son impact, le marchombre tressaillit.

— Je n'ai pas remis en question l'autorité de la guilde, affirma-t-elle d'une voix ferme, puisque je ne l'ai jamais reconnue. Je dénie à quiconque la moindre autorité sur mes actes et mes pensées, à l'exception de mon maître Jilano Alhuïn à qui je me suis liée de mon plein gré et pour une période de trois ans.

— Tu… commença Riburn.

— Je n'ai pas offensé le Conseil, le coupa-t-elle. J'éprouvais beaucoup de respect pour l'ancien et je suis prête à témoigner du même respect au nouveau. S'il s'en montre digne. Quant à toi, Riburn, je n'ai pas souvenir que tu aies gagné un jour le titre de maître marchombre. Aurais-tu passé les épreuves de l'Ahn-Ju en cachette ?

— Siéger au Conseil offre le titre, rétorqua Riburn.

La réplique, pitoyable, fit naître des murmures dans l'assemblée mais, alors qu'Ellana s'attendait à ce qu'ils enflent jusqu'à devenir une vague qui emporterait Riburn, ils décrurent doucement puis s'éteignirent.

Solitude de celle qui a raison face à la foule.

Solitude et satisfaction.

Ellana sourit.

— Je te demande pardon, dit-elle à Souhira. Je ne voulais pas gâcher ta présentation, juste t'aider à y voir clair. Et, pour que maître Riburn puisse continuer à me taxer de prétention, avec mes excuses je t'offre un conseil. Plus que les discours des hommes, écoute le souffle de la nuit et le murmure de ton cœur. Eux ne mentent pas.

Elle salua brièvement Jorune, toujours impassible, et se retira, heureuse d'arpenter la voie.

Sa voie.

4

— Pourquoi n'êtes-vous pas intervenu ?
— Je n'avais ni raison ni envie d'intervenir.

Une fois n'est pas coutume, la conversation entre le maître marchombre et son élève ne se déroulait pas au sommet d'une tour vertigineuse mais devant un ragoût de siffleur dégoulinant de sauce qu'ils dégustaient, attablés dans une taverne sombre d'un quartier malfamé d'Al-Jeit.

La chaleur était étouffante, la lumière chiche, les clients louches et un brouhaha assourdissant montait de la masse d'ivrognes qui buvaient au comptoir depuis la tombée de la nuit. Un endroit que la plupart des habitants d'Al-Jeit considéraient, à juste titre, comme un coupe-gorge, et que de rares autres estimaient confortable et intime. C'était le cas d'Ellana et Jilano qui y passaient volontiers leurs soirées.

Outre la discrétion qu'il offrait, l'établissement avait l'inestimable qualité de servir à manger à n'importe quelle heure du jour et de la nuit.

Les deux marchombres s'étaient installés à leur place favorite après avoir quitté la salle du Conseil.

Ellana pesa un instant la réponse de Jilano puis repartit à l'attaque.

– Pourquoi alors m'avoir entraînée là-bas ?

– Pour que tu interviennes.

Elle le regarda, ébahie. Comprendrait-elle un jour l'extraordinaire complexité de son maître et les buts réels qu'il poursuivait ?

– Que j'intervienne ?

Et cesserait-elle un jour de répéter niaisement ses paroles sous forme de questions ?

– Oui.

Et cesserait-il un jour de lui répondre de façon aussi frustrante ?

Elle se ravisa. Les réponses laconiques de Jilano n'avaient d'autre ambition que l'inciter à réfléchir. Toujours plus avant.

C'est ce qu'elle entreprit de faire.

– Vous désiriez savoir si j'étais capable de m'affranchir d'une règle que vous m'aviez rappelée, à savoir l'obligation de rester silencieuse devant le Conseil ?

Un sourire lui montra qu'elle était sur la bonne voie.

– Et donc à m'affirmer comme individu libre plus encore que comme marchombre, poursuivit-elle.

– Le marchombre est libre, rectifia-t-il, et aucune situation ne peut exiger qu'il choisisse entre la voie et la liberté qui sont deux visages d'une seule vérité.

– D'accord. J'ai assumé ma liberté en refusant une règle devenue stupide. S'il s'agissait d'un test, je l'ai passé avec succès. M'observer n'était toutefois pas votre seul objectif, n'est-ce pas ?

– Non, en effet.

Jilano n'ajouta rien et Ellana choisit de se taire.

Le silence jouait un rôle important dans leurs échanges. Ellana avait parfois l'impression que c'était lorsqu'ils se taisaient qu'ils communiquaient vraiment, même s'ils avaient besoin des mots pour formaliser ce que l'un et l'autre avaient compris depuis longtemps.

Ce fut d'ailleurs elle qui reprit la parole.

– Vous saviez que j'interviendrais et vous désiriez observer la réaction des autres.

C'était une constatation, pas une question et Jilano ne s'y leurra pas.

– Continue.

– Mon intervention devait vous permettre d'appréhender ce qui se passe au sein de la guilde. D'en apprendre davantage au sujet de ceux qui étaient présents.

Jilano sourit.

– Bravo.

– Admettons que j'oublie que vous m'avez une fois encore instrumentalisée, serait-ce trop vous demander que de répondre à mes questions ?

– Pourquoi cette formulation ? fit mine de s'offusquer Jilano. Je n'ai jamais refusé de répondre à une seule de tes questions !

– Je suppose qu'il vaut mieux entendre ça qu'être sourde, maugréa Ellana.

– Que veux-tu savoir ? questionna Jilano en repoussant ses couverts.

– Que fait Riburn Alqin au Conseil ?

– Ce qu'il peut, c'est-à-dire pas grand-chose.

– Vous ne jouez pas le jeu ! s'emporta Ellana.

Jilano éclata de rire.

– Quel fichu caractère ! C'était une boutade, jeune apprentie, une simple boutade.

– Soit. La boutade était excellente et j'ai beaucoup ri. Pouvez-vous répondre maintenant ? Que fait Riburn Alqin au Conseil ?

– Il a été choisi par ses pairs lorsque...

– Mais Riburn est...

– Tu devrais te taire si tu veux que je parle.

– Désolée, fit Ellana. Je vous écoute.

– Depuis des années la guilde s'enlise dans de basses querelles de domination, d'argent et de pouvoir. C'était sans doute fatal tant l'idée de fédérer des individus aussi épris de liberté et d'individualisme que les marchombres était folle et sa mise en œuvre délicate. La plupart d'entre nous ne se reconnaissent plus dans les décisions du Conseil et ne prennent même pas la peine de se déplacer pour un Ahn-Ju s'ils ne sont pas directement concernés. Trente marchombres étaient présents ce soir. La nuit où Esîl m'a présenté au Conseil, la salle était pleine à craquer. Dans ces conditions, un homme comme Riburn Alqin n'a pas eu de mal à manœuvrer pour être élu au Conseil. Au risque de te décevoir, les autres membres ne valent guère mieux que lui.

– Pourquoi n'êtes-vous pas intervenu ? Vous auriez pu prétendre à ce poste. Qui aurait osé vous le contester ?

– Personne et là réside le problème, comme je te l'ai déjà expliqué. Ma présence, ou celle de Sayanel, au Conseil n'aurait enrayé que momentanément et de façon factice le déclin inéluctable d'une organisation vouée à disparaître.

– Je ne vous ai jamais vu aussi pessimiste.

– Je ne le suis pourtant pas. L'âme marchombre vit toujours. En toi, en moi, en Sayanel, en de nombreux autres. Là repose l'essentiel. Laisser la guilde

et le Conseil s'autodétruire, en espérant que de leurs cendres naîtra une pousse vigoureuse et saine, est la seule option raisonnable qui s'offre à nous.
— Et la menace des mercenaires ?
— La guilde n'en a pas conscience. Et puis...
— Et puis ?
— Non. Je n'ai rien à ajouter pour l'instant.
Ellana savait quand il ne fallait pas insister.
— Quel rôle joue Jorune ? demanda-t-elle.
— C'est un des points qui demeurent obscurs pour moi, répondit Jilano. Jorune est un maître marchombre d'une finesse redoutable pourtant il semble cautionner les agissements du Conseil et des hommes comme Riburn Alqin s'appuient sur lui. Je ne comprends pas.
— Ne serait-il pas un traître comme l'était Salvarode ?
— Non, affirma Jilano. Pas Jorune. Je le connais depuis des années. Son intégrité et sa droiture sont indiscutables.
— Moi il m'inquiète un peu, avoua Ellana.
— Tu as tort.
— Si vous le dites. Encore une question ?
— Je t'écoute.
— Ce qui s'est passé ce soir ne va-t-il pas finir de me, nous, brouiller avec le Conseil ?
Un sourire radieux illumina le visage de Jilano.
— Si.
— Ça a l'air de vous faire plaisir ?
— Ça m'enchante ! Libéré de cette entrave, je vais pouvoir me consacrer entièrement à ta formation. Je me suis montré un peu laxiste ces derniers temps et nous aurons à travailler dur toi et moi pour rattraper le temps perdu.

Devant la grimace d'Ellana, il ajouta :
- Une seule chose compte désormais, écrire ton nom à côté de celui d'Ellundril Chariakin dans le grand livre des légendes ! Si tu es d'accord, bien sûr.
- Je n'attends que cela, sourit Ellana, incapable pour une fois de percer son armure. De lire ses pensées.

« *La guilde a échoué. Elle n'arrêtera jamais l'avancée du Chaos. Toi seule le peux, fille de la prophétie, et je donnerais ma vie pour t'aider. Je donnerais ma vie pour que tu sois prête lorsque le jour viendra.* »

5

Cette année-là, le printemps arriva tard.

Le soleil peina à faire fondre la neige qui s'était accumulée durant des mois et, pour la première fois depuis des siècles, aucun dessinateur ne l'épaula de son Art.

Le verrou que les Ts'liches avaient placé dans les Spires était inébranlable.

L'Empire résistait encore aux hordes raïs mais s'effondrait de l'intérieur. Sans dessin, faire fonctionner les forges indispensables à la guerre était devenu difficile, entretenir les villes monstrueusement complexe, communiquer à distance impossible. Ce dernier point était le plus problématique. Le réseau de communication de l'Empire s'appuyait entièrement sur les dessinateurs. Contraint de se reposer sur une archaïque chaîne de messagers à cheval, l'Empire, désorganisé, partait à vau-l'eau.

La chaleur finit par revenir et les grandes cités de l'Empire se transformèrent en bourbier. Pendant que les Alaviriens s'échinaient à nettoyer les rues et les cours, des nuées de moustiques voraces firent leur apparition et, avec eux, une épidémie de fièvre cérébrale qui fit plus de ravages en une semaine que le froid en quatre mois. Alors que la panique gagnait la population, les moustiques disparurent et avec eux le virus mortel. Gwendalavir recommença à respirer.

L'accalmie fut de courte durée.

Avec les beaux jours, les Raïs franchirent à nouveau les Frontières de Glace pour déferler sur l'Empire. Ils attaquèrent si brusquement et avec une telle sauvagerie que la première ligne de défense, ralliée à la hâte, fut balayée comme un fétu de paille. Seule une audacieuse contre-offensive menée par les Frontaliers et un régiment de la Légion noire, conduit par un intrépide général, permit de stopper l'invasion. Et de sauver Gwendalavir.

La guerre reprit, toujours plus féroce, toujours plus meurtrière.

À des centaines de kilomètres du front, deux marchombres chevauchaient côte à côte. Bien que le printemps ait imposé aux prairies et aux forêts le vert comme couleur dominante, la température était fraîche en ce début de matinée et ils avaient enfilé d'épais ponchos de laine grise sur leurs vêtements de cuir.

Ils avaient quitté la veille la route pavée reliant Al-Jeit à Al-Far pour une piste peu fréquentée filant vers l'est et les montagnes. Ils auraient pu être les seuls êtres humains au monde tant la nature autour d'eux était sauvage.

– Non, Ellana, les Alines n'aideront jamais l'Empire. La piraterie est trop profondément ancrée dans leurs traditions. Ils considèrent l'Empire comme une proie et sont incapables de comprendre que les périls raï et surtout ts'lich les concernent.
– Les Faëls ?
– Ce serait plus logique. Faëls et Alaviriens ont toujours entretenu de bonnes relations et, en outre, nos voisins de l'ouest vouent une haine féroce aux Raïs.
– Pourquoi alors ne se rangent-ils pas à nos côtés ?
– Parce que les Faëls ne raisonnent pas comme les humains. Leur société n'a rien à voir avec la nôtre. Pas de chef, pas de gouvernement, pas de villes. Ils vivent de façon libre et individualiste – oui, je sais, un peu comme les marchombres – et sont incapables d'imaginer un autre mode de fonctionnement. Ce sont de redoutables combattants, des archers exceptionnels mais de piètres soldats et c'est de soldats qu'a besoin l'Empire.
– Il n'y a donc aucune issue ?
– Je n'irai pas jusque-là. L'armée impériale est solide et si les Raïs sont multitude, leurs pertes s'avèrent énormes. Les Ts'liches, beaucoup plus dangereux que les guerriers cochons, sont eux, heureusement, très peu nombreux ce qui les empêche de participer de façon directe aux combats. Le statu quo peut très bien s'éterniser.
– Savez-vous ce qu'ont donné les tentatives de retrouver les Sentinelles ?
– Malgré les efforts de l'Empereur Sil' Afian, elles se sont pour l'instant soldées par des échecs.

Le maître marchombre désigna du doigt une montagne solitaire sur leur droite.

– C'est là que nous allons.
– Au pied de cette montagne ?
– Non, à son sommet.
– Il est couvert de neige.
– Je me félicite que mon enseignement t'ait permis de développer un sens de l'observation aussi remarquable.

Ellana prit une mine détachée pour montrer le peu d'effet qu'avait sur elle l'ironie du maître marchombre mais, en son for intérieur, elle jubilait. La liberté, l'aventure, Jilano, un monde qui semblait neuf tant il était beau...

Raïs et Ts'liches menaçaient Gwendalavir, l'Empire s'effondrait, elle n'en était pas moins formidablement heureuse.

En milieu de journée, ils atteignirent un campement de bûcherons.

Les hommes, de solides gaillards peu loquaces, débitaient à la hache des troncs de rougeoyers qui seraient ensuite acheminés par la rivière vers les scieries de la vallée.

Jilano négocia un instant avec eux et, en échange de quelques pièces, leur confia la garde des chevaux.

– Plus loin, le relief devient trop accidenté pour que nous continuions avec eux, expliqua-t-il à Ellana. Et la contrée est sauvage, il vaut mieux les laisser ici, à l'abri d'un ours élastique ou d'une bande de loups.

Il équilibra sur ses épaules un sac de toile qui paraissait aussi lourd que volumineux et, sans répondre à Ellana qui l'interrogeait sur son contenu, s'engagea sur un sentier serpentant entre les arbres.

Ils montèrent pendant près de deux heures avec l'étrange sentiment de faire marche arrière vers l'hiver. Des plaques de neige de plus en plus nombreuses couvraient le sol, la température baissait régulièrement et, lorsqu'ils quittèrent la forêt, ils durent enfiler des gants.

La montagne se dressait au-dessus d'eux, toute de roche et de glace, son sommet blanc se détachant sur le bleu du ciel que rien ne troublait, si ce n'est les tourbillons de neige que des rafales de vent soulevaient parfois.

– Arriver là-haut sera difficile, jugea Ellana en observant les couloirs glacés et les falaises vertigineuses qui les surplombaient.

– Moins que tu ne le crois, répliqua Jilano. C'est pour cette raison que j'ai prévu de te compliquer un peu la tâche.

Avant qu'Ellana ait intégré le sens de ses paroles, il ouvrit son sac et en tira des chaînes d'acier bleuté.

Elle recula d'un pas, l'air inquiet.

– Que comptez-vous faire avec ça ?

– T'attacher les mains et les pieds. Avec suffisamment de mou, rassure-toi, pour que tu puisses te déplacer.

– Il n'en est pas question !

Ellana s'était exprimée sur un ton sans appel qui laissa Jilano de marbre.

– Et pourquoi donc ?

– Une marchombre ne se laisse pas enchaîner.

Le Pacte des marchombres

— C'est vrai.
Jilano sourit avant de poursuivre :
— Sauf quand son maître, à qui elle a juré obéissance, le lui demande !

6

Sans les chaînes, l'escalade aurait été difficile. Avec les chaînes, elle frôlait l'impossible. Ellana était épuisée.

Par le poids de ses entraves qui exigeaient une dépense d'énergie dont elle se serait volontiers passée.

Par les mouvements limités et contre nature qu'elles lui imposaient.

Par leurs frottements contre ses chevilles et ses poignets.

Par l'idée qu'elle était enchaînée.

Elle tendit la jambe, poussa un juron quand l'acier bloqua son mouvement, repensa son geste, se décala vers la droite, se hissa d'un mètre. Un mètre de plus. À peine un mètre.

Elle fulminait.

À quoi jouait Jilano? Pourquoi l'avoir entraînée à la souplesse, la fluidité, la beauté des formes et des gestes pour ensuite l'attacher comme on attache un animal de labour? Pourquoi briser une harmonie qu'il avait mis des années à construire?

La neige et la glace compliquaient l'ascension. Ellana dérapait, s'enfonçait, glissait...

Jamais elle ne s'était sentie aussi lourde.
Aussi maladroite.

À côté d'elle, Jilano progressait sans à-coups et sans difficulté, ne s'arrêtant que pour l'observer avec intérêt quand elle affrontait un passage particulièrement difficile. Il n'avait pas dit un mot depuis qu'ils avaient commencé à grimper et elle se serait fait hacher menu plutôt que de lui demander de l'aide. Elle le détestait.

Elle saisit une prise de la main gauche, ravala un gémissement quand la chaîne qui liait ses poignets lui heurta le visage, tira sur ses bras.

Jilano ne se rendait-il pas compte que sa leçon était stupide ?

Ne se rendait-il pas compte qu'elle n'apprenait strictement rien ?

Ne savait-il pas qu'apprendre est impossible quand on subit ?

Elle se sentait rabaissée, humiliée. Avec ces chaînes, Jilano lui volait sa condition de marchombre.

Elle se figea soudain.

Les doigts verrouillés derrière une arête de glace, les pieds reposant sur de minuscules appuis, le corps en équilibre précaire au-dessus d'un vide vertigineux. Elle n'en avait cure.

Avec ces chaînes, Jilano lui volait sa condition de marchombre.

Vraiment ?

Sa condition de marchombre était donc tributaire d'une simple chaîne d'acier ? Quelques maillons et elle perdait son identité ?

Un vent nouveau se leva en elle. Un nuage commença à se désagréger dans son esprit.

Lorsque, blessée, elle reposait sur son lit, était-elle moins marchombre que lorsqu'elle gravissait une tour escarpée, en pleine possession de ses moyens ?

Ehrlime et son visage fripé ou Andorel et ses mouvements ralentis par l'âge étaient-ils moins marchombres qu'elle qui avait dix-huit ans ?

Le corps était-il à ce point important qu'il définissait à lui seul la réalité du mot marchombre ?

Elle raffermit sa prise de peur que la tempête qui soufflait désormais en elle ne jaillisse à l'extérieur et ne la fasse basculer dans le vide.

Elle était marchombre.

Libre ou enchaînée.

Valide ou blessée.

Jeune ou vieille.

Elle était marchombre.

Mais le corps ?

La tempête rugit dans son esprit.

Son corps était une partie d'elle. Elle lui devait le respect, c'était par lui qu'elle appréhendait le monde mais il n'était qu'une partie d'elle.

Sa condition de marchombre prenait naissance bien au-delà des limites de son corps. Elle le transcendait, et si son corps était enchaîné, blessé, affaibli, brisé même, elle n'en demeurait pas moins libre.

Elle était marchombre.

La tempête cessa soudain de souffler.

Les yeux d'Ellana se posèrent sur Jilano.

– Merci, souffla-t-elle.

Il faisait froid.

Très froid.

Assez froid pour que ce soit une perle de glace qui, en réponse, roule sur la joue du maître marchombre.

7

Atteindre le sommet leur prit encore deux heures.
Deux heures durant lesquelles Ellana batailla ferme pour avancer. Batailla contre la montagne et contre ses chaînes. Deux heures de combat épuisant où elle prit des risques incroyables. Deux heures passées sans échanger le moindre mot avec Jilano.
Deux heures de bonheur.
Après une ultime traction, elle se retrouva à plat ventre dans la neige. Il n'y avait plus rien au-dessus d'elle que l'infini du ciel.
Elle se leva lentement.
Le pic qu'ils venaient de gravir se dressait isolé, comme unique prétendant à l'absolu et, debout à son sommet, Ellana eut soudain l'impression qu'elle pouvait tutoyer le soleil.
Elle ouvrit la bouche pour une exclamation ravie...
La referma.
Jilano se tenait près d'elle et dans ses yeux bleu pâle brillait une lumière nouvelle. Intense et feutrée, forte et douce, rayonnante et triste.
Humaine et tellement plus que cela.

Il s'approcha d'Ellana, la contempla comme s'il la découvrait pour la première fois, puis, doucement, il lui ôta ses chaînes.

Les jeta au loin.

– Tu es libre, annonça-t-il.

Elle voulut sourire, peut-être lancer une boutade, déjà le sens des mots de Jilano explosait dans son esprit.

– Qu'est-ce que... qu'est-ce que ça veut dire ? balbutia-t-elle.

– Ton apprentissage est achevé.

Ellana déglutit péniblement.

Elle aurait dû éclater de rire, bondir de joie, clamer sa fierté.

Elle ne ressentait qu'un vide atroce et l'approche d'une vague noire et nauséeuse qui le comblerait.

– Mais... mais... ce n'est pas possible, murmura-t-elle. C'est... trop tôt.

Il sourit.

– Trois ans, Ellana, et tu en sais plus que bien des marchombres. Ce qui te manque, tu devras le découvrir par toi-même. Je ne peux plus rien t'enseigner.

– C'est faux, s'insurgea-t-elle. Vous êtes Jilano Alhuïn, un modèle pour tous ceux qui arpentent la voie. Je ne vous arrive pas à la cheville.

– Détrompe-toi, Ellana. Tu as en toi une force que je ne possède pas et, s'il te reste à l'apprivoiser, elle fera de toi une marchombre à l'aune d'Ellundril Chariakin. Une légende.

Elle voulut parler, renonça, incapable de mettre des mots sur les sentiments qui se bousculaient en elle. Ce qu'il disait était gratifiant, magique, alors pourquoi se sentait-elle si...

La vague sombre qu'elle redoutait la submergea soudain.

Une larme roula sur sa joue. Elle l'essuya rageusement mais d'autres surgirent. Nombreuses. Irrépressibles. Elle lâcha prise.

– Je... je ne veux pas vous quitter.

Elle avait peur tout à coup.

Peur de l'inconnu.

Peur de la solitude.

Peur de ne plus exister.

Il écarta les bras dans un geste qu'il ne s'était jamais autorisé et, avec un sanglot rauque, elle se blottit contre lui.

– Je ne veux pas vous quitter, répéta-t-elle.

– Tu ne me quittes pas, murmura-t-il. Chez les marchombres, maître et élève sont liés. Pour l'éternité. Aujourd'hui, nous nous séparons mais une partie de nos âmes reste mêlée. Où que tu ailles, quoi que tu fasses, le comprends-tu?

– Vous m'oublierez...

– C'est faux. Un jour, alors que tu chevaucheras les vents les plus purs, mes cendres seront répandues, peut-être au sommet de cette montagne. Mais même la mort ne nous séparera pas. Je continuerai à marcher sur la voie à tes côtés. Je ne t'oublierai jamais.

Il se tut. Elle n'ajouta rien.

Elle pleura longtemps et tout ce temps, il la tint serrée contre lui.

Silencieux.

Lorsque, enfin, elle retrouva son équilibre, elle se dégagea doucement. Elle savait qu'il avait raison. Elle devait partir, suivre son propre chemin. Grandir.

Mais auparavant, elle voulait lui parler. Lui dire. Ces phrases qu'elle avait si souvent étouffées :

« *Tu m'as sauvée, Jilano Alhuïn. Tu m'as tirée de la nuit, tu m'as offert un toit, une protection, une présence. Tu m'as réconciliée avec la vie, avec les hommes, avec moi-même et, lorsque j'ai été guérie, tu t'es ouvert pour que je puise en toi, pour que je comble mes vides, pour que j'avance. Toujours plus loin. Ce que je sais, ce que je suis, je te le dois. Non, c'est plus que cela. Je te dois tout, Jilano Alhuïn. Tout.* »

Il lui barra les lèvres d'un doigt avant qu'elle ait prononcé le moindre mot.

– C'est moi qui te remercie, Ellana. Pour la lumière et le sens dont tu as paré ma vie. Le reste n'a aucune importance.

Il se tut. Reprit dans un souffle :

– Nous allons nous quitter maintenant. Tu vas descendre d'un côté, moi de l'autre et si nos êtres demeurent à jamais liés, nos présents désormais divergent.

– Non, hoqueta Ellana, pas maintenant. Demain. Plus tard.

Il secoua la tête.

– Quel autre moment plus beau, plus favorable choisir ? Tu es au sommet, Ellana. Offre-moi le bonheur de te voir t'envoler.

Il ferma les yeux une seconde.

– S'il te plaît.

Un murmure.

Qui perça le cœur d'Ellana.

Elle le caressa du regard une dernière fois, lui sourit comme on fait une promesse et se détourna.

Il ne pleura que lorsqu'elle fut loin.

8

– Madame, quel plaisir de vous revoir!
Ellana poussa un long soupir.
– Par le sang des Figés, Aoro, nous nous connaissons depuis plus de deux ans. Quand vas-tu te décider à me tutoyer?
– Quelle question! Jamais, bien sûr!
– Même si je menace de t'égorger?
– Vous ne feriez pas ça.
– Et pourquoi donc?
– Parce que vous aimez trop ma cuisine et la chambre qui vous attend ici, y compris quand vous arrivez à l'improviste.
Ellana lui adressa un sourire lumineux.
– Tu as une chambre pour moi?
– Bien sûr.
Elle montra du menton les clients qui se pressaient au comptoir et les tables de la grande salle, toutes occupées.
– Même avec pareille affluence?
Aoro fit mine de se fâcher.
– Ne vous l'ai-je pas assez répété, madame? Vous serez toujours la bienvenue chez moi. Le jour, la

nuit, l'été, l'hiver, qu'il y ait du monde ou pas et, si nécessaire, je suis prêt à mettre à la porte l'Empereur en personne pour que vous ayez un lit.

– L'Empereur descend dans ton auberge ? se moqua-t-elle gentiment.

– Il pourrait trouver maintes idées plus sottes, se défendit Aoro.

Puis ses yeux se posèrent sur les vêtements de la marchombre, maculés de poussière, et il plissa le nez.

– De retour d'un voyage éreintant, je présume ? Tuanti va se faire un plaisir de les nettoyer pendant que vous vous laverez.

– Chauffe-t-il toujours l'eau avec la même efficacité ?

– Oui. Il vous a vue arriver et je ne serais pas étonné que votre bain vous attende déjà.

– Bon je ne dis plus rien ! s'exclama Ellana. Si, une chose. Tu es génial.

Elle fit claquer un baiser sur la joue de son ami, feignant de ne pas remarquer ses pommettes qui s'empourpraient, réajusta son sac sur ses épaules et se dirigea vers les escaliers.

– Quelle chambre ? lui demanda-t-elle en atteignant les premiers degrés.

– La bleue. Celle qui donne sur le lac.

– Alors là, Aoro, tu es plus que génial. Tu es un magicien.

– Magicien ? releva-t-il. C'est une bonne formation pour devenir maître du monde, non ?

Ils éclatèrent de rire. Un rire si joyeux et si sonore que les clients de l'auberge ne purent reprendre leurs conversations que lorsqu'il se fut éteint.

Ellana se glissa avec délices dans son bain.

Comme l'avait promis Aoro, l'eau était à une température idéale et elle sentit ses muscles noués par sa longue chevauchée se détendre presque instantanément.

Combien de fois, depuis que le maître du monde avait repris l'auberge, s'était-elle arrêtée près du lac ? Cinq ? Dix ? Suffisamment, en tout cas, pour qu'elle soit désormais chez elle entre ces murs et n'hésite pas devant un long détour qui lui offrait le luxe d'un bain chaud et le plaisir d'une conversation amicale.

Elle se souvenait à la perfection du soir où, deux ans plus tôt, elle avait guidé son cheval sur la piste menant au lac.

Jilano venait de lui annoncer que son apprentissage était achevé et elle éprouvait les plus grandes difficultés à ordonner les émotions qui s'entrechoquaient en elle. Les plus grandes difficultés à retrouver des repères qui avaient volé en éclats. Les plus grandes difficultés à se rappeler qui elle était et où elle allait.

À dire vrai, elle avait l'impression de devenir folle, passant du rire aux larmes en une fraction de seconde selon qu'elle songeait à la liberté qui l'attendait ou à la séparation qui faisait saigner son âme.

Elle ignorait encore ce qui, ce soir-là, l'avait conduite à prendre le chemin de l'auberge. Peut-être le souvenir d'une soirée d'exception qu'elle avait passée là avec Jilano, peut-être simplement le hasard. Quoi qu'il en soit, elle était arrivée au moment précis où une horde de pillards dépenaillés se ruaient en vociférant sur la poignée d'hommes courageux qui tentaient de leur barrer le passage.

Ellana avait reconnu Aoro à leur tête, maniant une épée avec autant de fougue que de maladresse.

Pilamm l'aubergiste et Oûl le cuisinier étaient là eux aussi, combattant avec un courage qui compensait mal leur inexpérience.

Sans réfléchir, la jeune marchombre s'était jetée dans la mêlée.

Son arrivée providentielle avait fait basculer le cours de l'affrontement. Sans daigner sortir ses lames, elle avait frappé du pied, du poing, virevoltant comme un feu follet jusqu'à ce qu'un vent de panique souffle sur les pillards. Ils s'étaient repliés à la hâte, corps et confiance en morceaux.

La victoire avait donné lieu à une fête, dûment arrosée, qui avait duré toute la nuit. Aucune perte n'était à déplorer, les pillards avaient reçu une fameuse correction, l'avenir se dégageait. La déclaration de Pilamm, le lendemain matin, avait donc surpris tout le monde.

– J'en ai ben' assez, avait-il annoncé. Une auberge n'vaut pas qu'on coure d'tels risques. J'me rentre à la capitale, là où qu'y a pas de typ' qui veulent te trouer la peau tous les quat' matins !

C'est ainsi qu'Aoro s'était retrouvé gérant d'une auberge près d'un lac aux eaux turquoise et Ellana invitée à vie dans ladite auberge.

La jeune marchombre rinça ses longs cheveux noirs et sortit du bain.

Bien qu'elle ait chevauché toute la journée, elle se sentait parfaitement reposée. Sa mission à Al-Chen avait été couronnée de succès, le riche marchand qui avait sollicité ses services l'avait payée avec largesse, ce qui était normal vu le travail qu'elle avait effectué pour lui, et elle envisageait de profiter plusieurs jours de l'hospitalité d'Aoro.

Elle enfila des vêtements propres et passa sur la terrasse qui jouxtait sa chambre. L'air du soir était doux et les parfums de la nuit rivalisaient avec ceux qui montaient de la cuisine d'Oûl. Repoussant le moment où elle rejoindrait Aoro autour d'un repas qu'elle savait par avance délicieux, Ellana s'appuya à la rambarde pour contempler le lac.

Devant la nuit qui approchait, ses eaux avaient renoncé au turquoise pour se parer d'un manteau sombre qu'une famille de canards s'obstinait à déchirer de sillages argentés. Le vent était tombé et, alors qu'un crapaud lançait un coassement amoureux à une belle invisible, une première étoile s'alluma dans le ciel vespéral.

Ellana poussa un soupir imperceptible.

Deux ans.

Déjà.

Il s'était passé tellement de choses en deux ans. Elle avait tant voyagé, tant découvert, tant évolué. Elle avait tant combattu, escorté, transporté. Tant rêvé. Aimé aussi, parfois. Elle n'avait revu Jilano qu'à trois reprises.

Trois rencontres hors du temps. Aussi intenses que brèves.

Fugitives et magiques.

Où était-il en ce moment ?

9

Accroupi au sommet d'une tour de verre et d'ivoire, Jilano écoutait le vent de la nuit.

Il avait passé des heures à tenter de convaincre le Conseil de l'inanité des mesures qu'il projetait et n'avait réussi qu'à exaspérer ses membres, arcboutés sur leurs positions.

La guilde se délitait. Davantage encore qu'il ne l'avait expliqué à Ellana deux ans plus tôt et à chacune de leurs rencontres depuis.

« Pourquoi persistez-vous à intervenir ? lui avait-elle demandé la dernière fois qu'ils s'étaient vus. Vous étiez décidé à laisser la guilde s'autodétruire, décidé à vous retirer en attendant que de ses cendres jaillissent des pousses saines. Pourquoi vous entêtez-vous ? »

Il n'avait pas répondu.

Il ne souhaitait pas mentir. Pas à Ellana. Et la seule réponse vraie qu'il aurait pu lui fournir n'était pas destinée à ses oreilles.

« *En surveillant la guilde, je continue à veiller sur toi.* »

Elle n'aurait pas apprécié l'idée que quelqu'un, même Jilano, contrôle sa vie et elle l'aurait obligé à se justifier.

« Parce que veiller sur toi est le seul moyen à ma disposition pour aider à l'accomplissement de la prophétie. »

Maudite prophétie.

Alors qu'il aurait souhaité par-dessus tout prendre le large, retourner en pays faël, gagner les rives de l'Œil d'Otolep, explorer la Forêt Maison qui avait abrité l'enfance d'Ellana, traverser la mer des Brumes ou plonger dans la jungle d'Hulm, il tournait en rond dans une cité qui, malgré sa taille et les merveilles qu'elle recelait, ressemblait chaque jour davantage à une prison.

S'il s'était montré incapable d'ouvrir les yeux du Conseil sur la vraie nature de la voie du marchombre, il n'avait tout de même pas perdu son temps.

Inquiet à l'idée que le mal soit plus profond que ce qu'il redoutait, il avait pisté chacun des membres actifs de la guilde, il les avait observés en restant dans l'ombre, indécelable même par ceux qui se targuaient de facultés extraordinaires. Il avait suivi Riburn Alqin jusque chez lui, avait escorté Jorune dans le moindre de ses déplacements, espionné Ryanda et chaque marchombre dont il se méfiait, sans que ni les uns ni les autres ne soupçonnent un seul instant qu'ils étaient suivis.

Comme il s'y attendait, aucun d'entre eux n'était lié aux mercenaires du Chaos.

Salvarode avait été le seul traître, ses amis n'étaient que des imbéciles.

À plusieurs reprises, Jilano avait failli contacter Sayanel. Lui demander son aide, son soutien. Il s'était chaque fois abstenu. Si Sayanel ne revenait pas de lui-même vers son vieil ami, c'est qu'il n'était pas prêt. La trahison de Nillem avait brûlé une part de vie en lui et il lui faudrait du temps pour guérir. S'il guérissait un jour.

Jilano avait poursuivi seul sa tâche ingrate : retarder l'effondrement de la guilde pour offrir à Ellana le temps dont elle avait besoin.

Chaos et Harmonie.

Chaos contre Harmonie.

L'enjeu était tel qu'il justifiait tous les efforts, y compris celui de se battre pour une cause perdue.

Jilano avait essayé de se rapprocher de Jorune mais ce dernier, pourtant le seul véritable marchombre siégeant au Conseil, s'était montré incapable de le comprendre lorsqu'il avait évoqué la menace des mercenaires.

– Ce que tu dis est illogique, lui avait-il asséné. Tu ne peux prétendre à la fois que la guilde ne sert à rien et qu'elle forme un rempart face au Chaos !

Sans se formaliser, avec la patience qu'il aurait mise à s'adresser à un enfant buté, Jilano avait insisté :

– La guilde ne sert pas à rien, c'est ce qu'en font ses membres qui est ridicule. Mais, même si Riburn Alqin et ses compagnons la poussent vers le néant, elle n'en demeure pas moins une force incroyable.

Jorune avait pris une mine étonnée.

– Une force incroyable ? Vraiment ? Alors que les maîtres marchombres ne se donnent plus la peine d'assister au Conseil ? Alors que des apprenties impudentes se permettent d'intervenir lors de l'Ahn-Ju ? Tu es illogique, une fois de plus !

Refusant de tomber dans le piège que Jorune lui tendait en évoquant Ellana, Jilano avait tenté de s'expliquer.

— La force de la guilde ne réside pas dans son organisation, ni dans ses membres. Elle se situe bien au-delà. C'est la force de l'Harmonie face au Chaos. Un rempart fait de nos rêves, de nos aspirations et de chacun des pas qui nous ont permis d'avancer sur la voie. C'est ce rempart immatériel qui se dresse face aux mercenaires et il se délite jour après jour. Nous devons le soutenir coûte que coûte en attendant que...
— En attendant ?
— En attendant qu'une autre force d'harmonie prenne le relais et réussisse là où nous avons échoué.
Jorune avait secoué la tête, l'air navré.
— Tu surestimes les mercenaires du Chaos et la menace qu'ils représentent, avait-il rétorqué, et surtout tu verses dans un mysticisme inquiétant. Un rempart immatériel, la naissance d'une force d'harmonie... Tu devrais te ressaisir, mon ami. Riburn Alqin n'est certes pas le meilleur chef du Conseil que nous ayons eu et ses décisions sont discutables, mais il travaille quand tu critiques et il progresse quand tu te contentes d'interférer. Pourquoi ne prends-tu pas un peu de recul ?
Jilano avait renoncé à le convaincre.
Il songeait à cette discussion alors qu'accroupi au sommet d'une tour d'ivoire et de verre, il écoutait le vent de la nuit.
Un murmure se faufila dans son oreille, cherchant le passage jusqu'à son cœur.
Jilano oublia Jorune, le Conseil et la guilde pour s'ouvrir.
Ce que lui soufflait la nuit ne prenait jamais la forme de mots. Ni même d'idées. Sensations fugaces, perceptions éphémères de ce qui pouvait être mais n'était pas forcément, sentiments et non certitudes.

Il découvrait chaque jour davantage un monde où le savoir n'avait pas les couleurs de l'absolu et où la vérité variait selon la forme des nuages.

La nuit lui avait permis de suivre Ellana, de partager ses doutes et ses joies, d'assister à son épanouissement, de la voir filer comme une flèche de lumière sur la voie. Elle lui...

Jilano se raidit brusquement.

Le murmure du vent s'était fait gémissement.

Ellana était là. Tout près.

C'était impossible et pourtant...

Le gémissement s'amplifia, devint cri de douleur.

Jilano s'élança.

10

– Vous avez des projets, madame ? S'il vous est loisible de m'en parler, bien sûr.

Ellana repoussa son assiette avec un soupir béat.

Oûl s'était surpassé, son estomac distendu en était la meilleure preuve.

Il fallait qu'elle se tienne loin de ce magicien des fourneaux si elle ne voulait pas quitter la voie du marchombre pour celle, nettement moins noble, du phoque adipeux.

– Pas pour l'instant, Aoro. Ou plutôt si, je vais m'installer ici jusqu'à ce que tu ne me supportes plus et me jettes à la porte.

Aoro leva les yeux au ciel.

– Vous dites ça chaque fois, madame, et chaque fois vous nous quittez au bout de deux jours, non parce que je ne vous supporte plus mais parce que vous ne tenez pas en place.

Elle lui jeta un regard amusé.

– Dois-je prendre cela pour un reproche ? Venant de quelqu'un qui ambitionnait de sillonner le monde pour en devenir le maître, ce serait cocasse.

— Je vous retourne la question, madame. Critiquez-vous ma décision de m'installer ici ? Mon choix d'avoir privilégié la richesse d'une existence équilibrée à la précarité d'un rêve d'aventure ? Venant de quelqu'un qui cherche la sagesse et l'harmonie, cette critique serait cocasse.

Ellana éclata de rire.

— Aoro, mon ami, ta langue est redoutable. Je m'incline. Je suis incapable de rester en place, tu as raison. À ma décharge, le monde est trop vaste et trop merveilleux pour que j'agisse autrement. Non, ne te fâche pas, ton choix de vie est respectable et s'il ne me convient pas, il te rend heureux, ce qui est l'essentiel.

— J'en conclus que, malgré vos paroles, vous n'envisagez pas de vous attarder ici ?

— C'est exact, Aoro. Ou du moins pas plus d'un jour ou deux. J'ai trop de choses à faire et encore plus à découvrir.

— Mais encore ?

— Délivrer les Figés, vérifier si l'Empereur a des cheveux blancs, explorer Ombreuse, rallier à la nage l'archipel Alines, apprendre à cuisiner aussi bien que Oûl, convaincre les Faëls d'entrer en guerre, m'acheter un nouveau poignard, escalader le Kur N'Raï, et j'en passe.

— Vous vous moquez, madame, mais je ne suis pas dupe. Parmi ces idées loufoques, certaines ont déjà rang de projets, j'en suis convaincu.

Soudain sérieuse, elle planta ses yeux noirs dans ceux de son ami.

— Tu as deviné juste, Aoro. Un de ces projets me tient effectivement à cœur et je n'aurai de cesse de l'avoir réalisé.

Il se pencha vers elle pour un murmure.
- Me direz-vous lequel ?
- J'ignore si je peux...
- Confiez-vous sans crainte à moi, madame. Ma mémoire sera une forteresse pour vos secrets. Douce et impénétrable.
- Très bien, souffla-t-elle.
Elle intensifia le poids de son regard.
- J'ai vraiment envie de m'acheter un nouveau poignard !
- Vous...
Après une seconde d'hésitation, Aoro éclata d'un rire tonitruant.
- Vous êtes un monstre ! s'exclama-t-il lorsqu'il se fut calmé. Et moi qui croyais que vous vous apprêtiez à m'annoncer je ne sais quel dessein fou. Tenez, goûtez cette eau-de-vie. C'est Oûl qui la distille. Vous m'en direz des nouvelles.
- Je ne pense pas que ce soit bien raisonnable, objecta Ellana.
- Il ne s'agit pas de raison mais de vengeance.
- De vengeance ?
- Oui. Je prévois de vous jeter dans le lac pour vous punir de vos moqueries. Conscient toutefois qu'Oûl et moi ne suffirions pas à la tâche, j'ai décidé de vous saouler d'abord.
- Tu prends des risques, Aoro. Tu l'ignores peut-être mais j'ai fréquenté des Thüls et j'ai acquis à leur contact une étonnante résistance à l'alcool. Ta vengeance risque d'être longue à venir.
- Peu importe. N'est-ce pas votre ami Jilano qui prétendait que vengeance tardive suscite amitié vive ?
Ellana sourit.

– Non. J'imagine mal Jilano proférer quelque chose d'aussi incohérent. Tu dois confondre avec un des ivrognes qui fréquentent ta taverne.

– Mon auberge, rectifia Aoro faussement vexé, pas ma taverne et il n'y a pas d'ivrognes ici mais des gourmets. Que devient-il ?

Ils se connaissaient désormais assez pour s'autoriser des raccourcis dans leurs conversations.

– Nous nous voyons peu.

Elle se tut, le regard perdu dans le vague.

Aoro laissa filer quelques secondes puis reprit d'une voix douce :

– Puis-je demander pourquoi ?

– Parce qu'il est des relations si intenses qu'elles nécessitent l'éloignement pour continuer à se développer en conservant leur équilibre.

– Je ne suis pas certain de saisir le sens de cette phrase, hasarda Aoro.

– Ce n'est pas grave.

– Certes, mais comme cela vous concerne, j'aimerais comprendre.

Ellana hésita un instant puis un sourire serein éclaira son visage.

Baignant dans une chaude lumière tamisée, la grande salle était vide. Les derniers clients avaient quitté l'auberge ou regagné leur chambre. Oûl avait plié son tablier et, après un salut chaleureux, était rentré chez lui. Tuanti, le jeune commis, avait achevé la vaisselle puis avait filé rejoindre sa belle. Les seuls bruits ponctuant le silence étaient les crissements des insectes nocturnes dans les buissons près de la terrasse et la sérénade des crapauds sur les berges du lac.

Ellana, L'Envol

L'heure était douce. Une de ces heures propices aux confidences qui font le terreau des belles amitiés.

– Ressers-nous un verre d'eau-de-vie, mon ami et installe-toi confortablement, proposa Ellana. Je vais te raconter.

11

Jilano plongea dans le vide.

Son corps décrivit une courbe parfaite qui le conduisit à une minuscule vire accrochée à une façade de verre.

Il n'y resta en équilibre qu'une fraction de seconde avant de bondir vers une saillie sur un mur à dix mètres de là. Il s'y agrippa, s'élança à nouveau, crocheta une prise sur une tour de jade, la gravit en une série de mouvements rapides d'une incroyable précision, s'y jucha.

Il n'était pas essoufflé pourtant son cœur battait la chamade.

Il l'obligea à se calmer, à ralentir, encore, et encore, afin de retrouver le murmure de la nuit.

Un murmure qui lui parvint sous la forme d'un nouveau gémissement.

Plus faible.

Presque inaudible.

Jilano le localisa au moment où il se teintait de sang.

Il prit trois pas d'élan et s'élança vers le toit d'un bâtiment, loin en contrebas.

Le Pacte des marchombres

Il y atterrit les pieds en avant, roula, se redressa, reprit sa course.
— Je dois arriver à temps !
Il accéléra.

12

– J'ai croisé la route de Jilano lorsque j'avais quinze ans. Il faudrait que je remonte bien plus loin pour te faire comprendre à quel point cette rencontre fut décisive pour moi mais je crains que la nuit n'y suffise pas. Tout ce qu'il te faut savoir, c'est qu'avant cette soirée où il est entré dans la taverne de Hank, je n'étais rien.

Aoro secoua la tête.

– Non, madame. Je ne peux vous suivre dans ce que vous affirmez. Personne n'est rien à quinze ans.

Ellana réfléchit un instant.

– Tu as raison, je n'étais pas rien. J'avais déjà vécu l'aventure, l'amitié et la mort, fait la connaissance d'hommes et de femmes remarquables et commencé à déployer mes rêves. On n'est pas rien quand on rêve, je me suis mal exprimée. Disons qu'en moi c'était le chaos, même si je n'aime guère ce mot.

– Allons-y pour chaos. Jilano est donc entré dans une taverne où vous vous trouviez également ?

– J'y travaillais depuis quelques mois. Je voulais gagner de quoi m'acheter un cheval pour partir à la découverte du monde.

— Tiens, tiens...
— À la découverte, Aoro, pas à la conquête ! Je commençais à désespérer d'y parvenir un jour, lorsque la porte de la taverne s'est ouverte...

13

Jilano se laissa glisser sur le marbre d'un toit en pente raide, bondit de l'autre côté de la rue, s'accrocha à une passerelle, se rétablit, s'élança comme une flèche à son extrémité, sauta pour gagner un nouveau toit.

Il était proche.

Tout proche.

Le gémissement n'avait pas quitté ses oreilles. Il faiblissait chaque seconde un peu plus mais Jilano pouvait arriver à temps. Il le pouvait.

Au terme d'une course folle, il s'immobilisa brusquement. Un vide s'ouvrait devant lui. Quinze mètres plus bas, une cour ceinte de murs lisses et aveugles à l'exception d'une unique porte, et au centre de la cour...

14

— ... Tu comprends, Aoro, plus que de m'avoir aidée à ordonner le chaos, plus que de m'avoir enseigné le silence et la souplesse, le combat et l'efficacité, l'harmonie et l'équilibre, il a offert un sens à ma vie. Là où tant de professeurs se contentent de transférer un savoir, lui m'a ouvert une voie. Grâce à lui je sais qui je suis et où je vais.

— Et cela vous éloigne de lui ?

— Physiquement oui. Il lit en moi comme dans un livre ouvert et je perce tous ses secrets. Je suis ce qu'il m'a permis de devenir et s'il s'était montré moins généreux, je serais aujourd'hui son double. Mais là n'était pas son objectif. Il ne voulait pas que son élève devienne son double mais un être libre. Demeurer avec lui m'aurait étouffée, il m'a demandé de partir.

— C'est lui qui vous a demandé de partir ?

— Oui. Le rôle d'un maître est de faire naître la lumière, de créer les ailes et de veiller à ce que son élève s'envole. Ce sont ses propres paroles et Jilano a toujours eu la force de ses convictions.

15

Elle gisait sur le ventre, ses longs cheveux formant une couronne noire autour de sa tête. Malgré l'obscurité, Jilano discernait parfaitement la flaque écarlate qui s'agrandissait sous son corps brisé.

Une plainte rauque monta de la gorge du maître marchombre.

Il jeta un bref coup d'œil autour de lui. Les murs lisses et verticaux luisaient étrangement sous la lumière de la lune. Dans un angle, une gouttière permettait d'atteindre le sol.

Il bondit.

La gouttière cassa net sous son poids. Il bascula en arrière.

N'importe qui d'autre se serait rompu les reins sur les dalles de la cour...

Par une impensable pirouette Jilano se retrouva face au mur, pieds et mains en appui pour tenter de ralentir sa chute.

Le mur, couvert d'une substance huileuse, n'offrait aucune prise, aucune aspérité, et il tomba comme une pierre.

Jilano fléchit les jambes en touchant le sol. Il sentit sa cheville se dérober sous lui, craquer sinistrement, pourtant il n'accorda aucune attention à la douleur qui fusa jusqu'à sa cuisse. Il se précipita en avant, aussi rapide que s'il n'avait pas été blessé.

Il se jeta à genoux près d'elle, sachant qu'il était trop tard.

Il souleva doucement ses cheveux.

Tressaillit.

Une plaie affreuse barrait sa gorge. Elle était morte.

Mais ce n'était pas Ellana.

16

Aoro versa une nouvelle rasade d'eau-de-vie dans les verres. Il porta le sien à ses lèvres, but une gorgée et attendit qu'Ellana ait fait de même pour reprendre la parole.

– Je suis admiratif devant la richesse de cette relation... Un peu effrayé aussi.
– Effrayé ? Par quoi ?
– N'avez-vous pas peur de vous y noyer, madame ?

Elle secoua la tête.

– Non, Aoro, tu ne comprends pas. Tes craintes seraient sans doute fondées dans le cas d'une relation amoureuse or il ne s'agit pas de cela. Jilano est un maître au sens noble du terme. Il m'a tout offert sans jamais rien me demander et ce n'est pas notre relation qu'il a ainsi construite mais une piste d'envol à mon seul usage.

– Et votre envol justement, n'a-t-il pas été pareil à une déchirure ?

– Sur le moment oui, bien sûr. Mais ce n'est rien par rapport au bonheur que me procurent aujourd'hui mes ailes et à la reconnaissance que j'éprouve envers Jilano qui me les a offertes.

17

Un piège.

Dressé non pour Ellana mais pour lui.

Jilano bondit vers la porte.

Verrouillée, elle l'aurait à peine ralenti. Elle s'ouvrit sans difficulté.

Sur un mur de pierre.

Il leva les yeux. La même substance huileuse qui l'avait fait glisser recouvrait tous les murs. La gouttière gisait au sol. Inutile de l'observer pour savoir qu'elle avait été sabotée.

Du joli travail.

Jilano inspira profondément, ralentissant son rythme cardiaque jusqu'à ce que son corps élimine l'injonction de survie induite par le danger.

Ce n'était plus la peine.

Il s'assit en tailleur contre un mur et attendit que la silhouette apparaisse au-dessus de lui.

Elle ne tarda pas.

Un sourire pâle erra sur les lèvres du maître marchombre lorsqu'il reconnut l'assassin. La guilde était donc tombée si bas ?

Le Pacte des marchombres

Il faillit parler, non pour tenter de convaincre, encore moins pour supplier, mais pour chercher à comprendre. Il préféra détourner les yeux afin de se concentrer sur l'essentiel.

Alors que l'assassin bandait son arc, les pensées de Jilano s'envolèrent vers Ellana.

Bonheur.

Gratitude.

Amour.

– Garde-toi, murmura-t-il, et que ta route soit belle.

18

– **M**adame ! Que vous arrive-t-il ?

Ellana était brusquement devenue livide.

Elle poussa un cri rauque, leva la main à son cœur et, avant qu'Aoro ait pu intervenir, elle s'effondra.

19

En dehors des grandes cérémonies, le Conseil de la guilde se réunissait dans une pièce confortable qui, lors des sessions ouvertes à tous, accueillait une trentaine de personnes.

La plupart des sièges étaient occupés ce soir-là et Riburn Alqin s'en réjouissait. Certes, les maîtres les plus réputés, Jorune excepté, étaient absents mais la présence massive des autres ne pouvait avoir qu'un sens : sa valeur était enfin reconnue !

La guilde vivait un moment crucial de son existence. Le virage qu'envisageait, à son instigation, le nouveau Conseil ferait d'elle un pôle de pouvoir incontournable en Gwendalavir. Et lui, Riburn Alqin, serait à la tête de ce pouvoir.

Il se leva et se racla la gorge.

Le silence s'établit immédiatement, ce qui lui procura un délicieux frisson de satisfaction. Presque de volupté.

– Mes amis, commença-t-il, l'heure est au changement. L'heure est venue d'en finir avec le laxisme et l'individualisme qui, depuis trop longtemps, ternissent l'image de la guilde. L'heure est venue pour le Conseil d'assumer ses responsabilités en exigeant de chacun qu'il...

La porte de la salle s'ouvrit à la volée.

Ellana apparut sur le seuil.

– Je veux savoir ce qui s'est passé! jeta-t-elle dans le silence de mort qu'avait créé son intrusion.

Elle fit un pas en avant.

Sur un signe de tête de Riburn Alqin, les deux marchombres les plus proches se levèrent et bondirent.

Le plus rapide posa la main sur l'épaule d'Ellana dans le but de lui interdire le passage. Son poignet se brisa net quand elle le lui tordit sans pitié. Le coude de la jeune femme s'enfonça dans son sternum et il s'effondra, ses poumons brusquement privés d'oxygène.

Le deuxième voulut la saisir à la nuque, il s'envola pour s'écraser contre un mur, avant de glisser au sol, inconscient.

– Je ne suis pas venue me battre, clama Ellana, mais chercher une réponse. Je veux savoir qui a tué Jilano!

La rage brûlait dans sa voix. Une rage froide qui, loin de lui nuire, se mettait au service de ses incroyables capacités.

Les trois marchombres qui se jetèrent sur elle en firent les frais. Le pied d'Ellana fusa, percuta une arcade sourcilière qui explosa. Dans la même fraction de seconde, elle pivota, frappa du poing et du coude. Au foie et à la gorge. Ses trois agresseurs s'écroulèrent.

– Emparez-vous d'elle! vociféra Riburn Alqin.

Les marchombres encore assis se levèrent. Des lames jaillirent. Ellana fléchit les genoux, posa la main sur le manche de son poignard...
– Arrêtez !
Jorune avait crié. Un cri porteur d'une telle autorité que tous se figèrent.
– Arrêtez, répéta-t-il. Nous n'avons aucune raison de nous battre. Ellana n'est pas notre ennemie. Elle...
– Elle a enfreint la règle, le coupa Riburn sur un ton cinglant. Elle a pénétré dans la salle du Conseil sans y être invitée et s'est crue autorisée à m'interpeller. Elle doit...
– Tais-toi !
Proféré d'une voix aussi dure que le diamant, l'ordre était sans appel. Riburn Alqin s'empourpra, serra les mâchoires mais demeura muet.
– Jilano était un maître marchombre exceptionnel, reprit Jorune. Sa mort représente une perte immense pour la guilde et personne, je dis bien personne, ne peut reprocher à son ancienne élève de chercher à comprendre !
Il se tourna vers Ellana.
– Nous ignorons ce qui s'est passé, expliqua-t-il avec douceur. Jilano est tombé dans un piège qui ne lui offrait pas la moindre chance. Après avoir trouvé son corps, nous avons fouillé Al-Jeit de fond en comble. En vain. Aucun indice, aucune trace, aucune piste. Il a été assassiné mais il nous a été impossible de découvrir par qui et pourquoi.
Ellana se força à se détendre. La rage flambait toujours en elle, pourtant elle parvint à la dominer. Si elle n'éprouvait que du mépris pour ceux qui lui fai-

saient face, elle devait admettre qu'ils n'étaient pas responsables de la mort de Jilano.

– Les mercenaires du Chaos ? demanda-t-elle.

– Ça m'étonnerait, répondit Jorune. Ils ne se risquent jamais dans la capitale et Jilano était trop fort pour se laisser piéger par l'un d'eux.

– Il était trop fort pour se laisser piéger par quiconque, rétorqua-t-elle, et pourtant quelqu'un l'a assassiné. Quelqu'un qui peut se cacher tant qu'il veut, je le trouverai !

À cet instant, le marchombre qu'elle avait mis hors de combat d'un coup de pied au visage repoussa ceux qui le soutenaient. Le sang ruisselait de son arcade sourcilière en miettes, soulignant le rictus mauvais qui tordait sa bouche.

– Tu vas d'abord me trouver moi, misérable prétentieuse, fulmina-t-il. Et ta mort juste après.

Il tira son poignard.

Le rire qui jaillit de la gorge d'Ellana ressemblait à un feulement.

– Surtout ne te gêne pas, réagit-elle d'une voix sourde. Rien de tel que le sang pour oublier sa peine et ma peine est immense. Viens la soulager et emporte ma reconnaissance dans ta tombe !

La salle, pétrifiée, retenait sa respiration.

Le marchombre avança d'un pas, son arme pointée devant lui.

– Phang, ne fais pas ça, intervint Jorune sur un ton pressant.

– Je fais ce que je veux, répliqua Phang. Et ce que je veux, c'est égorger cette gamine !

Il se ramassa pour passer à l'attaque mais avant qu'il ait esquissé un geste, Ellana avait bondi et frappé.

Si vite que sa silhouette parut floue.
Elle n'avait pas dégainé son poignard ni fait jaillir ses griffes.
Inutile.
Elle abattit le tranchant de sa main gauche sur le poignet de Phang tandis que la droite, phalanges raidies, emboutissait son plexus solaire. Souffle coupé, le marchombre poussa un grognement de douleur et lâcha son arme. Le coude d'Ellana s'écrasa alors dans ses côtes. Quand il se plia en deux, elle amplifia son mouvement d'un coup porté à la nuque qui le projeta à terre. Le crâne de Phang résonna en heurtant les dalles de pierre et il ne bougea plus.
L'action, irréelle, n'avait duré qu'une poignée de secondes.
Les marchombres qui avaient assisté à la scène reculèrent imperceptiblement.
Phang était connu comme un combattant teigneux et redoutable. Qu'Ellana l'ait éliminé avec une telle facilité les amenait à réévaluer ce qu'ils pensaient d'elle.
Ce n'était pas une gamine qui se dressait devant eux mais l'élève de Jilano Alhuïn, un des plus grands marchombres que la guilde ait connus.
Une élève qui avait achevé sa formation deux ans plus tôt et qui, depuis, n'avait cessé de progresser.
Chaque spectateur se demanda en son for intérieur s'il aurait fait mieux que Phang. La réponse à cette question silencieuse prit la forme d'un frisson qui parcourut l'assemblée.
– Tu devrais partir, conseilla Jorune, le seul à ne pas paraître médusé par les événements.
Ellana lui renvoya un sourire dur.

Le Pacte des marchombres

— Je pars, acquiesça-t-elle, mais je continue à chercher et un jour je trouverai.

Il y avait trop de force dans sa voix pour qu'elle ait besoin de préciser qu'il s'agissait d'une promesse.

Elle tourna les talons et quitta la pièce, laissant derrière elle des regards stupéfaits et, dans l'un d'entre eux, une lueur d'angoisse.

20

– La dernière fois que je suis passée ici, il y avait de la neige.
– C'était l'hiver ?
– Le début du printemps.
– Alors c'est normal.

Elle désigna du doigt le sommet de la montagne solitaire qui se dressait au-dessus d'eux.

– Il en reste là-haut.
– Ça aussi c'est normal, ma p'tite dame. C'est l'altitude. Vous vouliez me d'mander quelque chose ? Parce que, mes copains là-bas, ils vont pas apprécier que j'discute pendant qu'ils abattent ces fichus rougeoyeurs.

Ellana acquiesça.

– Un service.
– J'vous écoute, ma p'tite dame.
– Est-ce que je peux laisser mon cheval ici ? Quelqu'un m'a dit qu'il y avait des loups et des ours élastiques dans la région.

Elle saisit une première prise et commença à s'élever.

Jilano vivait dans chacun de ses mouvements, chacun de ses appuis, chacun de ses équilibres.

Mort et pourtant vivant.

Étrange dualité dont elle retrouvait l'écho en elle, écrasée de chagrin et débordante d'un formidable élan de vie.

Sans chaînes et en été, l'ascension ne présenta aucune difficulté.

Ellana se campa au sommet de l'aiguille et, lentement, effectua l'ensemble de la gestuelle marchombre qu'elle avait si souvent travaillée avec Jilano.

Lorsqu'elle eut fini, elle recommença.

Jusqu'à se sentir nettoyée.

Plus de rancœur, plus de rage, plus de peine.

Harmonie et sérénité.

Elle sortit alors le coffret du sac posé près d'elle. En quelques gestes amples, elle dispersa les cendres de Jilano dans l'azur. Elle attendit que la brise les ait emportées pour murmurer un simple mot.

Merci.

– Je suis de retour. Je récupère mon cheval.

– Il vous attendait, ma p'tite dame. Vous avez fait vite.

– C'est vrai. Certaines choses très importantes peuvent être accomplies très rapidement.

– Ça c'est bien dit. Vous repartez ?

— Oui. Il me reste une chose à régler. Moins rapide mais aussi importante.

— J'voudrais pas me montrer curieux, mais c'est quoi qui vous rest'à régler ?

— Je dois vivre.

21

La situation de l'Empire ne cessait de se dégrader. L'armée peinait à contenir les Raïs sur les Frontières de Glace et les guerriers cochons se livraient à des incursions de plus en plus fréquentes et de plus en plus profondes à l'intérieur de Gwendalavir.

Comme si la nature avait besoin d'équilibrer ses sursauts, après six hivers marqués par d'épouvantables tempêtes de neige qui jouaient en faveur de l'Empire, un septième arriva, particulièrement doux. Pas de trêve cette année-là et, à plusieurs reprises, les Alaviriens s'estimèrent perdus.

Au printemps, les Raïs ouvrirent une brèche dans les défenses alaviriennes. Pillant et massacrant tout sur leur passage, ils déferlèrent sur Gwendalavir. Ils ne furent arrêtés que sur les rives du Gour à quelques dizaines de kilomètres d'Al-Chen.

Au prix de pertes effroyables, les soldats alaviriens parvinrent à les repousser vers le nord. Une terrible bataille se déroula dans la plaine au pied de la Citadelle des Frontaliers. Elle dura cinq jours entiers et, si elle vit la victoire des armées impériales, elle les laissa exsangues et convaincues que la fin était inéluctable.

Pendant ce temps, les dessinateurs alaviriens se morfondaient. Leur pouvoir aurait permis de faire basculer le cours de la guerre, mais il était bloqué par le verrou ts'lich dans les Spires. Les douze Sentinelles figées, les seules capables de le briser, demeuraient introuvables. Si leur libération continuait à être une priorité, le manque total d'indices sur l'endroit où elles étaient retenues captives transformait mois après mois cet espoir en chimère.

Ailleurs dans l'Empire, les Alaviriens tentaient tant bien que mal de mener une vie normale. C'était loin d'être facile.

Les pillards qui, dès le début de la guerre, avaient profité de la situation, s'étaient peu à peu rassemblés en bandes organisées. Le manque d'hommes chargés de faire appliquer la loi assurant leur impunité, ces bandes sévissaient partout en Gwendalavir et se montraient chaque jour plus audacieuses. Sept ans après le début du conflit contre les royaumes raïs, l'Empire menaçait tout autant de s'effondrer de l'intérieur que de céder à la pression extérieure.

C'est à cela que songeait Ellana en arpentant les rues d'Al-Vor.

Depuis des années, Saï Hil' Muran, seigneur de la cité du sud-ouest, combattait les Raïs avec ses soldats dans les plaines du nord. Son intendant, un homme intègre et compétent mais privé de moyens, peinait à faire respecter l'ordre dans les rues de la ville et aux environs.

Conséquence logique, la grande foire annuelle avait attiré moins de monde que d'habitude. Outre que l'époque ne se prêtait guère à la fête et aux divertissements, les Alaviriens avaient réfléchi à deux fois avant de se lancer sur les routes et de courir le risque d'être détroussés, peut-être tués, par des bandits en maraude.

L'heure était à la méfiance.

Y compris envers les marchombres.

En se promenant sur la foire, Ellana eut la désagréable surprise d'entendre un cri d'alerte fuser de stand en stand :

– Marchombre !

Les commerçants couvrirent leurs marchandises et scrutèrent la foule d'un œil suspicieux. Les badauds enfouirent leurs bourses au fond de leurs poches et Ellana vit même un vendeur d'oiseaux jeter une toile sur ses cages.

Cela ne pouvait avoir qu'une signification. Une signification qui la fit blêmir.

Des marchombres utilisaient leurs capacités pour se comporter en vulgaires voleurs !

Sans plus réfléchir, elle se mit en chasse.

Elle ne doutait pas d'attraper l'imbécile qui flétrissait la réputation des marchombres mais fut étonnée de la facilité avec laquelle elle y parvint.

Elle le repéra alors qu'il volait une effigie de bois sombre à un marchand de toute évidence peu prospère.

« Voleur et malfaisant », jugea Ellana en se rapprochant.

Dans la foule, un jeune garçon avait remarqué le larcin. Il saisit le bras de son amie pour lui désigner le marchombre qui s'éloignait.

« Voleur, malfaisant et maladroit. »

Loin de paraître embarrassé d'avoir été remarqué par les deux adolescents, le marchombre leur adressa un clin d'œil puis se faufila entre deux étalages. Pour quitter la foire, il fendit une toile sur toute sa hauteur avec son poignard.

« Lamentable », conclut Ellana avant de le suivre.

Si elle l'avait voulu, elle aurait pu, à cet instant, l'éliminer sans qu'il se rende compte de ce qui lui arrivait mais elle était incapable d'une action aussi lâche.

Elle préféra lui laisser comprendre qu'il était filé, le voir s'élancer, tenter de la distancer, s'affoler en découvrant qu'il n'y parvenait pas, accélérer, perdre ses moyens...

Lorsqu'elle eut appris ce qu'elle voulait savoir, qu'il s'agissait d'un apprenti marchombre, au mieux d'un débutant, elle le coinça au fond d'une ruelle.

Elle n'éprouva pas la moindre surprise lorsqu'il se crispa, l'air hagard, puis se raséréna en réalisant que l'homme qui le suivait était une femme.

Elle n'éprouva pas la moindre surprise lorsqu'il carra les épaules et s'avança vers elle, une main sur le manche de son poignard.

Pas plus qu'elle n'éprouva la moindre surprise lorsqu'il l'apostropha, sa trivialité dissimulant mal son inquiétude :

– Alors, mignonne, je te plais tellement que tu me colles au train ?

Elle le jaugea de la tête aux pieds. De taille moyenne, fin, le visage ouvert, il n'était guère plus âgé qu'elle et lui aurait inspiré de la sympathie si elle n'avait pas été témoin de ses actes.

– Je t'ai posé une question, fit-il en haussant le ton. Qu'est-ce que tu...

– As-tu achevé ta formation ? le coupa Ellana.
– De quoi parles-tu ?
– Ne me fais pas perdre mon temps, s'il te plaît. As-tu achevé ta formation ?

Elle n'avait pas eu besoin de hausser le ton pour que sa voix se charge de menace. Il ne s'y trompa pas.

– Oui. Il y a deux ans.
– Qui est ton maître ?
– Ça ne te regarde pas.
– Mauvaise réponse.

Il plissa les yeux, tentant de deviner si elle était aussi dangereuse qu'il le pressentait. Dans le doute, il choisit la diplomatie. Elle était jeune, mince mais elle dégageait une assurance qui incitait à la prudence.

– Arguro.

Arguro. Ellana connaissait le marchombre pour l'avoir croisé à deux ou trois reprises. S'il ne lui avait pas laissé d'impressions particulières, elle doutait qu'il ait enseigné le vol à son élève.

– Il aurait honte de toi.
– Ça ma belle, ce sont mes affaires. Je suis un marchombre. Je suis libre, j'agis comme bon me semble et je n'ai ni besoin ni envie de t'écouter.

Ellana soupira.

Il avait raison. Il avait beau être ridicule lorsqu'il s'affirmait marchombre, elle l'était tout autant dans son rôle de donneuse de leçons.

Elle ne pouvait pas, en quelques minutes, ni quelques heures, expliquer à ce sot qu'il se fourvoyait en s'estimant libre, encore moins lui montrer la vraie beauté d'une voie qu'il n'avait peut-être jamais arpentée.

– Très bien, lui dit-elle, je comprends.

Il bomba le torse.

— Je préfère, se rengorgea-t-il. Cela m'évite de...
— Je comprends mais tu vas quand même m'écouter. Tu peux choisir de rester un marchombre, tu peux choisir de devenir un voleur mais, en aucun cas, tu ne peux être marchombre et voleur.
— Tiens, tiens ! Et pourquoi ?
— Parce qu'un voleur marchombre ternit la réputation de tous les marchombres, donc la mienne, et je ne le supporte pas.
— Et tu crois que...
Il se pétrifia.
La fille avait bougé.
Si vite qu'il n'avait pris conscience de son mouvement qu'au moment où elle lui saisissait la gorge d'une main de fer et lui plaquait la tête contre un mur.
Il voulut réagir, la repousser, attraper son poignard...
Le pouce impitoyable qu'elle enfonça à la base de son cou et l'onde de douleur pure qui se diffusa dans son corps brûlèrent ses velléités de résistance.
— Tu as le choix, articula-t-elle d'une voix aussi froide que la mort. Tu changes ou, la prochaine fois que je te croise, je te tue. Compris ?
Sans attendre de réponse, elle récupéra dans sa poche l'effigie de bois sombre qu'il avait volée puis le lâcha et se détourna.
Il en était encore à tenter de maîtriser ses tremblements qu'elle avait disparu.

Ellana rejoignit la foire et se mêla à la foule.
Elle avait un goût amer dans la bouche mais, contre toute attente, il se dissipa très vite et elle retrouva le

sourire. Que l'élève d'Arguro n'ait rien compris à ce qu'était un marchombre n'avait aucune importance. D'autres viendraient qui, eux, comprendraient. Il suffisait que de vrais maîtres les forment.

De vrais maîtres.

Ce jour-là, en rendant son bien à un marchand stupéfait, Ellana envisagea pour la première fois la possibilité d'enseigner à son tour la voie.

22

Ellana quitta Al-Vor le lendemain.

Depuis plusieurs mois, elle assurait la liaison entre les grandes cités alaviriennes, transportant pour le compte de l'Empire les courriers urgents ou trop importants pour être confiés à des estafettes classiques. Elle aimait la responsabilité que cela impliquait, les paysages sans cesse renouvelés qui s'ouvraient devant elle et les dangers qu'elle était amenée à affronter, mais, si elle était payée avec largesse, elle venait néanmoins de décider que cela suffisait.

Elle n'avait aucune envie de devenir la messagère attitrée de Sil' Afian.

Pire, la monotonie qu'induisait cette charge la terrifiait.

Lorsqu'elle fut à quelque distance de la cité, elle se retourna sur sa selle pour observer les hautes murailles de pierre. Elles paraissaient indestructibles et la jeune marchombre se demanda si les sphères graphes que Nillem et les mercenaires du Chaos avaient volées leur faisaient vraiment défaut.

Sphères graphes ou pas, Al-Vor se dressait à l'opposé des Frontières de Glace. Si les Raïs arrivaient un jour jusqu'ici, ni murailles ni sphères graphes ne les arrêteraient.

Elle caressa l'encolure de sa monture.

– On y va, Murmure, lui chuchota-t-elle à l'oreille.

Le petit cheval noir lui répondit par un hennissement joyeux et se mit en marche. Séduite par sa finesse et l'intelligence qui se dégageait de son regard, Ellana l'avait acheté à un éleveur du nord, un an plus tôt. Ils avaient beaucoup voyagé depuis et avaient développé une entente surprenante qui dépassait de loin ce qu'Ellana avait vécu avec Remous. Une entente si formidable qu'il lui arrivait parfois de se dire que Murmure était son meilleur ami.

Les rares voyageurs qu'elle croisa sur la piste arboraient une mine suspicieuse et gardaient leurs armes à portée de main, signe que se déplacer dans la région était devenu périlleux.

Ellana en eut une preuve supplémentaire en découvrant les restes macabres d'un combat qui avait dû se dérouler à peine deux heures plus tôt. Les corps d'une dizaine d'hommes, de toute évidence des pillards, étaient couchés à l'écart de la piste.

L'affrontement avait dû être terrible mais Ellana eut beau scruter les environs, elle ne découvrit aucune trace de leurs victimes. Soit les survivants avaient emporté les morts dans leur fuite, soit les pillards étaient tombés sur plus redoutables qu'eux et s'étaient fait massacrer.

Cette pensée lui tira un sourire dur. Elle n'éprouvait pas la moindre pitié pour les charognards et l'idée que dix d'entre eux aient été taillés en pièces sans parvenir à porter un coup la ravissait.

Après avoir franchi une série de collines basses à la végétation pauvre, elle atteignit en milieu d'après-midi les rives d'un lac bordant une barre rocheuse abrupte.

Il faisait chaud et l'eau claire lui parut irrésistible. Elle guida Murmure vers une crique abritée et se baigna longuement. L'endroit était si paisible qu'elle faillit s'y arrêter pour bivouaquer. Le jour avait toutefois de longues heures devant lui et elle décida de reprendre la route.

Elle regretta vite son choix. Le plateau sur lequel elle s'engagea était planté de cailloux plus que d'arbres et le vent qui le balayait ne parvenait pas à calmer les ardeurs du soleil.

– Tu sais quoi ? dit-elle à Murmure. Nous ne tarderons pas à prendre la direction du nord. Il fait trop chaud ici pour nous.

Murmure secoua la tête comme pour protester.

– J'aurais dû m'en douter, reprit-elle. Tu n'es jamais d'accord. Je te rappelle quand même que c'est moi qui commande. D'accord ?

Murmure souffla énergiquement, ce qui la fit éclater de rire.

– Grossier personnage ! lança-t-elle.

À la tombée du soir, les stridulations aiguës de siffleurs d'élevage parvinrent aux oreilles d'Ellana.

– Tu es tenté par une pause ? demanda-t-elle à Murmure.

Devant l'absence de réponse du petit cheval, elle tira sur ses rênes pour le guider vers le village niché dans une des combes qui poinçonnaient le plateau.

Il n'était pas très grand mais une taverne faisant également office d'auberge se dressait en son centre.

Au moment où la jeune marchombre passait devant la porte, quelques hommes en sortirent. Sales, l'air mauvais, et visiblement sous l'emprise de l'alcool, ils lui tirèrent une grimace de dégoût. Elle faillit renoncer à s'arrêter puis se ravisa. Ce n'était pas une poignée d'ivrognes qui allaient guider ses décisions.

L'écurie attenante à l'auberge était propre et bien tenue, ce qui acheva de la convaincre. Le gardien, un vieil homme encore alerte, caressa la robe brillante de Murmure.

– Belle bête, apprécia-t-il.

– Vous en prendrez soin ?

– Comme de tous ceux qu'on m'a confiés aujourd'hui, répondit-il en désignant les chevaux derrière lui. Je fais ce métier depuis que j'ai quinze ans et personne n'a jamais trouvé à se plaindre de mes services.

Rassurée quant à la soirée qui attendait Murmure, Ellana sortit de l'écurie pour s'occuper de la sienne.

La nuit était tombée mais la lune et les étoiles offraient leur lumière à la rue aussi la jeune marchombre distingua-t-elle sans mal les quatre hommes qui l'attendaient. Ceux-là même qui étaient sortis de l'auberge un peu plus tôt et qu'elle avait trouvés répugnants.

Elle soupira.

Elle savait par avance ce qu'ils allaient dire, ce qu'ils allaient tenter et comment cette histoire allait finir. Pourquoi certains hommes se montraient-ils tellement prévisibles ?

– Salut, ma belle, la héla l'un d'eux.

Non. Le mot prévisible ne convenait pas. Trop faible.

Elle traversa la rue à grands pas pour se planter devant eux.

— Écoutez les gars, fit-elle d'une voix dure. On va gagner du temps, d'accord ?

Un air surpris se plaqua sur leurs visages veules, déjà elle poursuivait :

— Je commence par vous donner les réponses à vos questions. En vrac, vous ferez le tri après. Oui, je vais bien, merci. Non je ne cherche pas l'aventure et surtout pas avec vous. Non, je ne vous trouve ni beaux, ni forts, ni intelligents et je n'ai aucune envie que vous m'enseigniez ce qu'est un vrai homme. Une promenade au clair de lune avec vous ne me tente absolument pas et oui, je sais ce que je perds en refusant vos avances. Et ce que je gagne.

Elle s'interrompit brusquement.

— Fin de la première partie. Vous voyez, ça peut aller vite. La deuxième partie est facultative, c'est vous qui décidez. On se salue, chacun suit sa route et l'histoire s'achève là, ou vous insistez et je vous joue mon rôle en accéléré.

Les quatre hommes échangèrent un regard stupéfait, puis le plus gros renifla bruyamment et s'approcha d'elle.

— Je comprends rien à ce que tu racontes, cracha-t-il. Alors tu la fermes et tu nous suis. Tu le regretteras pas, on va te montrer ce que des hommes, des vrais, sont capables de...

Le talon d'Ellana percuta son sternum, lui vidant les poumons et lui brisant quelques côtes au passage. Il se plia en deux mais n'eut pas le temps de reprendre sa respiration, le genou de la jeune marchombre lui emboutit la figure. Il s'effondra tandis que ses comparses se ruaient en avant.

Le premier fut stoppé net par un atémi sauvage porté au plexus solaire. Il poussa un glapissement et s'écroula. Pareille à un feu follet, Ellana se baissa, faucha les chevilles de l'un de ses agresseurs, abattit le tranchant de sa main sur le genou de l'autre.

Les deux tombèrent comme des masses.

Avant qu'ils se soient relevés, la marchombre les attrapa par les cheveux et cogna leurs crânes l'un contre l'autre avec toute la violence dont elle était capable.

Le bruit fut terrible.

Aussi terrible que l'impact.

Et que le silence qui s'ensuivit.

– Fin de la deuxième partie, fit Ellana en s'éloignant. Vous étiez prévenus.

Sans se presser, elle retraversa la rue pour gagner l'auberge.

Un rapide coup d'œil jeté par la fenêtre lui apprit que si les quatre lourdauds qui l'avaient agressée avaient des amis, ils ne se trouvaient pas là.

Elle ouvrit la porte.

23

Ellana se retrouva nez à nez avec deux montagnes de muscles en armure qui, apparemment alertées par les éclats de voix, s'apprêtaient à sortir.

« Des gardes d'Al-Vor, songea-t-elle en découvrant le blason ornant leurs pectoraux. Qu'est-ce qu'ils fichent là ? »

Alors qu'ils s'écartaient pour lui céder le passage, les deux gardes marquèrent une hésitation. Ils se tournèrent vers un homme assis avec des compagnons à une table proche pour l'interroger des yeux. Sur un signe de tête, ils quittèrent l'auberge.

Ellana avait remarqué l'échange muet et, tandis qu'elle s'installait dans un coin de la salle, elle observa le groupe qui lui faisait face.

Il était étrangement constitué.

Celui qui commandait les gardes, malgré ses vêtements de cuir poussiéreux, dégageait un charisme singulier. Les cheveux très courts, presque blancs bien qu'il n'eût pas quarante ans, le teint hâlé, il donnait l'impression de tout voir, tout entendre et lorsqu'il s'exprimait, ses compagnons semblaient boire ses paroles.

« Impressionnant », songea Ellana.

Près de lui, un imposant chevalier en armure prenait des poses avantageuses, parlait haut et caressait avec ostentation le fer de la hache de combat posée près de lui. Malgré ses efforts, il ne parvenait pas à effacer l'écrasante présence de son voisin, pourtant bien plus discret que lui.

« Sympathique », se dit Ellana, en souriant malgré elle.

Le troisième adulte présent était un vieillard à peine plus haut qu'un enfant. Chauve, le visage fripé, il manifestait une énergie sidérante, intervenant à grand renfort de gestes, n'hésitant pas à abattre son poing sur la table pour donner plus de force à ses phrases et coupant systématiquement la parole à qui avait le malheur de le contredire.

« Fatigant. »

Les deux autres convives étaient des jeunes gens. Un garçon et une fille.

Le garçon, la peau aussi sombre que celle d'un Faël, était coiffé de dizaines de tresses que terminaient des perles de couleur. Sa manière de se tenir et de bouger, tout en souplesse et fluidité, surprit la marchombre mais ce fut surtout le regard qu'il portait sur sa voisine qui l'impressionna. Avait-elle conscience du feu qui brûlait en lui ?

« Intéressant. »

La fille dégageait presque autant de charisme que le guerrier en cuir. Plutôt jolie, les cheveux d'un châtain clair tirant sur le blond, elle possédait d'immenses yeux violets qui attiraient immanquablement l'attention et portait sur les gens et les choses un regard empreint d'une étonnante sagesse.

« Captivant. »

Au moment où l'aubergiste apportait son repas à Ellana, la porte s'ouvrit sur les gardes. L'un d'eux se pencha pour murmurer quelques mots à l'oreille de son chef qui les répéta à ses compagnons.

Dans un même mouvement, cinq visages curieux se tournèrent vers Ellana.

D'ordinaire, la jeune marchombre n'aimait guère être dévisagée de la sorte mais, pour une fois, elle ne s'en formalisa pas. Elle leur rendit leur regard en se demandant ce que ces cinq-là, sept si on comptait les gardes, fichaient ensemble et où ils pouvaient bien se rendre.

Ils avaient achevé de dîner et lorsque le garçon aux tresses bâilla bruyamment, le guerrier en cuir donna le signal du départ.

Il se leva le premier et Ellana s'immobilisa, sa fourchette stoppée net à quelques centimètres de sa bouche ouverte.

L'inconnu se mouvait d'une façon extraordinaire. Souple et concentrée à la fois. Différente de celle des marchombres mais aussi impressionnante pour qui savait regarder.

Puissance, harmonie et précision.

Ellana reposa sa fourchette sans le quitter des yeux.

Où donc avait-elle vu quelqu'un se déplacer ainsi ?

Le souvenir se fraya un passage au moment où le guerrier passait le fourreau de son sabre derrière ses épaules dans un geste fluide que l'habitude avait poli jusqu'à la perfection.

Til' Illan.

Le général qui avait remporté les dix épreuves du tournoi d'Al-Jeit.

Elle ne s'étonna pas que sa mémoire ait conservé la trace d'un événement vieux de sept ans. Elle n'avait, certes, assisté qu'à deux épreuves mais Til' Illan l'avait marquée de manière indélébile.

Le petit groupe avait de toute évidence prévu de dormir à l'auberge.

Alors qu'ils se dirigeaient vers les escaliers desservant les chambres, Ellana parvint à détacher son regard du général pour observer la fille aux yeux violets.

Elle était plus jeune que ne le laissait supposer son attitude réfléchie, plus fragile que ne l'augurait son assurance de façade. Une attitude et une assurance servies, de toute évidence, par une volonté de fer mais incapables de tromper l'œil acéré d'une marchombre rompue à la lecture des corps.

Ellana eut soudain l'impression d'être projetée des années en arrière.

Ce n'était pas une inconnue qui passait devant elle, c'était Nahis, la petite fille qui lui avait offert son nom et qui était morte dans ses bras.

Même légèreté dans les gestes, même mélange de gravité et de vivacité dans le regard, même force affichée cachant mal une réalité plus désemparée.

Devoir et solitude.

Crainte et lumière.

Ombre et courage.

Ellana éprouva tout à coup l'envie de se lever pour la prendre dans ses bras et lui murmurer des mots rassurants. Les mots que, trop jeune, elle n'avait pas su offrir à Nahis.

« N'aie pas peur, je suis là. Je ne t'abandonnerai pas. Tu ne risques plus rien. »

Le souffle court, Ellana regarda le petit groupe disparaître dans les escaliers.

« Attention, ma fille, s'admonesta-t-elle, tu perds pied ! »

Alors qu'elle avait envisagé de prendre une chambre dans l'auberge une fois son repas fini, elle retrouva Murmure et quitta le village.

Elle avait besoin de réfléchir à ce flot d'émotions qui l'avaient envahie.

Besoin de savoir si le trouble qu'elle ressentait était lié à l'aura de ces inconnus ou à un sentiment plus profond qui palpitait en elle.

Besoin de retrouver sa solitude pour vérifier si elle lui était toujours aussi chère.

Elle s'installa près d'une source, dans un vallon, non loin du village.

La lune, les étoiles et le bruit de l'eau l'apaisèrent et elle s'endormit, heureuse d'être là, seule et sereine.

Au matin pourtant, lorsqu'elle s'éveilla, ses premières pensées allèrent aux voyageurs croisés la veille.

– Tu ne les connais pas, se morigéna-t-elle à haute voix. Tu ne sais ni qui ils sont, ni où ils vont, ni pourquoi ils y vont. Ils ont leur vie et toi la tienne, d'accord ?

Elle sella Murmure et se mit en route.

Malgré ses efforts pour les oublier, les yeux violets de la jeune fille la suivirent toute la journée et elle dut lutter pour ne pas faire demi-tour.

En quittant les plateaux et le vent qui les balayait, la contrée devint peu à peu plus sauvage. Aucun village, aucune ferme ne s'élevait à l'horizon.

À la tombée du soir, Ellana dressa son camp à la lisière d'un bois.

Elle alluma un feu puis, après avoir vérifié que Murmure ne manquait de rien, elle s'éloigna entre les arbres.

Elle en choisit un, immense, et l'escalada jusqu'à atteindre sa cime. Elle dominait les environs et la caresse de la nuit acheva de parfaire la paix qui s'était installée en elle au contact de l'écorce.

Debout, le visage tourné vers les dernières lueurs de l'ouest, elle s'immergea dans la gestuelle marchombre.

« *Lorsque les douze disparaîtront et que l'élève dépassera le maître, le chevaucheur de brume le libérera de ses chaînes. Six passeront et le collier du un sera brisé. Les douze reviendront alors, d'abord dix puis deux qui ouvriront le passage vers la Grande Dévoreuse. L'élève s'y risquera et son enfant tiendra dans ses mains le sort des fils du Chaos et l'avenir des hommes.* »

Ellana ouvrit les yeux.

Depuis des mois, elle n'avait plus songé à la prophétie du Chaos. Pourquoi ces phrases absconses lui revenaient-elles à l'esprit à cet instant précis ? Pourquoi avait-elle le sentiment en se les remémorant d'être sur la bonne route ?

Elle se laissa glisser avec agilité jusqu'au sol.

La bonne route.

Celle qu'elle avait eu l'impression de quitter en s'éloignant de la fille aux yeux violets et de ses compagnons.

Elle haussa les épaules, fataliste.

Si le destin existait et s'amusait à tracer des chemins, elle pouvait cesser de s'inquiéter. Quelque chose allait survenir qui lui indiquerait quelle direction prendre.

Elle atteignait la lisière de la forêt lorsque des bruits de voix lui parvinrent.

Aussi silencieuse qu'une ombre, elle se glissa jusqu'à son campement. Un groupe de voyageurs se tenait près de son feu.

Un groupe qu'elle reconnut immédiatement.

Ellana sourit, comme on sourit quand on retrouve son équilibre, puis s'avança, les mains bien en évidence.

– Vous ne risquez rien.

LE PACTE DES MARCHOMBRES

Une trilogie de Pierre Bottero

Tome 1
ELLANA

Tome 2
ELLANA, L'ENVOL

Tome 3
ELLANA, LA PROPHÉTIE

Deux trilogies du même auteur...

LA QUÊTE D'EWILAN

1. D'UN MONDE À L'AUTRE
2. LES FRONTIÈRES DE GLACE
3. L'ÎLE DU DESTIN

LES MONDES D'EWILAN

1. LA FORÊT DES CAPTIFS

2. L'ŒIL D'OTOLEP

3. LES TENTACULES DU MAL

... et sur le site
www.lesmondesimaginairesderageot.fr

L'AUTEUR

Pierre Bottero est né en 1964. Il habite en Provence avec sa femme et ses deux filles et, pendant longtemps, il a exercé le métier d'instituteur. Grand amateur de littérature fantastique, convaincu du pouvoir de l'Imagination et des Mots, il a toujours rêvé d'univers différents, de dragons et de magie.
« Enfant, je rêvais d'étourdissantes aventures fourmillantes de dangers mais je n'arrivais pas à trouver la porte d'entrée vers un monde parallèle ! J'ai fini par me convaincre qu'elle n'existait pas. J'ai grandi, vieilli, et je me suis contenté d'un monde classique... jusqu'au jour où j'ai commencé à écrire des romans. Un parfum d'aventure s'est alors glissé dans ma vie. De drôles de couleurs, d'étonnantes créatures, des villes étranges...
J'avais trouvé la porte. »

L'ILLUSTRATEUR

Après les Arts décoratifs et une licence à la Faculté d'art de Strasbourg, Jean-Louis Thouard collabore avec de nombreux éditeurs. Il utilise à son gré la plume et le pinceau pour raconter et illustrer des histoires, sous forme d'albums, de romans, de bandes dessinées ou de dessins de presse.
Jean-Louis Thouard vit actuellement près de Dijon. Pour en savoir plus, découvrez son site :
www.lebaron-rouge.com

Impression réalisée sur CAMERON par

*La Flèche
pour le compte de Rageot Éditeur
en septembre 2008*

Imprimé en France
Dépôt légal : octobre 2008
N° d'édition : 4824 - 03
N° d'impression : 49043